[**PLUMES DE SCIENCE** LE POMMIER !]

Hugues Bersini

Le Tamagotchi de Mme Yen

et autres histoires

Hugues Bersini est professeur d'informatique et directeur du laboratoire d'intelligence artificielle de l'Université libre de Bruxelles. Il est l'auteur de plus de trois cents publications dans les domaines de l'intelligence artificielle, des sciences cognitives, des systèmes complexes, du génie logiciel et de la bioinformatique. Il a publié huit livres de culture générale traitant des technologies de l'information dont *L'Orienté Objet*, une référence en génie logiciel. Il est membre de l'Académie royale de Belgique.

ISBN : 978-2-7465-0599-5

Éditions Le Pommier
239, rue Saint-Jacques
75005 Paris
www.editions-lepommier.fr

Édition : Marianne Joly / Point à la ligne
Mise en page : Marina Smid
Relecture : Axelle Maldidier
Illustration de couverture : Arnaud Madelénat
Graphisme de couverture : Bianca Gumbrecht

Remerciements

J'aimerais dédier cet ouvrage :

à mon père, qui l'aurait sans doute lu, si son cœur lui en avait laissé le temps ;

à ma mère ;

à mes enfants, qui s'en amuseront, comme les soirs de lecture, tous serrés sous les couvertures ;

à Pascale, à qui j'ai juré craché que ce serait le dernier... l'avant-dernier. Merci mon amour de me tenir à bonne distance des choses et de mon écran. Je te dois tant mais te rends si peu ;

à mes amis, qui m'ont encouragé à ne pas laisser tomber la souris et convaincu qu'il y avait quelque chose de finalement pas si mal là-dedans : Fernando, Annick, Simon, Jojo, Bruno, Laura, j'en oublie...

à Bruno Marchal, pour la nouvelle Pièce de rechange, *largement inspiré de ses obsessions ;*

à Sophie Bancquart et Jean-Michel Besnier, pour avoir fini par craquer à la cinquième lecture, et de m'avoir ouvert les portes de ce petit verger, à la croisée des sciences et du beau texte. J'espère qu'ils ne s'en mordront pas les doigts ;

à Marianne Joly, d'avoir donné forme et cohérence à cette soupe prébiotique d'esquisses d'idées informes, ce bouillon originel assez imbuvable, je l'avoue aujourd'hui.

Sommaire

Le Tamagotchi de Mme Yen

Dans le numéro du 24 juillet 2015 d'un des rares quotidiens japonais écrit en langue anglaise, le *Japan Times*, on pouvait lire à la rubrique « fait divers » l'article suivant :

« *Le procès de Mme Yen, 65 ans, responsable de la mort d'un bébé âgé de trois mois, se déroulera dans une semaine au tribunal de Tokyo. Le 24 mai dernier, Mme Yen se trouvait au volant de son véhicule dans le quartier de Shinjuku. Mme Ikegami traversait un des boulevards longeant la mairie en empruntant un des larges passages pour piétons, lorsque le landau qu'elle poussait s'est fait renverser par la voiture de Mme Yen. Le bébé, installé dans le landau, est mort sur le coup, sous le regard terrifié de sa mère. Mme Yen, apparemment bouleversée, s'est avérée n'être sous l'emprise ni de l'alcool ni d'aucun stupéfiant. Interrogée par la police au sujet de la perte de contrôle de sa voiture, elle a avoué, à la surprise générale, qu'elle avait relâché son attention pour s'occuper, dans l'urgence, de son Tamagotchi qui, sur le point de mourir, criait famine. Elle s'est défendue en insistant sur l'importance de ce gadget virtuel dans son existence. Très touchée par la détresse de la jeune maman qu'elle venait de séparer à jamais de son être le plus cher, elle a prétendu se trouver dans une situation en tout point analogue avec son Tamagotchi, dont la mort l'aurait plongée dans un désarroi tout aussi profond. Mme Yen vit seule, sans difficultés financières, dans un quartier huppé de la capitale; elle est séparée de son mari depuis vingt ans et a une fille dont elle est sans nouvelles depuis des années. Ce jouet lui tient lieu de compagnie et est vite devenu son seul compagnon. Elle passe le plus clair de son temps à s'occuper de lui et de ses besoins plus ou moins pressants. Les policiers sont restés médusés face à la défense avancée par Mme Yen pour justifier son inattention. Elle comparaît devant les tribunaux pour homicide involontaire, encourt jusqu'à cinq ans de prison ferme et une considérable amende. Cependant, lorsque furent portés à la connaissance du public, par voie de presse, les faits, la défense de Mme Yen et la clémence implorée à la justice devant l'importance qu'avait prise ce Tamagotchi à ses yeux, un nombre considérable de personnes se sont émues de ses déclarations et se mobilisent pour que la justice fasse preuve de mansuétude. Le procès de Mme Yen pourrait mettre en lumière l'importance grandissante dans nos sociétés (plus encore que dans d'autres pays) des substituts virtuels (type Tamagotchis, robots de compagnie et autres programmes informatiques de réseaux sociaux) aux compagnons humains ou animaux. Pour une population vieillissante et individualisée, ces robots sont appelés à jouer un rôle de plus en plus important.*

Sommes-nous, Japonais, devenus à ce point mentalement contrariés que nous ne parvenions plus à faire la différence entre un stupide objet de métal informatisé et un bébé ? Sommes-nous à ce point aveuglés par les nouvelles technologies que nous leur octroyions une telle place dans nos existences ? Le procureur ne devrait pas avoir de trop grandes difficultés à soutenir son chef d'accusation lorsqu'il s'agira de se prononcer sur l'équivalence en termes de vie et de mort entre un petit jouet, pauvre ersatz d'animal de compagnie, et l'extraordinaire et sacré potentiel de vie et de conscience que représente un nouveau-né. »

* * *

« Allô ?

– Allô.

– Vous parlez anglais ?

– ...[1] »

Suit un large silence, entrecoupé d'un appel en japonais, de quelques bribes de discussion et de petits bruits de pas qui se rapprochent du téléphone.

« Allô ?

– Allô, vous parlez anglais ?

– Plus ou moins, j'ai fait mes études universitaires en Amérique. Que nous voulez-vous ?

– Je voudrais parler à Mme Yen, s'il vous plaît.

– Pourquoi ? Vous n'êtes pas journaliste au moins ?

– Non pas du tout.

– Qui êtes-vous alors ?

– Mon nom est Craig Vantard. Je vous téléphone de San Francisco. Je vous jure sur mon honneur que je ne suis pas journaliste. Je suis avocat.

1. Toute la conversation téléphonique qui va suivre se déroule en anglais dans l'histoire originale. Pour des raisons évidentes, nous la reproduisons en français.

– Et que voulez-vous à ma mère ?

– Vous êtes sa fille ? J'avais cru lire dans la presse qu'elle ne vous voyait plus.

– Devant l'imminence du procès dont vous semblez au courant, nous nous sommes retrouvées. Ma mère est bouleversée. Cette histoire la dépasse complètement et je crois qu'elle a besoin de mon aide. Ma mère ne parle pas un mot d'anglais.

– En revanche, le vôtre est excellent.

– Je vous remercie. Mais que voulez-vous à ma mère ? Nous nous méfions de plus en plus des appels téléphoniques à l'approche du procès. Cette histoire fait beaucoup trop de bruit à mon goût. Ma mère refuse de devenir le symbole de quoi que ce soit.

– Je vous téléphone pourtant à ce sujet, en effet.

– Et pour quelle raison ?

– Je suis commissionné par la compagnie E-Life. En avez-vous déjà entendu parler ?

– Aucunement. De quoi s'agit-il ? Et je ne vois toujours pas le rapport avec ma mère.

– Cette entreprise, qui m'a engagé pour l'occasion, est très florissante. Elle est installée dans la Silicon Valley et sa production est consacrée à la réalisation d'artefacts vivants minimums, réalisés dans des matériaux autres que biochimiques. Elle fabrique, en fait, des espèces de Tamagotchis d'une très grande sophistication, des automates de toutes sortes, mais également des cellules biologiques minimales, des organismes vivants réduits à l'essentiel. Ces derniers apparaissent comme très prometteurs, par exemple, pour la médecine et l'industrie pharmaceutique. E-Life investit aussi beaucoup dans le secteur du jeu et du divertissement. Elle développe et entretient de nombreuses relations commerciales internationales, notamment avec des entreprises de votre pays.

– Ne me parlez plus de Tamagotchis, s'il vous plaît ! Ce sont bien eux qui sont à la source de tous nos problèmes.

– Malheureusement, je vais devoir encore vous en parler. Cette société m'a sollicité pour que je participe au procès de votre mère et si possible concoure à sa défense. En fait, elle veut donner à ce procès une plus grande couverture médiatique et en faire un événement symbolique, en parvenant à innocenter totalement votre maman. Nous nous dirigeons très rapidement – et vous, les Japonais, avez une avance extraordinaire en la matière – vers une société dans laquelle les robots vont prendre de plus en plus de place. Des personnes, chaque jour plus nombreuses, à l'instar de votre maman, vont dépendre de ce genre d'artefacts pseudo-vivants. Mieux qu'une aide pratique, ils deviendront des animaux ou même des personnes de compagnie. E-Life défend l'idée, par ses réalisations et ses produits, d'une vie possible dans un substrat informatique, une vie extrapolable à des robots. Une vie apparemment artificielle, mais qui deviendrait dès lors aussi sacrée que celle de n'importe quel vivant biochimique. Ce que votre maman a vécu lors de son accident, et la manière dont elle a tenté un peu naïvement de s'en dédouaner, est parvenu jusqu'à nos oreilles. Nous voudrions donner à ce procès – et à son verdict que je souhaite favorable à votre maman – un écho bien plus considérable encore. Je ne vous cache pas que cela ferait aussi une excellente publicité pour la compagnie E-Life qui produit ce genre d'artefacts. Votre mère serait la première personne au monde à avoir perçu, même à son corps défendant, qu'un petit robot pouvait devenir aussi vivant et vulnérable qu'un enfant.

– Cher monsieur Craig Vantard, comme vous le savez, les Japonais sont des personnes très discrètes, très humbles. Nous détestons nous mettre en avant. De plus, ma maman est une personne assez âgée et très angoissée. Ce que vous proposez là risque de la projeter sous les feux de la rampe, ce dont elle n'a aucune envie, en présence d'un *gaijin* de surcroît.

– Même si mon soutien et ma défense permettent à votre maman d'éviter cinq années de prison ? »

De nouveau, un long silence s'installe. Craig Vantard devine une conversation vive entre les deux femmes. Il entend des éclats de voix, de part et d'autre, puis des pas et le téléphone que l'on saisit à nouveau.

« Et en quoi votre participation augmenterait-elle les chances que ma mère a de gagner son procès ?

– Vous savez combien la compagnie E-Life me paie pour que j'assure la défense de votre mère ?

– Je ne veux pas le savoir.

– Je vous le dis quand même : dix millions de dollars. C'est ce que je vaux sur le marché américain. Je n'ai jamais perdu un procès dans lequel je me suis engagé, et c'est la raison pour laquelle j'ai atteint une telle cote. Dans les temps présents, et que nous le voulions ou pas, la justice se règle souvent à coup de millions. Avec E-Life derrière moi, nous aurons de solides arguments à faire valoir... Vous me comprenez.

– Que devons-nous faire si nous acceptons ?

– Rien. Accepter, c'est tout. J'ai déjà passé votre législation au peigne fin, étudié toutes vos procédures pénales. Il vous suffit de convaincre votre mère de compter sur moi pour assurer sa défense et je prends mon billet d'avion. Cela ne vous coûtera rien et, croyez-moi, diminuera considérablement le risque de voir votre mère derrière les barreaux dans les années à venir. »

Craig Vantard entend de nombreux échanges entre les deux femmes. Il n'en saisit pas un traître mot mais devine le désaccord, le trouble que sa proposition suscite chez elles. Deux générations, deux cultures, séparées depuis tant années.

La fille adopte alors un ton dont elle force la résolution, pour sa mère sans doute.

« Monsieur Vantard, nous acceptons votre proposition et nous vous en sommes très reconnaissantes.

– Si vous me permettez, c'est un choix très judicieux. Je vous retrouve dans deux jours, c'est-à-dire lundi. Le procès débute jeudi, je crois. »

* * *

Le lundi suivant voit la première rencontre entre Me Vantard et Mme Yen, en présence de la fille de cette dernière, qui leur sert d'interprète. Après les habituelles courbettes d'usage, parfaitement maîtrisées et exécutées par l'avocat, celui-ci se voit proposer un thé, qu'il accepte volontiers. Ils s'installent tous trois à genoux sur un tatami autour d'une table basse.

« Il m'importe, madame Yen, que je comprenne mieux la relation que vous entreteniez avec votre Tamagotchi, l'intensité de ce lien. »

Sa fille traduit pour sa mère, puis écoute attentivement celle-ci et traduit en retour.

« Ma mère entrevoit assez bien le ridicule qu'il y a à pouvoir s'attacher à un jouet, le nourrir, le coucher, le divertir, le caresser... Elle conçoit que cela doit être difficile à admettre pour la plupart des gens. Mais elle ne peut être plus sincère. Elle est vraiment attachée à cet objet, à ce qu'il ressent, à ses envies. À force, elle a le sentiment de le comprendre et de l'aimer toujours plus. Aussi étrange que cela puisse sembler, elle manifeste une forme d'empathie pour lui. Lorsque le Tamagotchi a crié famine, elle a perdu tout sang-froid et n'a plus eu d'attention que pour lui. Elle a eu très peur, elle a véritablement paniqué pour la vie de celui-ci.

– À quoi pourrait-elle le comparer, disons de plus "classiquement vivant" : à un hamster ? un chien ? Elle vous a eue il y a longtemps, elle vous a fait naître, vous a vu grandir. Ressent-elle pour ce Tamagotchi ce qu'elle a ressenti pour vous, lors de vos premiers mois ? »

Traduction à nouveau, dans les deux sens. Cette question a de quoi troubler la jeune fille et elle la pose avec une voix que Craig Vantard devine légèrement chevrotante.

« Ma mère conçoit que l'immense solitude dans laquelle elle était plongée depuis toutes ces années lui a sans doute fait perdre un peu le sens des réalités. Entre nous – cela, c'est moi qui vous le dis, pas elle –, je me sens un peu coupable. Tout ce temps loin d'elle... S'il n'a qu'une chose de positif, ce procès aura permis de nous rapprocher à nouveau. Mais ce petit jouet était, depuis toutes ces années, l'unique compagnie qu'il lui restait et, du coup, elle admet lui avoir accordé beaucoup trop d'importance. Elle en est très consciente... Mais un peu tard. Elle est dévorée de remords aujourd'hui.

– Surtout, je vous en conjure, qu'elle taise cela à l'audience. Elle me rendrait la tâche impossible. Tout mon argumentaire, ma ligne de défense, va dépendre, en effet, de la force de ce lien, aussi irrationnel soit-il. Un objet aimé, et qui manifeste de nombreuses apparentes fonctions vitales, ne peut-il prétendre au même statut qu'un bébé adoré ? Il faut que votre mère reste simple, candide, qu'elle énonce les choses au premier degré, comme elle les vit et les a vécues le jour de l'accident. Croyez-moi, ce gage de sincérité sera capital pour sa défense. Il faut que le jury soit convaincu que votre mère a vraiment eu l'impression que, si elle n'agissait pas de la sorte, elle risquait de perdre son enfant. Vous comprenez ? Si votre mère apparaît un peu trop naïve, quelque peu infantilisée par ses conditions de vie – excusez ma franchise, je risque de vous choquer –, même quelque peu dérangée, cela ne pourra que jouer en sa faveur. »

* * *

Le procès a démarré depuis quelques heures. Craig Vantard bénéficie du talent d'un traducteur d'excellence financé par E-Life. La salle d'audience est pleine à craquer de journalistes et d'anonymes venus témoigner leur solidarité à l'égard de l'accusée. Mme Yen n'a pas ouvert la bouche, n'a pas sourcillé en écoutant le procureur public se déchaîner contre elle, contre son insensibilité, son invraisemblable confusion de valeurs, la menace que de telles pertes de repère représentent pour l'avenir de l'humanité – à commencer par la société japonaise, malade de sa solitude, et contaminée par cette épidémie du virtuel.

« Non ! Madame Yen, détrompez-vous, un petit robot n'a rien à voir avec un bébé, et il est très dommageable que nos vieilles personnes, les plus vulnérables, en arrivent à faire ce genre de terrible confusion. Votre petit Tamagotchi pouvait mourir sans crainte et sans attendre, croyez-moi, vous vous en seriez très vite remise. Au pire, vous en achetiez un autre. Leur prix est de moins en moins élevé, preuve de leur valeur immense ! Mais mettez-vous à la place de cette mère que vous avez amputée de son bien le plus cher, de sa raison et sa joie de vivre... irremplaçables, elles ! On n'achète pas encore les bébés sur catalogue ! »

Pour cette dernière phrase, le ton du procureur est monté d'un cran. L'effet est réussi. Un silence de mort règne dans la salle. Mme Yen observe ses sandales graciles. Elle n'ose se concentrer sur autre chose que cela : ses petits pieds. Elle souhaite que le parquet du tribunal se dérobe sous ces pieds-là.

Le juge appelle l'avocat, Craig Vantard, à la barre.

« La parole est à la défense.

– Merci monsieur le juge. Monsieur le procureur public, me permettriez-vous de vous poser cette simple question : comment définiriez-vous un organisme vivant ou, si vous préférez, comment définiriez-vous la vie tout simplement ?

– Maître Vantard, je ne vois nullement ce que cela vient faire dans le procès qui nous occupe ici.

– Tout au contraire, monsieur le procureur. Je voudrais parvenir à vous convaincre, ainsi que le jury dans son ensemble, et tous ceux qui assistent à l'audience, que Mme Yen avait raison, au moment de l'accident, de craindre pour la vie de son Tamagotchi.

– C'est une plaisanterie, j'espère !

– En aucune sorte, je ne me permettrais pas, et je vous prie de répondre à ma question. Comment définiriez-vous un organisme vivant ?

– Maître Vantard, je ne suis pas biologiste et ne me suis jamais penché sur cette question précise. Mais je vous prie de croire que je n'ai aucune difficulté de principe à différencier un Tamagotchi d'un chien ou d'une souris.

– Et même d'une cellule ? Je vous rappelle que la cellule est considérée par les biologistes comme l'être vivant minimal.

– Oui, sans doute, même d'une cellule.

– Et comment diable, si vous ne me précisez pas les qualités minimales nécessaires qui vous permettent d'octroyer le statut de vivant à l'objet en question ? Je vais vous le dire, moi. Si vous posez cette question à un biologiste, il y a de fortes chances qu'il vous réponde simplement qu'un organisme vivant est capable de se maintenir dynamiquement, en utilisant à cette fin propre un apport énergétique provenant de l'extérieur. Il exploite cette énergie afin d'alimenter un métabolisme interne, dont il profite des effets pour, de fait, se maintenir. Un être vivant s'auto-entretient dynamiquement par l'exploitation à ses fins propres, je le répète, de cette source énergétique qui le préserve de la dégradation entropique. Or, c'est exactement ce qu'un Tamagotchi est capable de faire, pour autant que, tout comme pour n'importe quel organisme vivant, on lui assure cette nourriture énergisante. Ce dont Mme Yen avait raison de se préoccuper, tout comme elle l'aurait fait pour un chien ou une souris, en lui apportant sa gamelle, ou pour un bébé, son biberon.

– Mais enfin, un Tamagotchi n'est pas un être de chair et de sang !

– En déclarant cela, monsieur le procureur public, vous affirmez que seul un certain type de composant matériel, par exemple les molécules chimiques des organismes vivants qui nous sont familiers, peut conférer à cet organisme le qualificatif de "vivant". Ainsi, vous déniez à tout robot, par une pure pétition de principe, le fait qu'il puisse un jour vous apparaître comme vivant.

– Je le pense, oui.

– Vous savez sans doute que les organismes biologiques sont constitués pour l'essentiel de l'élément carbone, de valence quatre. Or, les robots, tout comme les ordinateurs, tout comme les Tamagotchis, sont constitués à partir de l'élément silicium, de valence quatre également, mais qui présente de bien meilleures propriétés pour la conduction électrique. Y a-t-il donc quelque chose de particulier dans l'élément carbone qui serait inaccessible à l'élément silicium, appartenant pourtant à sa même famille chimique, et qui détiendrait les clés du mystère de la vie ?

– Je n'ai pas dit cela.

– Que dites-vous alors ?

– Je pense que le carbone, et en général le type de biochimie complexe qui est à l'origine de la vie, n'est pas reproductible en l'état dans les artefacts dont vous parlez.

– Et qu'est-ce qui leur fait défaut ?

– Mais enfin, maître Vantard, iriez-vous jusqu'à prétendre que les Tamagotchis sont capables d'un ressenti interne, de manifester une conscience de soi, de souffrir ou d'éprouver quoi que ce soit ?

– Le pensez-vous d'une cellule ?

– Sans doute pas, ni d'une plante, je ne crois pas, mais de ce bébé de trois mois, dont l'inattention de Mme Yen a entraîné la mort, certainement, et de sa maman aussi, que la perte de son bébé a bouleversée à jamais.

– Monsieur le procureur public, dans l'intérêt du débat, ne nous mélangeons pas les pinceaux. Nous mettons ici en vis-à-vis le bébé et le Tamagotchi, en aucune sorte les deux femmes, oserais-je dire les deux "mamans". Cette distinction n'est pas des moindres, mais nous en reparlerons plus tard. Pour l'instant, il m'importe de vous convaincre que le Tamagotchi et le bébé peuvent être considérés comme semblablement vivants. Et donc que l'angoisse de Mme Yen au moment de l'accident, celle de causer une mort prématurée, est objectivement défendable. Vous me demandez si le Tamagotchi souffre réellement de la faim lorsqu'il réclame sa pitance quotidienne ? Nous sommes donc d'accord ici, que vous ne semblez plus vous opposer à la qualification de vivant, mais bien plutôt à l'intégration de notre petit jouet dans un ordre encore supérieur d'êtres vivants, comprenant ceux dotés d'une expérience subjective, d'un soi, ceux capables d'émotions qui accompagnent toute menace ou toute gratification de ce soi. Cet ordre comprend, je vous l'accorde sans détours, les bébés de trois mois.

– Soit, et que répondez-vous à cela ? Au risque de me répéter, vous n'allez quand même pas tenter de me convaincre qu'un Tamagotchi souffre de la faim ou se réjouit de caresses ?

– Qu'en savez-vous ?

– …

– Vous êtes-vous jamais mis à la place d'un Tamagotchi ? Savez-vous vraiment ce qu'il en est d'être un Tamagotchi ?

– Vous plaisantez à nouveau ?

– Nullement, je suis on ne peut plus sérieux, comme me l'impose le procès de ma cliente et ce tribunal pour lequel j'ai le plus vénérable des respects. Pourquoi et comment pensez-vous qu'un Tamagotchi exige de sa propriétaire de l'alimenter, si ce n'est afin de pourvoir à cette véritable sensation de faim qu'il ressent ?

– Je ne sais pas. Je présume qu'il doit posséder une espèce de petit compteur interne qui décroît avec le temps et s'accroît lorsque son propriétaire actionne un bouton. C'est de la pure informatique, cela n'a rien à voir avec la sensation de faim des organismes vivants.

– Ne pensez-vous pas que, tout comme le Tamagotchi, mais sans doute, je vous l'accorde, dans une version plus sophistiquée, les organismes que vous désignez comme vivants sont caractérisés par des concentrations chimiques internes qui doivent se maintenir au-delà de certaines limites, et que c'est le rapprochement de ces limites qui déclenche le sentiment de faim qu'ils éprouvent ?

– Je le pense, oui. Tout comme la soif ou le désir sexuel. Enfin, les instincts primaires.

– Et en quoi la batterie électrique d'un Tamagotchi s'approchant dangereusement de sa limite énergétique minimale est-elle fondamentalement différente de la concentration chimique d'une cellule ? Ou même d'un bébé, s'approchant dangereusement de sa limite énergétique minimale ?

– ... Mais ce n'est pas la faim, je le répète, car le Tamagotchi ne ressent pas la faim. Un robot, un logiciel ne ressentent rien, ils n'en sont pas capables !

– Mais, à nouveau, qu'en savez-vous ?

– Je le sais, car il ne se comporte pas de la même manière qu'un organisme vivant ressentant la faim.

– Ah bon ! c'est donc de la manière visible dont il se comporte que vous en déduisez le vécu interne ? Un bébé muet et totalement paralysé n'aurait donc jamais faim ? Et pourquoi, diable, la manière plus discrète pour un Tamagotchi d'informer son maître de son besoin pressant, est-elle à discréditer par rapport aux cris d'un bébé ou de toute autre manifestation plus expressive des organismes vivants ?

– C'est en effet, maître Vantard, une donnée essentielle du problème. Les bébés nous ressemblent et nous en déduisons, par projection, qu'ils ressentent ce que nous ressentons. En aucun cas les Tamagotchis.

– Ce ne serait donc qu'une question d'apparence. Il suffit ainsi d'attendre une prochaine génération de Tamagotchis, à la plastique beaucoup plus inspirée du règne humain. Vous n'êtes pas sans savoir, monsieur le procureur public, que vos ingénieurs y travaillent et qu'ils s'en rapprochent dangereusement... à vous entendre. Si je vous comprends bien, un successeur de Mme Yen, se trouvant dans la même situation, sous les mêmes accusations, mais à cause d'un Tamagotchi aux formes plus humanoïdes, bénéficierait davantage, lui, de votre clémence. Ce n'est donc qu'une question de temps et d'avancée technologique ? Mme Yen serait finalement fautive d'être quelque peu en avance.

– Non, je n'ai pas dit cela... Je pense que jamais, au grand jamais, un robot, aussi sophistiqué soit-il, ne pourra devenir un être capable de ressentis, d'émotions.

– Acceptez-vous que je rétorque à cela qu'il s'agit uniquement d'une profession de foi et que vous n'avez pas la moindre preuve en la matière ?

– Je l'accepte.

– Mais la justice doit, elle, se fonder sur des preuves, n'est-ce pas ? Acceptez-vous aussi, dans un même ordre d'idées, qu'il s'agit d'une profession de foi à l'identique, qui vous interdit à nouveau de croire que le Tamagotchi de Mme Yen souffrait de la faim au moment de l'accident ? Une fois encore, vous n'avez pas été et ne serez jamais capable d'apporter la moindre preuve du contraire, le moindre démenti formel.

– Je l'accepte. Cependant, je veux revenir, si vous me le permettez, sur l'équivalence de souffrance et de situation dont vous cherchez à me convaincre, ainsi que le jury, entre la maman de la petite victime et Mme Yen ici présente.

– Elles ne sont effectivement pas analogues, vu que le Tamagotchi, lui, a survécu, grâce à la prévoyance de Mme Yen. »

Le procureur appréhende l'ironie derrière la plaidoirie.

« Épargnez-moi vos sarcasmes !

– Je m'en tiens aux faits.

– Je pense que vous admettrez, malgré tout, qu'un Tamagotchi ne meurt réellement jamais.

– C'est juste une question de réglage ou de modèle du jouet. Pour des raisons économiques évidentes, je pense qu'en effet celui de Mme Yen est rechargeable, mais cela ne change fondamentalement rien au raisonnement. Il suffit d'imaginer un Tamagotchi dont la mort serait irrémédiable. Il faudrait le jeter à la poubelle. La mort pour un Tamagotchi, comme pour un humain, pourrait advenir par rationnement énergétique. Celui de Mme Yen l'obsédait à ce point que, pour elle, sa mort, même temporaire dans le cas présent, aurait eu l'effet d'une perte irrémédiable.

– Vous persistez donc à penser et à nous faire croire que Mme Yen éprouvait pour ce Tamagotchi un amour semblable en tout point à celui qu'une maman peut éprouver pour son bébé.

– C'est du moins ce dont elle est parvenue à me convaincre... Et je n'ai aucune raison de douter de sa sincérité et de ses sentiments.

– Faut-il qu'elle soit stupide ou innocente à ce point pour que ce soit le cas !

– Non, simplement seule. Et extraordinairement victime de cette solitude. Je pense ne pas vraiment vous surprendre en vous rappelant qu'il s'agit là d'un mal dont souffrent aujourd'hui beaucoup d'individus de la société japonaise, qui vieillit de manière accélérée.

– Et pas de la société américaine ?

– Aussi, oui, bien sûr, mais comme pour tant d'autres choses, vous avez pris beaucoup d'avance en la matière. Je suis convaincu, comme vous, qu'il y a dans cet attachement quelque chose d'un tant soit peu incompréhensible, mais sincère, fondamentalement sincère. Mme Yen aime ce Tamagotchi à un point comparable à l'amour qu'une femme peut vouer à un bébé. Elle est donc convaincue de lui avoir sauvé la vie. Ce Tamagotchi est parvenu à éveiller son instinct maternel. Elle a véritablement craint pour sa vie, et le résultat fut la perte de contrôle de son véhicule, cette malheureuse perte de contrôle qui a coûté la vie à un enfant.

– Mais nous ne pouvons tolérer cela ! Enfin, maître Vantard, comment pourrions-nous accepter de vivre dans une société où des objets technologiques, aussi sophistiqués soient-ils, deviennent plus importants qu'une vie humaine ? Si je vous suis dans votre logique, même un toasteur, un frigo ou un réveille-matin pourraient devenir aussi vitaux qu'un enfant ; et le geste d'enlever la prise pourrait entraîner de sérieuses poursuites en tant qu'atteinte à la vie ! Mais c'est du délire ! Ce n'est pas la société que nous souhaitons. Et c'est en punissant Mme Yen que nous le clamerons haut et fort. Je souhaite qu'elle fasse jurisprudence.

– Alors, il vous faudra mettre un sérieux coup de frein aux recherches et développements en matière de robotique et autres artefacts d'apparence vivante, qui sont pourtant le fleuron de votre industrie, une industrie pour laquelle vous avez, là aussi, pris une avance considérable. Marche arrière toute !

– ...

– Je suis d'accord avec vous sur ce point : l'émergence de ces nouveaux artefacts, au comportement étrangement semblable à celui de nos animaux de compagnie, pose de véritables problèmes de société et de morale. Mme Yen en est ici, sans doute, pour la première fois, l'illustration la plus marquante. Elle ne le souhaite pas, mais elle devient le symbole d'une dérive fondamentale de nos sociétés, une vague de fond ontologique radicalement nouvelle. Mais doit-elle être la victime expiatoire d'une absence de questionnements internes, de réflexions éthiques sur le problème que pose l'apparition dans vos vitrines de ces nouveaux artefacts ? Mme Yen est la victime d'un nouveau type d'objets technologiques dont l'importance et l'impact sociétaux n'ont pas été suffisamment pensés, pesés. Aucun filet de sûreté n'existe à l'heure actuelle pour protéger les individus de l'attachement qu'ils pourraient porter à ce type d'objets, et aucun arsenal juridique ne s'est encore suffisamment penché sur la question. Mme Yen est fondamentalement honnête et est persuadée d'avoir bien agi. Elle a sauvé ce qu'elle a fini par considérer comme son enfant. »

La plaidoirie de l'avocat s'accompagne d'un silence assourdissant. Mme Yen est recueillie. Elle ne doit nullement forcer les traits. Un cocktail de honte et de profonde tristesse lui déforme le visage. Ah ! si sa chaise pouvait l'aspirer à jamais !

« Je vous demande d'accepter que Mme Yen se soit comportée de la sorte, car c'est la simple vérité. Bien sûr, elle a pris un risque considérable en perdant le contrôle de sa voiture, mais qui ne le ferait pas pour son enfant ? Tant que la société n'aura pas érigé de règles précises sur le statut moral à donner à cette nouvelle génération robotique, de plus en plus sophistiquée et si troublante quant à sa nature ultime, nous risquons de nous trouver à affronter de pareilles situations. Nous vivons une époque formidable et terrible à la fois, à la merci d'une invasion virtuelle qui remet en question le fondement de notre morale. Nous nageons en pleine confusion de valeurs, de ces valeurs qu'il va nous devenir essentiel d'ajuster graduellement. Mme Yen est la première d'une catégorie législative à inventer. Les faits précèdent, interrogent la morale et loin, loin derrière, trottine la justice. »

Craig Vantard est lancé et de plus en plus convaincu. Il sent que la victoire est proche. La salle lui est acquise, la sincérité larmoyante de Mme Yen en prime.

« Cette affaire pose clairement la question du statut légal à accorder à un petit robot qui réussit par son comportement à nous confondre sur sa nature véritable. Ce même genre de questionnement s'est posé et se pose encore pour les animaux. À quel niveau de nuisance, de souffrance, a-t-on le droit de les exposer ? Marcher sur une fourmi, est-ce autant condamnable que de tester sur un chien des vaccins en phase très expérimentale ? Mme Yen pose aussi la question de l'attachement sentimental à ces robots. Jusqu'où pourrons-nous faire prévaloir leur statut, leur protection lors d'un comportement délictueux ? En cela, elle fait jurisprudence, je vous l'accorde. Nous n'avons jamais eu encore à discuter et à affronter de telles questions. L'avenir nous réserve beaucoup de Mme Yen et de robots de compagnie, mais de grâce, ne sanctionnons pas la première victime d'un vide juridique béant que le futur se devra de combler. »

* * *

Dans le numéro du 1er août 2015 du *Japan Times*, on pouvait lire à la rubrique « fait divers » l'article suivant :

« *À la surprise de nombreux chroniqueurs, Mme Yen est sortie libre et innocentée de son procès pour homicide involontaire, à la suite de l'accident de voiture qu'elle causa par inattention, provoquant la mort d'un bébé de trois mois. La plaidoirie ô combien habile de l'avocat américain, Me Craig Vantard, est parvenue à convaincre les membres du jury, qu'aux yeux de Mme Yen, c'est comme un enfant qu'elle risquait de perdre si elle n'avait lâché subitement son volant. L'avocat a réussi à émouvoir le jury de l'immense solitude dont souffrait l'accusée et de la confusion de valeurs imputable à ce délaissement relationnel et affectif. Mais, plus encore, l'avocat est parvenu à semer un trouble que, pour ma part, je qualifierai de pervers et dangereux, quant aux statuts ontologiques respectifs du gadget virtuel et du bébé. C'est en jouant de l'équivalence entre les deux statuts et, ainsi, de l'égale importance des deux survies, qu'il a finalement emporté la partie, devant un procureur public médusé par tant d'audace et d'apparente mauvaise foi. On est en droit de se demander si la société japonaise, à ce point envahie par ces robots de pacotille, piètres doublures mécanisées de véritables organismes, marionnettes pitoyables ne convainquant par leur prétendu réalisme que les âmes fragilisées par la solitude et l'individualisme expansif de nos sociétés capitalistes, sortira grandie d'un tel procès. On soulignera également aujourd'hui l'annonce du rachat par la société E-Life de l'entreprise japonaise responsable de la production de ce type de Tamagotchis et le gain de 20 % en Bourse de l'action de cette même société. Cette dernière s'apprête à mettre sur le marché un nouveau type de petits robots humanoïdes, d'une étonnante sophistication, appelés à jouer le rôle de serviteurs et de compagnons d'infortune et destinés à combler, sinon renforcer davantage encore la solitude de nos concitoyens. Je vous laisse seuls juges mais… pauvre Japon !»*

* * *

Dans le numéro du 1er janvier 2020 du *Japan Times*, on pouvait lire à la première page du journal, dans la partie centrale :

« *Le Japon en proie à la plus grande crise démographique de toute son histoire.*

L'invasion des robots de plus en plus sophistiqués dans les foyers japonais est certainement responsable de l'extraordinaire chute de natalité dont notre pays est victime. Confrontés à une crise économique et environnementale sans précédent, les jeunes couples sont de plus en plus tentés par l'acquisition de robots-enfants issus des chaînes de montage de la société E-Life. La peur de l'avenir, la perte des valeurs conjuguées à la sophistication croissante des robots humanoïdes, surtout les modèles enfants de dernière génération, menacent comme jamais la perpétuation de notre identité japonaise. »

Homo SDFicus

John Khanversky, SDF new-yorkais, se réveille, les côtes endolories par une nouvelle nuit passée sur un des bancs quelque peu décentrés de Washington Square. Pendant la nuit, aucune position n'est vraiment parvenue à atténuer le dur contact du bois. Il n'a pas réussi non plus à déplier ses jambes, au risque de glisser. La chaleur du mois d'août est accablante pour les habitants de la Grosse Pomme et le jet d'eau central de la place suffit à peine, par les quelques embruns qu'il projette, à se prémunir du terrible outrage des degrés Fahrenheit. Il est tiré de son sommeil léger par un trio jazz qui ne lésine pas sur les éléments de la batterie. La grosse caisse et les cymbales semblent vouloir faire éclater la brume de chaleur qui recouvre le square. La contrebasse et le saxo alto ne sont pas en reste. C'est le fameux et sautillant *Groovin' High* de Dizzy Gillespie et Charlie Parker qui le sort d'un sommeil qu'il ne regrette finalement pas d'abandonner sur le banc.

Les notes stridentes du saxo commencent à brouiller les images d'un embryon de rêve se déroulant quelque part dans les forêts de l'Oregon, son État d'origine. Bien sûr, le saxo est loin du compte et ses envolées mélodiques sont à quelques années-lumière de celles du Bird[2]. Les notes s'y trouvent, l'original est perceptible en filigrane, mais au moment des improvisions, ce sont des enchaînements plutôt laborieux qui froissent les oreilles de John. Quel tempo endiablé pourtant que ce *Groovin' High* ! Toutefois, cet ersatz de Parker lui redonne un peu d'entrain et il se réveille plutôt enjoué car, en surfant hier soir dans un des nombreux cybers du Village, il s'est assuré trois jours de repas gratuits.

L'université de New York, dont les différents bâtiments parsèment Greenwich, organise, à partir d'aujourd'hui, un colloque de trois jours consacré à l'économie expérimentale. John n'a que faire de ce thème. Tout ce qu'il sait et qui compte, c'est qu'à l'occasion de ces événements académiques, des repas gratuits pour les participants sont organisés, toujours le midi, souvent le soir, et sont généralement assez faciles d'accès pour un débrouillard de son espèce. Le premier déjeuner devrait se dérouler vers 12 h 30-13 heures. Il est déjà 9 heures et il a juste assez de temps pour se redonner une contenance et se composer un look de circonstance afin de se faufiler clandestinement parmi les « économistes expérimentaux ». John n'est pas un SDF classique. Il est d'ailleurs plutôt marginalisé parmi les errants du square. Ses parents sont fortunés et vivent tout deux à Portland, capitale de l'Oregon ; son père est un avocat réputé et sa mère professeur d'université. Il les a quittés il y a cinq ans pour cette vie d'errance, sans attache, sans aucune contrainte, si ce n'est celle, banale finalement, de survivre.

2. Charlie Parker, considéré comme le précurseur du style be-bop en jazz, était surnommé « Bird ».

À l'époque, il venait d'en finir avec ses études de philosophie au collège privé Reed de Portland. C'était un étudiant brillant et ses professeurs espéraient le voir poursuivre une carrière académique dans le sillage d'un Kant ou d'un Wittgenstein. Son père, quant à lui, lui assurait la voie toute tracée de la reprise de son bureau d'avocats, moyennant quelques années additionnelles spécialisées dans le barreau. Mais un terrible événement en avait décidé autrement. La fille dont il était éperdument amoureux, belle et philosophe comme lui, son élixir de bonheur, a été victime d'un accident de voiture sur une petite route perdue dans les collines de l'Oregon, à la suite d'une soirée bien arrosée. Le malheur voulut que John fût au volant de la voiture. Il avait pu s'extraire *in extremis* du véhicule, avant que celui-ci ne prît feu. Ce jour-là, son existence avait basculé de l'autre côté, s'était vidée de toute signification, délestée de tout lendemain qui vaille. Sa vie s'était écoulée dans une bouche d'égout et il avait choisi de laisser à jamais ce cauchemar derrière lui, dans les collines de l'Oregon hantées par l'âme réduite en cendres de son aimée. Une ville comme New York, située à l'autre extrême des paysages américains, substituant une nature par une société sauvage, était devenue un acteur essentiel de cette renaissance. Ni les malheureux arbustes, derniers défendeurs de la cause écologique, ni la verdure éparse du square ne risquaient de le ramener, même en pensée, dans les forêts luxuriantes de sa prime jeunesse.

Le trio a entamé un autre grand classique, *Just Friends*, toujours à la manière de Charlie Parker... enfin, tentant la comparaison. Et c'est presque en trottinant sur les notes délurées, mais trébuchantes, du saxo que John se dirige vers l'entrée rutilante du Washington Square Hotel, dont le portier est un de ses rares copains dans les parages.

« Salut, *my friend*. Qu'est-ce-que tu penses de ce trio ?

– J'espère que le massacre va s'arrêter là. Le gars au saxo devrait plutôt se rabattre sur des ballades ou s'adonner au triangle. Il swingue comme un vieux lampadaire. Mais le batteur et la contrebasse assurent pas mal derrière. OK, ils n'ont pas le premier rôle, mais le sax peut se reposer sur eux. C'est net, calé, précis, rodé. Ça joue vraiment bien, ils plantent un excellent décor musical mais devraient se dépêcher de mettre le saxo au chômage.

– Je trouve aussi. Mais enfin un peu de fraîcheur musicale, aussi ingénue soit-elle, dans cette ambiance torride n'est pas à bouder. Qu'est-ce que tu penses du dernier Brad Mehldau ? Je l'ai entendu chez Virgin hier.

– Un peu sirupeuses non, ces nappes de violon ?

– C'est l'argent et le succès qui corrompent. Dès que t'as un public, dès que t'as un potentiel pour un public plus large encore, t'as toujours un agent au cul qui te pousse à faire du *easy listening*. Le jazz, tu choisis : soit le succès et la musique d'ascenseur qui va avec, comme dans vos étages, soit la pureté, l'honnêteté, la prise de risque, mais du coup, la galère et la précarité qui s'installent. »

Leur bonne entente, au-delà du voisinage, vient de cette véritable connaissance, cette passion complice du jazz. Ils sont capables de deviser sur le sujet pendant des heures, et New York, l'absolue Mecque du jazz, en cela, jamais ne les déçoit. Rien ne peut ou ne devrait échapper à un amateur ici : tout est imprégné de jazz dans cette ville, et c'est aussi la raison pour laquelle John en a fait le sombre royaume de ses errances. Il vagabonde sans but sur les portées de saxo se faufilant entre les immeubles en éruption.

« Mehldau vient au Blue Note en trio, début septembre. C'est dans cette version qu'il me botte le plus. Je me débrouille toujours pour écouter le troisième set, quand le type à l'entrée ne vérifie plus les billets. Je me fais les rappels, et c'est rarement la plus mauvaise partie. Les trois s'abandonnent davantage, portés par le public. Dis, tout autre chose, je peux me doucher ? Je participe à un colloque universitaire tout à l'heure.

– Un colloque universitaire ? Une de tes combines foireuses ? Comme les années précédentes. C'était quoi encore ?

– *Yeap !* Toujours le même plan solide et qui devrait m'assurer trois journées de festin gratuit. Il y a deux ans, c'était sur la théorie des champs gravitationnels quantiques. J'ai rien, mais vraiment rien compris, et la nourriture, frugale, était surtout d'ordre spirituel. Le premier colloque que j'ai parasité, mon baptême de l'air, était sur l'origine prébiotique de l'homochiralité, pas vraiment à ma portée non plus, mais bouffe très correcte. Cette année, c'est de l'économie. Et je vais peut-être joindre l'utile à l'agréable, gober autre chose que des petites ailes de poulet. Il me suffit d'afficher un look un peu correct, et là, pour l'instant, j'suis loin d'être au top. D'où la douche. Pour les vêtements, ça devrait encore passer. Ils ont seulement quelques jours, mais pour ma veine, les scientifiques dans les colloques sont loin d'être sapés comme des *golden boys*. Mes fausses Nike choqueront pas. À propos, t'aurais pas aussi un vieux fond de café, un donut ou autre muffin qui traînerait sur une des tables de tes clients à me mettre sous la dent?

– Bon, OK, va pour la douche. Mais sois hyperdiscret comme d'habitude. Tu vas au – 1, dans les vestiaires de la salle de fitness. Y a personne pour l'instant. Surtout, tu fais vite et que personne te repère! Cette porte d'entrée, je veux la garder et pas la prendre. Je t'apporte aussi un café et ce que je trouve pour aller avec.

– T'es vraiment plus qu'un "*just friend*" ! »

Le trio semble les avoir entendus, car il ralentit le tempo et attaque le sempiternel et hyperclassique *Body and Soul*, un jazz qui frise l'académisme, mais qui convient définitivement mieux à ce Bird en herbe.

* * *

John, coiffé, rasé d'un peu plus près, les vêtements quelque peu défroissés, se rend au pavillon « Arts et sciences » de l'université de New York, censé héberger le colloque. C'est l'heure de la pause café. Il y trouve une cohue de participants, arborant tous le fameux badge, qui indique nom et institution professionnelle, preuve de leur inscription et de leur intronisation comme ayant droit à la science du colloque et aux récréations sociales qui le distraient.

Il scrute attentivement ces petits badges en plastique que d'aucuns portent sur le revers d'une veste bon marché, d'autres à même la chemise. Rien de très particulier! Dans son sac à dos, il possède tous les formats de ces badges, avec la pince qui permet de les accrocher. Le logo de l'université de New York est d'une simplicité enfantine à reproduire avec quelques marqueurs de couleur, également dans son sac. Il s'éloigne du hall central où les participants se disputent café et gourmandises, puis se mêle à la foule. Son faux badge le présente comme le Pr John Kahnversky du collège Reed de Portland. Ce ne sont pas moins de trois muffins qu'il enfourne dans son sac avant de suivre la foule des scientifiques dans un énorme auditoire pour une session dite « plénière ».

Alors qu'il prend place sur un des sièges de la salle, un psychologue, apparemment de renom, entame un long exposé dont le thème, plutôt facile à assimiler, cherche à convaincre l'assemblée, composée pour l'essentiel d'économistes, que les normes relationnelles liées au mécanisme de marché sont à différencier de celles liées aux simples rapports sociaux. Jusqu'à quel point la nature transactionnelle d'un échange économique modifie-t-elle la psychologie des acteurs en présence ? L'argent se limite-t-il à faciliter cet échange ou parvient-il à le dénaturer en profondeur ? John est interpellé par un tel thème, lui dont le quotidien le confronte sans arrêt à cette confusion de genres : amabilité ou transaction. Souvent, un sourire, quelques mots échangés à la va-vite avec une jolie passante ou un café offert par un *golden boy* dont les actions s'effondrent le gratifient bien davantage que quelques pièces de monnaie.

L'orateur ne ménage pas sa peine. Il est convaincu de son fait. Tout échange social n'est pas à ranger du côté du portefeuille. Préservons-nous-en ! Il décrit un ensemble d'expériences, parfaitement évaluées et contrôlées au plan statistique, dans lesquelles il met en vis-à-vis de simples situations de réciprocité sociale et des tâches effectuées contre rémunération. Par exemple, il demande à des étudiants de l'assister pour ranger l'une ou l'autre salle de classe, et ceux-ci s'exécutent de bonne grâce. Ensuite, il renouvelle l'expérience avec d'autres, mais cette fois contre une rétribution horaire sonnante et trébuchante. Il constate alors que la quantité de travail fournie par les étudiants rémunérés dépend très largement des montants versés et, surtout, qu'il est très difficile de parvenir à cette même quantité que celle obtenue lors de la première expérience, lorsqu'il s'agissait tout simplement de rendre service. De manière générale, la prestation est d'un bien meilleur tonneau lorsque les étudiants ne sont pas payés. Dès qu'il s'agit d'argent, les normes de marché sont substituées aux normes sociales et les dégradent considérablement.

Il mentionne également cette expérience réalisée dans une crèche israélienne, de nouveau par des psychologues. Tout part d'une situation réelle. Les responsables de la crèche se plaignaient de l'arrivée tardive des parents déposant leurs enfants, ce qui désorganisait le fonctionnement de l'établissement. Ils décidèrent de pénaliser les parents en retard par une amende (au départ modeste). Quelle ne fut pas leur surprise de constater que l'effet de l'amende était totalement contraire à celui attendu ! Les parents, sachant qu'ils pouvaient dès maintenant « monnayer » leur retard, prenaient encore moins de soin et d'attention à arriver à l'heure. Une nouvelle fois, le simple lien de courtoisie et de réciprocité sociale avait été remplacé, balayé, par le jeu des transactions financières. Et il fallut considérablement augmenter les montants de la pénalité pour que les employés de la crèche finissent par retrouver le taux de retardataires qu'ils avaient au départ de l'expérience, lorsque ces derniers ne déboursaient pas le moindre dollar.

Ce que ce psychologue démontre par ses expériences de bon sens, et qu'il clame avec emphase, c'est que l'argent (de celui qui fait tant défaut à John) peut nuire aux simples échanges sociaux, qui font l'essence de notre quotidien. Il faut donc bien se garder de remplacer tous nos modes d'interaction par de simples transactions marchandes. L'argent engendre un éloignement relationnel, il désensibilise et distend le lien. Le métal dont il est fait refroidit le rapport, se substitue au véritable contact. Dans le passé, d'autres psychologues avaient mis leurs cobayes devant un écran d'ordinateur sur lequel s'affichaient au hasard des mots de toute sorte. Ils leurs demandaient ensuite de participer à une tâche collective pour laquelle l'apport et la bonne volonté de chacun se révélaient essentiels. Lorsque sur l'écran apparaissaient très subrepticement des mots aux relents financiers: argent, monnaie, billets, banque, etc., les sujets se prêtaient beaucoup moins naturellement à cette collaboration. De manière assez inconsciente, ces allusions à l'argent, bien que très discrètes, les rendaient moins disposés à aider leurs prochains. Le psychologue termine son exposé en mettant les auditeurs devant la situation suivante: vous invitez à dîner des collègues de bureau, la soirée se déroule de manière très agréable et, au moment de vous séparer, sur le pas de la porte, l'un de vos collègues sort son portefeuille et vous dit tout de go, en tendant un billet vert: « Voilà, je pense que 100 dollars devraient suffire pour cette excellente soirée. » Comment réagiriez-vous devant pareille attitude, sinon en vous offusquant, réalisant que vous faites face à un goujat de la pire espèce qui soit ? Il faut se prémunir de l'invasion de la sphère marchande, qui, tout en simplifiant et en rationnalisant les échanges, contribue à en effacer l'incalculabilité humaine qui en fait pourtant toute la chaleur.

John, bien évidemment, sait ou sent tout cela. Son ordinaire le met à l'épreuve de cette réalité indéniable. Son dénuement financier et son déracinement actuel de la vie marchande, ne sont en rien le reflet de l'homme qu'il est, et interfèrent de façon profonde avec sa recherche d'interactions sociales de qualité. Celles-ci ne dépendent évidemment que de la générosité désintéressée du reste du monde. Il lui est plus facile de se faire offrir un repas, un coiffeur, une nuit d'hébergement que de faire tomber une piécette dans son chapeau. Depuis quelques années, il vit de troc, de gentillesses ponctuelles, de subterfuges, d'échanges dont les billets sont les grands perdants. Il vit hors des circuits économiques et profite comme il peut des rescapés de la marchandisation effrénée pour s'assurer le minimum de ressources vitales. Tout cela lui semble fort banal et il est surpris que des hommes de science puissent prendre un tel soin et ponctionner une partie des deniers publics à devoir le prouver. Enfin, il est probable qu'en ces temps d'envahissement de la sphère marchande, il soit urgent de préserver, comme un ultime paradis béat, un musée des délicates pratiques sociales, un refuge de bienveillances et de réciprocités de convenance et sur lesquelles aucune étiquette de prix ne doit être apposée.

* * *

La conférence est terminée. Les participants applaudissent puis se lèvent et se dirigent en troupeau vers un autre hall de l'université, où les attend un buffet composé d'excellents petits mets et de boissons. C'est le moment tant attendu de John. Il se mêle bien sûr au groupe, prend son plateau-repas, s'apprêtant à le tapisser de nourriture jusqu'au dernier centimètre carré. Il s'aperçoit alors avec appréhension que chacun des participants sort de son petit badge en plastique, dissimulé derrière le carton blanc par lequel il se présente, un ticket rouge, qu'il présente à un responsable présent au démarrage du buffet. Arrive le tour de John.

« Écoutez, je suis désolé. Je ne trouve pas le ticket-repas. Il a dû glisser. Ou, sans doute, les organisateurs du colloque ont-ils oublié de le mettre dans mon badge.

– Pas de problème, lui répond le garde-buffet. Cela peut arriver, mais tentez de savoir ce qui s'est passé, et surtout n'oubliez pas votre ticket pour la réception de ce soir. Les organisateurs risquent d'être plus regardants que moi, car les places sont très chères et, apparemment, il en manquerait pour des retardataires désireux de s'inscrire.

– Je vous promets, j'y prendrai garde.

– OK, bon appétit. »

Voilà bien la preuve que le monde des conventions sociales peut survivre à la pression du marché. Il doit paraître inconcevable qu'un scientifique cherche à escroquer les organisateurs de la conférence. Impossible ! Pas dans cette communauté-là ! Vous n'y songez pas ! Les scientifiques sont au-dessus de cela, bien au-dessus. Le plateau est chargé de ces petites choses qui font le délice des palais : cuisses de poulet, rouleaux de printemps, boulettes de viande, cœurs d'artichaut, salade de pâtes, taboulé... Tout est mis sens dessus dessous dans son assiette. Elle déborde. John va s'asseoir à une des nombreuses tables réservées aux participants du colloque, il est suivi par un grand barbu, une carpette de cheveux blonds soigneusement peignée, au mieux de sa personne, bronzé à souhait, qui s'asseoit juste à ses côtés.

« Je peux ?

– Oui, je vous en prie.

– Je me présente : Nigel Woods de Berkeley, dit-il en lui pointant son badge du doigt. »

John fait de même.

« Enchanté. John Kahnversky du collège Reed de Portland.

– Ravi de vous connaître et bon appétit. Vous avez failli devoir sauter le déjeuner, à ce que j'ai vu.

– Oui et je ne comprends pas pourquoi ils ont oublié de mettre les tickets-repas dans mon badge. J'irai voir les organisateurs tout à l'heure.

– C'est très classique comme omission. Il y a toujours un peu de mise en route le premier jour. Ce sont souvent des étudiants qui se tapent ce type de petits boulots ingrats. Et pour peu qu'ils soient mal payés... »

John saisit bien évidemment l'allusion à la conférence qui vient d'avoir lieu.

« Vous avez apprécié l'orateur ?

– Oh, rien de bien nouveau sous le soleil. Je connais ses travaux depuis longtemps. Il ne se renouvelle pas vraiment, mais il s'exprime avec beaucoup d'élégance et pas mal d'humour, et les expériences réalisées avec ses étudiants sont toujours plutôt distrayantes à entendre.

– Je suis d'accord avec vous. À propos, pourriez-vous me montrer le ticket du banquet de ce soir afin d'être sûr de ne pas le rater ? Je vais aller voir les organisateurs. »

Nigel le montre. Il est rouge vif. Rien de spécial. Ce sera une affaire de quelques minutes à reproduire tout à l'heure.

« La réception se déroule sur la Vᵉ Avenue, près du MOMA, à l'University Club. Il semble que les organisateurs aient l'intention de nous gâter. Quelle est votre spécialité d'économie expérimentale ? » lui demande Nigel.

Aïe ! il ne s'attendait pas vraiment à celle-là.

« J'étudie sur le terrain les mécanismes économiques mis en œuvre par les SDF pour survivre. Leurs circuits parallèles. Comment ils se débrouillent au quotidien, dès lors qu'ils sont totalement en marge des circuits économiques classiques. Mais, mais... je débute, j'en suis aux premiers mois de mes recherches.

– Ouh là là... Beaucoup de travail en perspective, de plus en plus malheureusement, mais ça m'a l'air passionnant et New York ne manque pas vraiment de spécimens en question.

– Je ne vous le fais pas dire.

– Vous allez parler durant le colloque ?

– Non, je n'ai aucun exposé prévu. Je vous le dis, je démarre et je suis juste venu tâter le terrain, me sensibiliser aux types de démarche expérimentale que mes collègues adoptent pour vérifier, solidifier leur modèle théorique. Et vous, sur quoi travaillez-vous ?

– Je suis spécialiste des mécanismes de réciprocité dans la théorie des jeux répétés. »

John se sent un peu dépassé.

« Vous étudiez la manière dont les joueurs de foot ou de basket se passent les ballons ? »

Nigel affiche un visage plutôt circonspect. John comprend et rebondit.

« Je plaisante, bien sûr.

– Ah... Elle est excellente. J'avoue qu'on me l'a jamais faite, celle-là. Dites, j'ignorais qu'un collège à Portland pût s'offrir un département d'économie expérimentale.

– Ça vient de sortir.

– Je m'attendais plutôt à les voir étudier l'hibernation des ours ou les stratégies de séduction des ratons laveurs.

– On le fait aussi.

– Je plaisante aussi, bien entendu.

– J'avais cru comprendre.

– Cet après-midi vers 14 h 30, il y a la deuxième session plénière, et elle risque d'être un peu plus intéressante. Je connais bien l'orateur. Il s'agit de Jerry Beckart, un économiste de grand renom, Prix Nobel, et qui s'est beaucoup intéressé à la frontière existant entre les comportements purement intéressés et les comportements altruistes. Il s'interroge sur l'hypothèse de rationalité des agents économiques si chère aux théoriciens. Il permet de mieux cerner les comportements humains, de les prendre à la source, d'en saisir mieux les déviances. Ses expériences nous en enseignent bien davantage et ses observations sont parfois surprenantes. Les hommes ne sont pas des concentrés de rationalité pure, au sens entendu par l'économie de la seule maximisation de l'intérêt personnel.

– Je comptais bien évidemment y assister. Merci en tout cas du conseil. »

Il attaque goulûment la mousse au chocolat.

« Dites donc, vous mangez pour un régiment ! On dirait que vous n'avez plus mangé depuis des jours. Ou c'est cette conférence qui vous a, à ce point, ouvert l'appétit ? Je vous envie, car moi, elle m'a plutôt laissé sur ma faim.

– J'ai un excellent appétit. Ce sont mes origines forestières, vous savez, nous les ours, on est de gros mangeurs, on dévore, même en été. »

Le prétentieux Californien ne peut réprimer un sourire gêné, sous ses sourcils blonds.

« Je vois que je vous ai vraiment vexé. Notez que votre histoire de foot tout à l'heure n'était pas mal non plus. Je vous dois un verre pour m'excuser. Je vous l'offre ce soir au banquet. Promis. Allez, j'y vais. On se retrouve ce soir.

– Oui, à ce soir. »

Son déjeuner, ses desserts et son café engloutis, John reprend sa place dans l'auditoire accueillant les sessions plénières et dans lequel le célèbre Pr Jerry Beckart s'apprête à prendre la parole. L'un des organisateurs introduit l'orateur, faisant l'éloge de tous ses travaux précédents, de son prix Nobel, rarement attribué à un chercheur s'étant penché sur la véritable nature humaine plutôt que sur celle fantasmée par les théoriciens de l'économie. L'organisateur rappelle sa considérable production littéraire, la densité de ses écrits, son influence majeure dans la communauté, sa créativité et l'originalité de sa pensée.

Jerry Beckart démarre son exposé en relatant une expérience menée, elle aussi avec des étudiants issus d'Harvard, excusez du peu, La Mecque de La Mecque en matière d'université. L'expérience en question consistait à évaluer la propension à tricher de ces étudiants, si l'occasion leur en était offerte. L'orateur raconte qu'il s'agissait pour eux de passer une sorte d'examen, composé d'une série de questions à choix multiples et évalué sur 50. Un premier groupe recevait juste l'énoncé. Un second groupe recevait l'énoncé mais, à l'issue d'une distraction ou d'un vice de forme (la chose était relativement bien montée pour apparaître comme un véritable malentendu), recevait également une seconde copie de l'énoncé avec les réponses rendues accessibles. Alors que le premier groupe obtenait aux alentours de 33/50, le second groupe, capable cette fois d'obtenir le maximum, se contentait en moyenne d'un 38. Ils trichaient donc, mais juste un peu, comme s'ils redoutaient qu'en trichant de manière plus importante, ils ne s'exposent à une sanction, à la réprobation définitive dans ce haut lieu de la pensée humaine, et ce, même si l'expérience était conçue de telle sorte qu'ils puissent tricher sans aucune crainte d'être repérés.

Jerry Beckart constate, dans les dernières images de son PowerPoint et à la suite des courbes statistiques présentant les résultats obtenus par les deux groupes et bien d'autres encore, que les hommes trichent assez facilement, mais limitent spontanément l'ampleur et la portée de cette triche. Et cela, même quand il est impossible de les prendre sur le fait. De leur plein gré, ils ont tendance à modérer cette triche, voler un œuf plutôt qu'un bœuf, comme si une doublure morale s'était posée sur leur épaule, pour les empêcher de trop enfreindre les règles de bienséance. Dévier un peu, certes, mais pas dévisser, tomber dans le fossé de l'immoralité publique. Ils se sentent en effet comme surveillés par une conscience stricte et sévère et se soumettent de bonne grâce à une forme d'autocensure dans les conduites susceptibles de nuire à autrui.

Dans une deuxième série d'expériences reliées aux premières, c'est cette fois la capacité des personnes testées à participer au bien public plutôt qu'à leur seul bien propre que l'orateur cherche à évaluer. Un certain nombre d'étudiants, dans l'impossibilité de se concerter, se voient confier une somme d'argent, disons 100 dollars. À tour de rôle, ils peuvent soit garder l'entièreté de la somme, soit en déposer une partie dans un pot commun. Lorsque tous les joueurs ont agi de la sorte, le pot commun est multiplié par deux et redistribué équitablement entre ces joueurs. La logique du jeu est on ne peut plus simple, et les joueurs l'assimilent aisément. Elle porte cependant en elle les germes de la coopération ou de la triche. Comment coopérer, participer au bien public ? Rien de plus simple. Il suffit de mettre l'entièreté de ses avoirs dans le pot. Tous en bénéficieront. Ainsi, supposons nos N joueurs choisissant de coopérer au bien public en se délestant de leurs 100 dollars dans le pot. Ils se trouveront enrichis de 100 dollars chacun. Cependant il suffit d'un seul tricheur, choisissant de ne rien mettre dans le pot, pour que l'issue soit tout autre. Lui se retrouvera avec 100 + 200 (N–1)/N dollars alors que les autres devront se satisfaire de 200 (N–1)/N chacun. Pour N = 4, le tricheur empochera 250 dollars, alors que tous les autres devront se contenter d'un misérable 150 dollars.

La défection est tentante, et bien sûr elle rapporte au tricheur pour autant que les autres persistent à coopérer.

Ce qu'ils sont en général peu enclins à faire. C'est toute la problématique du bien public qui est explorée ici, car cette expérience ne rapporte à chacun que dans la mesure où elle rapporte aux autres. Mais cela rapporte davantage encore, à titre personnel, de se désintéresser d'autrui, comme de ne pas trier ses déchets, ne pas payer ses impôts, frauder les transports en commun ou la sécurité sociale, prendre sa voiture à tout va et polluer à tout vent sans mauvaise conscience. Tous les économistes, Beckart le premier, savent pertinemment l'incapacité de l'économie de marché à s'assurer de la maximisation du bien public, qui n'est en rien la somme des intérêts individuels. Il est difficile pour qui que ce soit de se sacrifier, même un peu, pour un objectif qui se devrait de bénéficier à tous. Chacun est tenté par un comportement qui lui rapporte plus à titre purement individuel. Mais, rares sont les habitants des îles désertes et, si tous agissent de la sorte, c'en est fini du bien public, monsieur Tout-le-monde devient victime de monsieur Tout-le-monde.

Jerry Beckart constate que si la triche rentre par la petite porte, elle s'empresse de contaminer l'entièreté des joueurs, qui tous décident de ne plus rien mettre dans le pot, pour la pire des issues... Plus aucun gain. Il suffit, l'expérience le montre, qu'un léger vent mauvais souffle sur les joueurs, pour que celui-ci se propage, s'amplifie, et qu'une bourrasque de désolation s'abatte sur le jeu. Un domino de triche se couche et il entraîne dans sa chute tout le montage. C'est le vice premier de la trahison. Elle se révèle extrêmement contagieuse. Nul n'accepte de se retrouver plumé par et parmi les autres, et la réciprocité agit pour le meilleur (quand le bien entraîne le bien) comme pour le pire (quand le mal entraîne le mal). Ce qui entraîne les hommes sur la mauvaise pente, ce sont tous leurs congénères qui déjà l'ont empruntée. Difficile de se parer de vertus dans un univers largement corrompu.

Néanmoins, Jerry Beckart persiste à se montrer optimiste, en insistant sur les nombreuses raisons d'espérer. Car ce que la plupart des expériences révèlent au départ, c'est que les joueurs, de quelque origine ou milieu social qu'ils soient, sont très naturellement enclins à coopérer et mettre une large part de leur butin dans le pot. C'est de cette manière que, classiquement, ils démarrent le jeu, plutôt bon enfant. Il signale que les nombreuses expériences témoignent qu'un joueur, qu'il soit face à un inconnu, face à une personne qu'il ne sera plus amené à revoir, tend à adopter une attitude équitable, préférant ne pas léser son prochain, même si le jeu reste sans suite et se déroule dans un anonymat complet. Foin de toute rationalité économique, haro sur l'*Homo economicus*! déclare-t-il. L'homme a une propension naturelle au partage, à l'équité, au souci de l'autre, inconsciente au départ, mais aucunement mise à mal par les rectificatifs de sa conscience.

Malheureusement, toute bonne chose a une fin et, les expériences le montrent aussi, le jeu finit presque toujours par dégénérer, très vulnérable, comme il l'est au moindre comportement nuisible qui ne manque jamais de se produire. Ces expériences disent que nous avons le premier abord aimable, et c'est tant mieux, mais n'avons pas le pardon facile et aimons les plats qui se mangent froids, et c'est tant pis. Le fort de ces comportements déviants est de se propager très vite : une atmosphère rendue délétère par l'attitude de quelques-uns a tôt fait d'entamer la vertu des autres.

Finalement, de manière à éviter la propagation de la triche, les économistes expérimentaux ont réhabilité les mesures punitives comme essentielles à la cohésion du groupe, même si celles-ci semblent ne rien apporter *a priori* à leur exécutant. Ainsi, dans une version du jeu du bien public qui se déroule un certain nombre de fois (en présence, à chaque partie, de joueurs différents afin que le « punisseur » ne retrouve pas les « punis »), Jerry Beckart raconte comment les concepteurs ont autorisé certains joueurs, au prix d'un montant à verser aux responsables de l'expérience, à punir d'autres joueurs de leur choix. Ceux-ci ne s'en privent pas, malgré ce qui leur en coûte (ce comportement est de fait taxé de « punition altruiste »), et les expériences révèlent qu'il suffit que l'un ou l'autre joueur punisse l'un ou l'autre tricheur pour que la coopération se maintienne et se rétablisse au fur et à mesure des parties. Il est à nouveau difficile d'éclairer le comportement des punisseurs à la lumière de la rationalité pure. D'abord, punir leur en coûte, ensuite, rien n'est mis en œuvre pour qu'ils retrouvent les punis et bénéficient en retour de leur sévérité. Une société coopérative l'emporte toujours, dans son ensemble, sur une version dans laquelle la félonie fleurit. Celui qui se sacrifie, et malgré ce qu'il lui en coûte, s'en trouve récompensé en préservant la cohésion sociale du groupe dont il est membre. Les groupes dans lesquels ces gardiens du temple agissent s'en trouvent avantagés, les autres voyant leur fonctionnement se détériorer par l'accroissement des tricheurs. Les punisseurs sont donc indirectement récompensés, par le biais de ce groupe dont leur présence et leur sacrifice assurent la perpétuation et le succès. Jerry Beckart termine son exposé en déclarant que l'on ne se surprendra pas, en effet, des effets dissuasifs de la punition, tant sur celui qui a fauté que sur celui qui serait tenté de le faire. Il regrette, mais s'y résigne, que nos sociétés n'aient malheureusement pas trouvé beaucoup mieux pour remettre sur le droit chemin les individus cherchant à déroger aux normes sociales, lorsque l'autocensure ne suffit plus à les en dissuader. La mauvaise conscience peut parer la plupart des déviations, la prison s'occupe du reste.

Un tonnerre d'applaudissements témoigne de l'enthousiasme provoqué par cet exposé. Le public est conquis, comme par un solo de Joshua Redman, le saxo favori de John, ou une envolée vocale de Kurt Elling. Mais c'est vrai qu'il y a de l'artiste dans ce Jerry Beckart, et son Nobel d'économie n'est en rien galvaudé. L'organisateur de la session s'empare du micro et s'adresse au public pour encourager les questions. L'audience est assez timorée, impressionnée par la démonstration du maestro. Mais John n'a que faire des codes de la communauté et lève la main. L'organisateur se dirige vers lui avec le micro. Rien de mieux qu'une question pour se faire connaître en un coup de tous les participants au colloque. C'est le culot qui finit par garantir l'anonymat.

« Avant toute chose, je voudrais féliciter le Pr Beckart pour cet exposé ô combien stimulant. La question que je voudrais lui poser est la suivante : si je tente la synthèse de ses deux exposés, il me semble que les hommes sont d'autant plus enclins à ne pas tricher et cotiser au bien public qu'ils ont l'impression d'un retour immédiat de leur bonne action, ou que celle-ci bénéficie à d'autres qui leur sont très proches. Ils doivent se persuader de l'intérêt personnel de cet effort, au départ collectif et anonyme. Pensez-vous qu'il serait dès lors préférable de présenter différemment aux citoyens l'assurance-maladie, l'aide aux désœuvrés ou la lutte contre le réchauffement climatique, de sorte à les faire participer plus spontanément à ces biens publics ? »

Jerry Beckart se rapproche de son micro, ravi.

« C'est une excellente question. Et je ne pourrai malheureusement pas vous apporter une réponse sur un plateau doré. Les hommes sont complexes, mais j'ai tenté de vous rassurer en insistant sur le fait que, d'assez bonne grâce, ils se révèlent généreux au premier abord, même vis-à-vis d'autres qu'ils ne connaissent ni d'Ève ni d'Adam. Mais ce premier geste, cette propension naturelle, qui nous vient peut-être de la biologie, de la sélection naturelle, est très fragile et très peu tenace ! Il s'efface dès la première contrariété. Je pense qu'en général deux types de démarche politique s'imposent. La première, c'est de familiariser chacun aux problèmes de société et d'environnement que vous évoquez, les rendre parties prenantes de leur quotidien et de celui de leurs proches. Comme disent les économistes de manière un peu pompeuse, il s'agit d'internaliser ces externalités, de se débrouiller au mieux pour transformer ces biens publics en biens privés. La deuxième démarche, malheureusement, c'est la punition. Il faut que le citoyen agisse aussi par peur de la sanction.

Une sanction qui tue la trahison dans l'œuf et qui empêche celle-ci de se propager, comme elle aurait tendance à très naturellement le faire. Mais, sincèrement, si j'avais une recette magique pour persuader chacun de participer au bonheur de tous, je serais président de ce pays. »

L'assemblée s'esclaffe à cette boutade finale, ce qui appelle plus d'attention encore, tant sur la question de départ que sur celui qui l'a posée. C'est parfait pour John même s'il n'a que faire de cet intérêt soudain. Il en a assez entendu. Il ne pense finalement pas avoir retiré grand-chose de tout cela, et ce malgré les courbes statistiques et l'éloquence certaine des deux orateurs. Son square lui manque. Il apprend beaucoup plus sur la nature humaine et ses déviances en se promenant dans les rues de New York. Il s'éclipse à la fin de l'exposé et, alors que la plupart des participants se séparent pour assister aux sessions se donnant en parallèle dans les salles plus modestes de l'université, il se presse de quitter la climatisation glaçante des lieux (c'est sûr, les Américains ne sont pas encore prêts à l'inconfort d'un degré additionnel pour préserver la planète) pour se replonger dans l'univers exotique du square, avec ses compagnons d'infortune et les concerts de jazz improvisés si fréquents en cette saison.

C'est un fait, en y déambulant, il a l'impression d'en découvrir beaucoup plus sur la nature humaine qu'à l'issue de toutes ces expériences auxquelles se livrent bon gré mal gré tous ces malheureux cobayes étudiants. L'homme n'est naturellement ni vraiment bon ni vraiment mauvais, mais la société peut le pousser dans un sens ou dans l'autre. Les psychologues savent bien qu'une bonne odeur de croissant chaud suffit à dissuader une crapule sur le point de perpétrer son forfait. Cela se sait et depuis très longtemps, non ? Et à ses yeux, c'est bien cette insupportable économie de marché, imaginée par les économistes théoriciens, et qui ne peut fonctionner qu'au prix d'une compétition parfaite, qui entraîne les hommes dans la mauvaise direction. La concurrence parfaite, mais quelle drôle d'idée ! De celle qui amplifie les inégalités et toutes les déviances humaines, les frustrations qui en résultent. C'est d'une évidence ! Au lieu de se pavaner dans des auditoires de luxe, que tous ces économistes inventent une fois pour toutes de quoi modifier le cours de cette gigantesque régression sociale ! Qu'ils soustraient la meilleure part de l'homme à ses instincts et son avidité primaires ! Qu'ils dressent des contreforts à l'envahissement de la société marchande ! Qu'ils contrebalancent la course au progrès et à la richesse cumulée par une répartition plus juste, de celle qui autorise à John un minimum vital.

En dépit de l'invasion touristique, Greenwich ne manque pas de charme en août. Son dîner étant assuré aujourd'hui, ce qui n'est pas le cas de tous les soirs – juste un petit ticket frauduleusement rougi par ses marqueurs, une toute petite triche s'il en est –, John peut flâner dans les rues, dans les avenues et remonter lentement Manhattan jusqu'au lieu du banquet. Il est 20 heures, heure de Greenwich. John se trouve face au prestigieux immeuble de l'University Club de New York, au coin de la Ve Avenue et la 54e Rue. Il n'est pas le premier, et de nombreux conférenciers font la queue, ticket rouge à la main, afin de s'engouffrer dans l'immeuble. Certains ont sacrifié au rite du costume-cravate mais, bien heureusement, les scientifiques, rétifs à tout déguisement, préfèrent idéalement exposer le contenu au contenant. Et l'aspect quelque peu délité de John ne devrait pas poser plus de problèmes que ce matin.

« John, qu'est-ce que tu fous là ? C'est pas ton district ! »

Bordel, Willy-la-bouteille ! Un copain d'errance. John quitte la queue, le prend par l'épaule et l'entraîne discrètement à part.

« Willy, tu ne me connais pas ! J'ai un plan pour dîner à l'œil. Alors *please*, t'en mêle pas.

– T'as pas une petite place pour moi dans ton plan ? Dis donc, t'as l'air en belle compagnie. Tu vas te régaler, petit veinard !

– J'ai rien pour toi ! Disparais, s'il te plaît ! Je te promets que je te revaudrai ça un jour ou l'autre. »

Willy s'éloigne penaud et un peu décontenancé par ce comportement auquel John ne l'a guère habitué.

« John, dites donc, vous n'arrêtez jamais de travailler ? »

Merde, c'est qui maintenant ? Il reconnaît la voix de Nigel Woods dans son dos.

« Bonsoir, Nigel.

– Je vous surprends en pleine expérimentation ou quoi ? Ce pauvre hère fait-il partie de vos sujets étudiés ?

– Tout juste. Je pense qu'il n'y a pas meilleur moyen de les comprendre que de se rendre familier, pouvoir intégrer leurs réseaux, se fondre dans leur paysage social. J'ai développé pas mal de contacts dans le milieu à New York. J'y passe souvent une ou deux semaines.

– Je vous en félicite. C'est de la véritable expérimentation sur le terrain, pas comme ces profs qui emmerdent leurs étudiants et les mettent dans des situations totalement artificielles pour en retirer des prétendues conclusions sur la vie réelle. On reproche souvent à l'économie expérimentale des conditions de laboratoire à mille lieues de la vraie vie, des scénarios irréalistes, de véritables caricatures et de fausses théories sur le comportement humain. Vous, ça n'a pas l'air d'être le cas, tant mieux ! »

Il aperçoit le regard interloqué de John sur le petit sac rose fluo, légèrement odorant de surcroît, qu'il tient entre ses doigts.

« En venant à la réception, je me suis arrêté dans une parfumerie pour un petit cadeau pour mon épouse. C'est un parfum qui vient de Corée et on ne le trouve apparemment que dans cette parfumerie luxueuse de la Ve Avenue. Vous êtes marié ?

– Non.

– *Lucky guy !* »

Ils passent tous deux sans encombre l'épreuve du ticket rouge vif et se retrouvent dans un superbe salon boisé aux hautes colonnes tressées de bois, jalonné de tables épaisses aux pieds vermoulus et massifs, décoré d'antiques portraits des recteurs de l'université, de chandeliers d'argent trônant avec de blanches bougies. Trois verres en cristal de Murano se dressent derrière chaque pile de trois assiettes. Les participants se concentrent au milieu de la salle, verre de champagne à la main, en attendant de s'asseoir pour le dîner. Du luxe, du superluxe ! Cela valait bien l'usage de marqueurs.

« Ouah ! dites donc, ils se sont pas foutus de nous ! Quelle classe ! L'inscription au congrès n'était pas donnée, mais là, on en a pour son argent. Le ticket donne droit à un verre de champagne en plus du dîner. Mais, il y a un bar, là, à côté, pour des choses qui me semblent un peu plus corsées. Cela vous dit, un whisky ? Je vous l'avais promis.

– Vous devez bien cela à l'ours, merci.

– Eh bien, qu'il arrête d'hiberner ! Suivez-moi. »

Ils se rendent au bar. Un pianiste entame sur l'immense piano à queue, à droite du salon, les premières notes de *The Man I Love*. Cette journée sera jazz du début à la fin ou ne sera pas, se dit John.

« Très chouette, votre question de tout à l'heure. Jerry Beckart n'y a pas répondu par son habituelle moue désapprobatrice et lassée de celui que plus rien ne peut surprendre. Comment avez-vous trouvé son exposé ?

– À la hauteur de ce que vous m'aviez laissé entrevoir. Mais je ne suis quand même pas tombé à la renverse en entendant ses conclusions. Il me semble que cela reste beaucoup de science et de statistique pour pas grand-chose.

– Ben tiens, vous allez pouvoir le lui dire en face. Il est juste au bar, lui aussi.

– Bonsoir, Jerry.

– Ah ! bonsoir, Nigel. Toi aussi, tu préfères les boissons un peu viriles à ces apéros d'opérette. Content de te voir. Bonsoir monsieur, monsieur... »

Il glisse ses lunettes sur son nez et se penche sur son badge.

« Monsieur Kahnversky... Monsieur Kahnversy de Portland. Ravi de vous rencontrer. Je vous reconnais, c'est bien vous qui m'avez posé la question à la suite de mon exposé.

– C'est lui, en effet, Jerry. John et moi discutions justement, tous les deux enthousiasmés par ton intervention de cet après-midi. Deux whiskys, s'il vous plaît. Qu'est-ce que vous avez derrière votre comptoir : du Glenfiddich ? C'est très bien, merci. »

Après avoir trinqué, ils portent tous les trois leur verre aux lèvres. L'effet sur John est immédiat. Il n'est pas porté sur les alcools forts, quelques bières journalières, tout au plus, et encore, les journées fastes. Il y a longtemps qu'il n'a plus vécu une telle décharge de chaleur et d'audace dans ses veines et les notes romantiques du piano ne tempèrent pas sa fougue. L'alcool libère l'agacement qu'il maîtrisait en lui depuis ce matin.

« Enthousiaste, enthousiaste… J'ai quand même l'impression, sauf le respect que je vous dois, que vous enfoncez pas mal de portes ouvertes. Il faut sans doute se retrouver seul sur une île déserte ou n'avoir jamais délaissé les bancs des écoles de commerce pour être surpris que les hommes soient d'une nature plus aimable que ce que vous pensiez ou souhaiteriez au départ de vos expériences. »

Nigel avale son whisky de travers. Jerry n'est du tout pas désarçonné.

« Très intéressant, très intéressant, monsieur Kahnversky. Mais comme tout bon scientifique qui se respecte, nous ne nous contentons pas de croyances, mais de faits. Nous ne sommes pas des psychologues. Nous ne nous fondons que sur ce que nous observons, avec suffisamment de soin et de répétition. Nos expériences sont extrêmement contrôlées, rigoureuses. Ce sont les faits qui font progresser la science et non les croyances.

– Pour autant qu'ils nous révèlent quelques surprises.

– Dis donc, Nigel, ton collègue ne manque pas de répartie. Sur quoi travaillez-vous ?

– J'étudie sur le terrain la vie économique des SDF, quels sont les circuits économiques qu'ils mettent en œuvre pour survivre, en marge de notre société. »

À force, il commence presque par croire en son mensonge. Nigel intervient.

« C'est un tout jeune doctorant. Il démarre. Nous nous sommes connus aujourd'hui. Mais je trouve le sujet tout à fait passionnant. Tout à l'heure, John m'a convaincu qu'il y a plus à apprendre sur la nature humaine en passant quelques minutes avec un pauvre homme dormant à même la rue sous une pile de cartons, qu'en testant, comme beaucoup le font, des séries d'étudiants en économie et aux neurones déjà sacrément formatés... Bon, ben, c'est son point de vue, hein.

– Passionnant, de fait. Et qu'avez-vous déjà découvert d'original ?

– Que les mécanismes d'échanges entre SDF sont souvent d'une nature fort généreuse. Ils sont faits de dons, de contredons, de respect, de parole donnée, tout désœuvrés qu'ils sont. Leur déchéance s'accompagne d'une incroyable solidarité. Dans une large partie, ils échappent aux effets déshumanisants de l'argent. Leur économie parallèle est largement à l'abri de celle, martiale, à laquelle nous nous livrons tous au quotidien, pour ne pas parler de Wall Street. »

Il est si facile pour John de parler de lui.

« Très intéressant ! J'aimerais vous inviter à faire un exposé chez moi, dans mon département de Chicago, si cela vous dit, bien sûr, et si vous acceptez de vous confronter à des faiseurs de vent. J'ai également des moyens financiers pour des contrats de chercheur, au cas où les montagnes de l'Oregon ne devaient plus vous inspirer à suffisance. Il faut que vous acceptiez, bien évidemment, d'en redescendre, pour vous retrouver parmi les modestes artisans de la science que nous sommes. »

Le Prix Nobel d'économie se détourne et se mêle à un autre groupe, composé de véritables fanatiques cette fois, en attente d'une simple attention du maître. Nigel regarde John un peu interloqué.

« J'ai du mal à comprendre si tu l'as intéressé ou simplement vexé et si son offre était au premier ou au troisième degré.

– Crois-moi, cela m'importe peu. »

Une superbe brune fend la foule, surprend Nigel par-derrière et l'embrasse sur la joue.

« Salut, Nigel.

– Oh ! Emily, je suis très heureux de te voir. »

Nigel se métamorphose en un clin d'œil, une décharge d'hormones mâles dans ses artères. La réalité est trop forte. Il déserte instantanément ces contrées abstraites que la théorie des jeux répétés l'entraîne à fréquenter la plupart du temps. La science de l'économie expérimentale a beaucoup à perdre, mais pas la concentration de libido dans le salon qui, elle, gagne quelques points.

« Tu es divine, sans surprise, bien que cela en soit toujours une formidable pour moi. »

Tout deux donnent clairement l'impression de s'être mieux connus qu'à l'occasion de quelques rencontres furtives lors de congrès scientifiques.

« Je te présente John Kahnversky de Portland. Un collègue dont j'ai fait la connaissance aujourd'hui. John, Emily Watson, une collègue économiste de Boston. »

Ils échangent une poignée de main galante.

« Enchantée.

– Tout le plaisir est pour moi.

– Tu es arrivée quand ?

– Je viens d'arriver. Je ne crois pas avoir raté grand-chose en manquant les séances de la journée. Je connais trop bien la petite musique de Jerry.

– Tu as raison, mon intervention, c'est demain. »

Elle sourit.

« Ce n'est pas ce que je voulais dire.

– J'imagine bien. Pour ce qui est des exposés d'aujourd'hui, ce n'est pas John qui te donnerait tort. N'est-ce pas, John ? »

John acquiesce docilement. Il est de plus en plus convaincu qu'il y a entre ces deux-là bien davantage qu'une simple correspondance de publications scientifiques et de citations croisées dans ces mêmes publications. Le dîner le conforte dans ses impressions. Les mécanismes de réciprocité emplissent l'air ambiant, quant à une version expérimentale des jeux répétés… Cette nuit, sans nul doute. Bien que partageant tous trois la même table, Nigel n'a d'yeux et de paroles que pour sa belle voisine. Heureusement pour lui, les voisins à gauche et à droite de John, deux Japonais à l'anglais plus qu'approximatif, n'exigent pas de lui une conversation suivie. Quelques sourires de convenance, une photographie de groupe et l'acceptation enthousiaste de leur carte de visite se révèlent suffisants pour leur faire passer une soirée formidable. Il peut se concentrer sur le contenu de son assiette et de ses verres, dont le plus important, qui ne désemplit pas d'un bordeaux de très bonne facture.

Profitant d'une absence passagère de la brune, se baladant entre quelques tables voisines, afin sans doute de dissiper la suspicion, Nigel quitte sa chaise pour se rapprocher de John. C'est ce dernier qui ouvre le feu.

« Il m'avait semblé que tu étais marié ? »

Cette audace toujours... que le bordeaux est loin d'avoir tempérée. Nigel lui montre son annulaire avec juste une légère trace blanche circulaire, mais sans le bijou qui en est l'auteur en principe.

« Je l'enlève toujours lors des congrès. Il faut se libérer les sens et de toute autre forme de contrainte pour profiter pleinement de ce type de réunions. Il faut se rendre disponible à tout type de stimulations. La science se nourrit de cela.

– Je comprends, oui. Une forme très particulière d'ouverture scientifique... Béante. En tous les cas, toutes mes félicitations, elle est magnifique.

– Tu ne crois pas si bien dire. C'est une créature de rêve. Elle fait son postdoc avec Beckart. Il en est fou. Il découvre à ses dépens et à mon immense satisfaction, tu imagines, que le Nobel ne permet pas tout. Il n'est pas un gage d'irrésistibilité.

– Bon, ben, je pense que je vais rentrer.

– Dans quel hôtel dors-tu ? »

Ah zut ! chiure de mouche, celle-là non plus, il ne l'attendait pas !

« Le premier hôtel qu'ils proposaient dans la liste officielle du colloque.

– Au Greenwich Hotel. Tout comme moi. M'étonne pas. Il est sympa, non ?

– Génial oui. Un *must*.

– Dis donc, ils sont plutôt généreux tes responsables à Portland. Ils lésinent pas sur les moyens.

– Découvrir les secrets des ours bruns de nos montagnes, cela se paie *cash*.

– Tu serais pas un peu du genre rancunier ?

– Bon, je rentre vraiment à l'hôtel, j'ai un peu forcé sur le rouge. J'aimerais te demander une faveur. Vu que l'on séjourne dans le même hôtel, je voudrais pouvoir taper mon courrier électronique ce soir dans ma chambre, mais je n'ai pas pris mon ordinateur avec moi.

– Pas de problème. Mais je ne rentre pas tout de suite. Tu comprends. »

Un sourire complice de mâle à l'annonce de la saison de la chasse, sans nulle nécessité de propos superflus, illumine son visage.

« Je te file le passe de ma chambre. C'est la 504. Tu verras, mon MacBook est sur le lit. Dernier modèle, une petite merveille. Je l'ai acheté il y a quelques jours et je suis en train de télécharger et d'installer un tas d'applications. J'ai commencé tout à l'heure. T'auras qu'à redéposer le passe à la réception après usage. Tu peux aussi déposer mon parfum dans la chambre, si cela t'embête pas ? On se verra peut-être demain au petit déjeuner. Je suis pas encore trop sûr de l'endroit où je dors cette nuit. »

Ils se séparent après un clin d'œil de Nigel toujours aussi complice, mais d'une complicité à laquelle John, qui a choisi de rester toute sa vie fidèle à la mémoire de son premier et définitif amour, est totalement insensible. Il lui est facile de se rendre au Greenwich Hotel. C'est en effet dans son district. C'est clairement un des plus beaux hôtels du coin. Il se demande si c'est leur science ou plutôt l'objet de celle-ci qui permet à ces conférenciers un tel confort d'apparat. Les autres congrès auxquels il lui est arrivé de participer, tout aussi frauduleusement, ne logeaient pas à la même enseigne.

Il rentre dans le hall luxueux. Il ne connaît l'hôtel que du dehors : il est passé mille fois devant sans jamais y rentrer. Après être monté au cinquième étage, il pénètre dans la chambre de Nigel et découvre, comme annoncé, le MacBook entrouvert sur le lit. La valise est à peine déballée et de nombreux vêtements sont aussi éparpillés sur le lit. Première nécessité : une bonne douche et un changement de chemise et de sous-vêtements pour les jours à venir. Pantalons et vestes ne sont malheureusement pas à sa taille. Il a trop de carrure, le *beach boy* ! Il se satisfait de quelques tee-shirts aux couleurs criardes, idéaux pour l'été et la chaleur de New York. Sur la tablette de la salle de bains, à la sortie de sa douche, il découvre l'alliance en or de Nigel et s'en empare. Un souvenir plus qu'autre chose. La valeur est surtout symbolique... et ça peut toujours servir.

Nigel était en train de télécharger de la musique sur iTunes, pas du tout le genre de musique qu'il aime : de la country épouvantable, des cow-boys qui s'égosillent sur deux accords de guitare, déclamant leur amour des oiseaux qui virevoltent en liberté, s'apitoyant de l'extinction des bisons d'antan et des feuilles jaunies qui délaissent leurs arbres, des refrains pour se pendre, soûler des tribus entières d'Apaches, à périr d'ennui. Il reprend la manœuvre là où Nigel l'a laissée, mais télécharge un bon millier de morceaux de jazz : Brad Mehldau, John Scofield, Joni Mitchell, Kurt Elling, Maria Schneider, Joshua Redman, EST, Chick Corea, Pat Metheny, Mike Stern, Charlie Haden... Il sature le disque dur de Nigel d'une bonne année de friandises musicales, quelques superbes soirées en prévision dans son square, écouteurs aux oreilles. Bien sûr, un petit millier de dollars prélevés sur la Visa de Nigel, mais celui-ci s'en remettra bien vite. John n'abuse pas. Il a, lui aussi, sa mauvaise conscience juchée sur son épaule. Derrière la fenêtre d'iTunes, il s'aperçoit que la boîte mail de Nigel est encore ouverte. Le dernier message en date est celui de sa femme.

« Comment vas-tu mon amour ? Des nouvelles ? Je viens de mettre les enfants au lit. Et toi ? Que fais-tu ? »

Il répond.

« Bonjour, madame. Nous n'avons pas l'honneur de nous connaître. Mon nom est John Kahnversky. Je suis un collègue de votre mari. Ne vous inquiétez pas, il est en pleine forme. Je viens de le quitter et l'ai abandonné en conversation professionnelle avec ses collègues pendant le gala d'ouverture du colloque. Je voudrais simplement que vous l'informiez de la chose suivante, car je n'aurai plus la chance de le revoir avant longtemps. J'ai dû inopinément le quitter et m'excuse à l'avance du désagrément que j'aurais pu lui causer en empruntant quelques-unes de ses affaires personnelles. Qu'il ne cherche pas à me retrouver car je suis en possession de l'une ou l'autre vérité scientifique qu'il ne serait sans doute pas heureux que je porte à la connaissance de notre communauté. La science est faite de ce genre de controverses et de difficultés. Il est parfois difficile de sortir des sentiers battus, mais il comprendra. C'est un homme intelligent et sensible. Vous avez beaucoup de chance. *God bless you.* »

Il ferme le Mac, le glisse sous son bras et quitte la chambre.

Pièce de rechange

« Vous la reconnaissez ? »

Harold ouvre péniblement les yeux dans l'univers blafard de la salle de réveil de l'hôpital Saint-Pierre. Tout lui paraît étrange, à commencer par cette rangée parallèle de lits, plus évocatrice de l'organisation géométrique des cimetières que du retour à la vie. Lentement, laborieusement, il émerge, dans une lumière douce et bleutée, troublée par un faisceau plus intense éclairant une photo avec le visage d'une femme. La photo est tenue devant lui, dans la lumière, par un de ces hommes en blanc doté de pouvoirs redoutables : le neurologue Pierre Changer. C'est lui qui l'a opéré quelques heures auparavant.

« Vous la reconnaissez ? »

Ses sens sont engourdis. C'est quoi ? C'est qui ? La Stasi ? Il se libère doucement de cet état léthargique suscité par l'anesthésie générale préopératoire. Il ressent quelque chose d'étrange, d'impalpable, mais sans doute imputable à cette apathie sensorielle dont il s'extrait à peine. Ses sens s'ajustent comme un objectif photographique que son cerveau calibre. Sa mémoire la plus récente s'active.

Il se remémore confusément les quelques heures qui ont précédé son intervention: sa discussion avec Pierre Changer, l'admiration pour ses écrits dont lui fit part le neurochirurgien et la fierté que ce dernier éprouvait à procéder à cette intervention sur lui, geste médical dernier cri, summum de la modernité en microchirurgie cérébrale. Harold avait effectué la veille ce long voyage en avion, au départ de New York par vol de nuit, à jeun, sans siroter le moindre verre de vin – anesthésie oblige –, pour se rendre directement à l'hôpital, au petit matin. Puis, il lui fallut consulter le Dr Changer et s'apprêter pour l'opération en hôpital de jour: enfiler la ridicule chemise vert cafard ouverte sur l'arrière, se coucher, supporter le transfert vers la salle d'opération, le masque anesthésiant... Et le voici maintenant, au milieu d'une rangée de lits, spectateur sans billet d'un lent ballet d'infirmières aux gestes syncopés, ritualisés par le réveil lent et graduel des patients sortis vivants des blocs opératoires.

« Mr Nagels, je suis le Dr Changer, répondez-moi s'il vous plaît ! Vous la reconnaissez ou pas ? »

Vaseuse et plutôt confuse, cette situation lui rappelle les images d'une mauvaise série B à la télévision, quand le commissaire, interprété par un acteur de seconde zone, projette son faisceau lumineux sur le visage de la canaille à peine capturée. Harold croit deviner un soupçon d'impatience inquiète dans la voix du médecin. Et toujours cette photo dans les mains, ce visage en papier glacé vers lequel il dirige enfin son regard.

« Mais oui ! bien sûr ! c'est ma femme : Juliette. »

À peine a-t-il prononcé ces mots qu'une émotion intense le saisit, un sentiment violent, poignant. C'est revenu ! Enfin, il reconnaît le visage de cette femme qu'il aime, sa femme, ce visage qui, depuis un mois, lui était devenu totalement inconnu. C'est plus qu'un retour à la vie, c'est la hache de guerre enfin enterrée entre sa matière grise et lui. Il peut savourer la tornade de sensations qu'une telle reconnaissance libère en son cerveau. Tout soudain se réveille en lui, avec force et brutalité. Cette reconnaissance est une véritable renaissance, mais aux forceps. Ses yeux se brouillent à cause de ce drôle de cocktail émotif, il ne parvient pas à contenir cette joie qui vient de très loin.

« Merci, docteur ! » dit-il entre deux sanglots presqu'enfantins.

Le neurologue apparaît soulagé.

« Tout le plaisir est pour moi monsieur Nagels... Et entre nous, j'en connais une qui va être drôlement heureuse. L'opération s'est parfaitement déroulée. Il vous reste juste un grand pansement au-dessus de l'oreille droite, qu'il faudra garder quelque temps. Et puis quelques points de suture, que n'importe quel infirmier chez vous à New York sera capable de retirer d'ici deux à trois semaines. Je vous l'avais promis. Vous devriez encore avoir le temps pour votre vol de retour. J'ai commandé un taxi pour vous dans une heure. Cela devrait aller beaucoup mieux d'ici là. L'anesthésiant se sera en partie dissipé. Vous allez très vite récupérer. Et puis, vous aurez l'occasion de vous reposer dans l'avion. Sirotez-y un verre de millésime à ma santé. »

Le Dr Changer fait allusion à la seconde passion d'Harold après la métaphysique : l'œnologie, passion que Changer ne partage pas, tout amateur de bière belge qu'il est.

« Nous nous parlerons à votre retour à New York, j'ai beaucoup d'autres interventions sur le feu. Nous reprendrons nos échanges mail où nous les avons laissés ; il me semble que la donne a changé maintenant... Un peu en ma faveur, sans doute. Vous le reconnaîtrez, j'ai quelques arguments additionnels à faire valoir. Excusez ma fausse modestie. J'imagine dans quel état vous devez vous trouver : cette intervention, vous la récusiez de toute votre intelligence, elle vous était insupportable *a priori*. Promettez-moi de me faire part de vos impressions. Un patient comme vous, cela m'est particulièrement précieux. Vous vous en doutez, la communauté médicale est encore très sceptique. Ma pratique est très controversée, même décriée, et mes collègues ne me regardent pas toujours d'un œil amène. Vous écrivez très bien et j'envie votre force de conviction. Mais à vous lire, j'aurais dû rendre mon tablier depuis bien longtemps. J'espère que vous trouverez dans cette expérience de quoi enrichir vos réflexions sur la nature de la conscience, en tout cas son volet cérébral, le seul que je puisse titiller de mon scalpel. Je me réjouirai d'en débattre encore avec vous dans le futur. »

Il lui serre chaleureusement la main et s'éloigne vers la sortie. Arrivé au bout du couloir, il se retourne et fait quelques pas vers lui.

« Ah oui ! j'oubliais une chose importante. Je l'ai laissée sur la chaise à côté de vous, là. »

Il lui désigne une grande enveloppe brune.

« C'est une photo que nous avons faite pendant la mise en place de votre greffe neuronale. Ne vous effrayez pas. Cela va vous paraître impressionnant, perturbant. Cet implant métallique, net, froid, argenté, dans cette masse organique plutôt informe, gélatineuse que constitue un cerveau, est du plus grand effet. Un kit de vingt-cinq prothèses neuronales en silicium nous fut nécessaire. Les petits points blancs que vous verrez sur les bords sont les raccords à récepteur hormonal et à connexions synaptiques : elles sont d'une sensibilité extrême. Ce kit est un des modèles les plus importants en taille et les plus sophistiqués dont nous disposons, il a déjà fait ses preuves dans le traitement des aphasies et des prosopagnosies du genre de celle dont vous souffriez. Son ajustement et sa calibration fonctionnelle sur vos véritables neurones ne furent pas simples. Mais rassurez-vous, ce n'est jamais simple... Heureusement, mes assistants coréens font des miracles en matière de microélectronique. C'est à eux que je dois la réussite de ces interventions. Je me suis dit qu'une telle photo ne pourrait manquer de mettre en verve le philosophe que vous êtes. Elle pourrait même faire la couverture de votre prochain ouvrage.

– Encore une fois, répète Harold ému, je ne sais comment vous remercier, docteur Changer. Il est certain qu'une telle expérience, aussi traumatisante et bouleversante que celle-ci, ne pourra laisser indemne le soi-disant penseur professionnel que je suis. Bien au-delà de la couverture, c'est votre personne qui risque d'être le protagoniste d'un prochain essai.

– Vu la qualité de vos écrits, j'en serais très flatté, monsieur Nagels. J'attends impatiemment de vous lire, mais dans l'immédiat je me réjouis qu'enfin vous arrêtiez de prendre votre femme pour une bouteille de grand cru. »

Il sourit de cette allusion un peu poussive à cet ouvrage fascinant d'Oliver Sacks[3] qui les a, en son temps, marqués tous les deux.

« Faites un bon voyage et à très bientôt, j'espère... Mais plus pour vous réparer les neurones. »

Il le regarde très chaleureusement une dernière fois.

Harold récupère rapidement de cette vive émotion. Il reprend la photo de Juliette, la contemple de près, de loin, de très loin, la colle à son nez, la retourne. C'est toujours Juliette. Sa masse d'épis blonds qui encadrent ce visage tant chéri, et dont le relief lui est devenu tellement familier depuis que seules ses mains lui en confirmaient l'identité. Ses yeux émeraude, sombres, doux et profonds, remplis d'intelligence, ses yeux qui, depuis un mois, ne lui parlaient plus. Ses yeux qui pétillaient dans le vide. Ses délicates lignes du temps (dont elle se plaint tant) qui enrichissent son expression d'un sourire coquin et généreux, même quand rien ne l'y invite. Son nez fort qu'il se plaît presque autant à prendre en bouche que sa bouche. Sa Juliette lui était revenue, plus incroyablement, plus ardemment encore que la Mathilde de Brel. Tout dans ce visage lui était devenu étranger et il avait cru ne plus jamais ressentir ce que l'on ressent à la simple vision de la personne aimée. Et là, par la magie d'un scalpel, l'audace et l'habileté d'un chirurgien, par la reconstitution fonctionnelle et métallique de la partie cérébrale défaillante, ce plaisir-là, un plaisir basique, épidermique, irremplaçable, que nous partageons même avec les chiens, lui était restitué.

---

3. *L'Homme qui prenait sa femme pour un chapeau*, Paris, Le Seuil, « Points », 1992.

* * *

Une heure plus tard, il débouche rue Haute, au cœur d'un des plus vieux et plus populaires quartiers bruxellois, où un taxi l'attend et dans lequel il s'engouffre, demandant au chauffeur de le conduire à l'aéroport. Son avion décolle dans trois heures. Il connaît très bien Bruxelles pour y être né et y avoir vécu ses vingt-cinq premières années. Le taxi démarre, laissant derrière lui l'hôpital et la porte de Hal, un des vestiges des anciennes entrées dans Bruxelles, pour se diriger vers le Ring. Il semble que rien n'ait changé et que cet itinéraire demeure la manière la plus rapide de se rendre à Zaventem, à cette heure-ci. Son père, un haut fonctionnaire de l'OTAN, a fait la plus importante partie de sa carrière à Bruxelles. Harold a commencé ses études dans la section anglaise de l'école européenne d'Uccle, et s'est très vite passionné de philosophie. Bien que ses parents aient insisté pour qu'il les poursuive dans une université américaine, son attachement pour la capitale était tel qu'il choisit de se diplômer en philosophie à l'Université libre de Bruxelles.

Malheureusement, le département de philosophie, principalement obnubilé de questions d'éthique, de morale et de politique, ne manifestait à l'époque que bien peu d'intérêt pour les questions métaphysiques qui le taraudaient, comme la nature ultime de la conscience, sa réalité neuronale et la possibilité, surtout à l'ère des incroyables innovations informatiques et électroniques, de son existence dans un ordinateur. C'est donc à New York qu'il a décidé de prolonger ses questionnements et parcours philosophiques, d'abord par un doctorat puis par une longue carrière de chercheur, ponctuée de quelques ouvrages plus grand public qui ont trouvé lecteur, jusque dans les recoins des blocs opératoires de l'hôpital Saint-Pierre. Juste retour des choses: la dette intellectuelle qu'il devait à cette ville lui permettait, comble des cycles nietzschéens, de naître une seconde fois. Une fois, une fois encore, comme aiment à répéter ceux que l'accent et les expressions belges divertissent.

Certes, ce sentiment diffus d'étrangeté ne le quitte pas. Il l'a envahi en sortant de l'hôpital et occupe de plus en plus de place... Un singulier malaise. Quelque chose dans ce Bruxelles pourtant familier (il a eu l'occasion de revenir maintes fois sur les lieux de son enfance et de sa maturation intellectuelle) le déconcerte, sans qu'il ne parvienne toutefois à identifier cette sensation délayée, déroutante. Il saisit son téléphone portable et compose le numéro de Juliette.

« Allô ? Harold ?

– Ça y est, mon amour, je suis guéri, guéri... Je te reconnais enfin !

– Formidable ! Quel bonheur ! Comment s'est passée l'intervention ?

– Au mieux, je crois. Je n'ai pas eu trop le temps de parler à Pierre Changer. J'ai subi une anesthésie générale et ne suis resté que deux heures dans la salle de réveil. Il a juste eu le temps de me dire qu'il était ravi du résultat et s'est réjoui que je te reconnaisse en photo. Je suis déjà dans le taxi pour l'aéroport. Il m'a même laissé un cliché de la greffe neuronale. C'est fou, c'est impressionnant ! C'est un succès total : j'ai vu ta photo, notre photo, que j'ai reconnue sans difficulté aucune. C'est toi, vraiment toi ! Tu te rends compte ? Quel bonheur j'ai ressenti quand j'ai enfin pu te reconnaître, tout comme avant. C'en est fini avec l'étrangère que tu étais devenue pour mes yeux malades.

– Mon amour, je suis folle de bonheur. Je suis si pressée de te retrouver, de te serrer dans mes bras. Reviens vite. Je viendrai te chercher à JFK ce soir. Vive la médecine et ses miracles ! Je vais vider un de nos meilleurs bourgognes pour fêter l'occasion. »

Sa femme partage sa passion pour les excellentes bouteilles.

« À tout à l'heure, mon cœur... Et n'aie crainte, je te reconnaîtrai à l'aéroport, plus besoin d'un écriteau avec mon nom inscrit. Notre vie peut reprendre là où on l'a laissée il y a un mois. Ce jour est merveilleux. »

Il raccroche, joyeusement ému.

Le trajet est long. À cette heure-ci, Bruxelles et son périphérique se retrouvent plombés par une circulation qui se densifie à vue d'œil. C'est l'heure de pointe et les voitures sont collées les unes aux autres sur le Ring. Il a faim et soif et se réjouit d'avance de ce billet première classe que son ami Dan l'a encouragé à réserver sur ce vol.

« Écoute Harold, tu ne sais pas de quoi tes lendemains seront faits. Et c'est peut-être en qualité de légume que tu prendras le vol de retour. Alors, vas-y, accorde-toi au moins ce plaisir. Cette compagnie est réputée. Il paraît qu'ils servent un grand cru sur demande. Un voyage première classe, pour une opération qui me donne l'impression de l'être plus encore ! »

Le taxi peine à se rapprocher des avions. Il suffit à Harold de prendre son mal en patience. Il a une heure devant lui et ne ratera pas son vol. Il s'étale et se love dans le cuir profond de la Mercedes qui le conduit. Il en profite pour se repasser le film de ce mois déroutant qui vient de s'écouler.

* * *

Tout a commencé au réveil, un lundi. Sa femme s'était tournée vers lui, comme tous les matins, pour recevoir le premier et sacré baiser du lever du soleil. C'est leur rituel du début de journée. Mais c'est alors que l'incroyable s'est produit, car c'est en présence d'une inconnue dans son lit qu'il s'est soudainement retrouvé. Son premier réflexe fut un brusque sursaut en arrière.

« Mais qui êtes-vous ?

– Harold, arrête, c'est pas drôle ! En plus on est en retard. J'ai dû mal régler le volume du réveil.

– Juliette. C'est... c'est toi ? C'est bien toi ? Je te reconnais à ta voix, mais ton visage m'est devenu étranger. Je ne te vois plus, ou plutôt, si... Bien sûr, je te vois... Mais je ne te reconnais plus. Je te vois comme sans te voir. Mais, mais, mais... C'est dingue ça ! Qu'est-ce qui m'arrive ?

– Harold, arrête, je te dis ! Je ne suis pas d'humeur à plaisanter. C'est pas terrible comme numéro. Va préparer le café ! Je me douche et te rejoins.

– Juliette, je ne délire pas, je te jure, crois-moi, je ne te reconnais plus, vraiment plus. Je te vois, je te sens, je t'entends, je suis sûr que c'est toi, mais c'est ton visage... Oui, ton visage, c'est ton visage que je ne saisis plus.

– Mais qu'est-ce que tu racontes ? Tu divagues ! T'es pas bien réveillé ? Allez, va prendre une douche. Cela te fera le plus grand bien... Bon, vaut mieux que je m'occupe du café moi-même. »

Il se dirige vers la douche. Mais que lui arrive-t-il bon sang ? Mal réveillé ? Mais non, ce n'est pas possible, jamais un manque de sommeil ne conduirait à une telle incapacité. Soudain, il craint le pire. Il a beaucoup lu et s'est intéressé de très près à un trouble cérébral dénommé « prosopagnosie », qui est censé rendre impossible l'identification des visages, y compris les plus familiers. Il en est sûr maintenant, c'est de cela qu'il souffre, soudainement. Tout concorde, ce qu'il vit et ce qu'il a lu. Il a parfaitement reconnu la voix de sa femme, tout le reste en fait. Il sait résolument que c'est elle, mais son visage ne lui dit plus rien. Il distingue clairement et ne peine aucunement à reconnaître tout ce qui l'entoure, son pommeau de douche ainsi que toute sa salle de bains à l'instant, les grandes serviettes blanches que sa femme collectionne et qui tapissent la quasi-totalité des murs. Il se regarde dans le grand miroir et ne se surprend pas. C'est bien lui, toujours lui. Il sort de sa douche, s'habille en vitesse et descend dans la cuisine, où l'attend l'inconnue, la cafetière à la main, toujours aussi perplexe.

« Alors ça va mieux ? On arrête le sketch ? »

Et Harold de répondre, d'un filet de voix tremblant, amoindri par l'angoisse.

« Non, ça ne va pas mieux du tout. J'ignore ce qui s'est passé cette nuit. Mais je suis sûr qu'aujourd'hui je ne suis plus le même homme. Quelque chose s'est déglingué dans mon cerveau. Je souffre d'une défaillance neuronale chronique. Cette nuit, cela s'est abîmé là, quelque part entre mes deux oreilles. Je ne reconnais plus ton visage. Et crois-moi, je t'en prie ! C'est déjà assez insupportable à vivre ! »

Juliette commence à le croire et son expression se modifie, d'une manière devenue imperceptible à Harold.

« Excuse-moi, mon amour, mais j'ai tant de mal à te croire. Ce doit être passager. C'est la fatigue, un excès de tes lectures. Ta métaphysique te joue sans doute des tours. Ce n'est pas possible, comme cela, d'un coup, du jour au lendemain. Ne plus me reconnaître ! Moi, ta femme, ta Juliette !

– Je t'en supplie, crois-moi, s'il te plaît, crois-moi. C'est un trouble neurologique rarissime, mais relativement bien identifié dans la littérature neuroscientifique, que je connais plutôt pas mal, comme tu le sais. Je n'en reviens pas de souffrir à la première personne d'un mal qui m'a tant intrigué dans mes écrits.

– On en guérit ? C'est réversible ? Ce peut être passager ?

– Je n'en sais trop rien. Je suis un peu perdu pour tout te dire. Paniqué même ! Je vais aller consulter au plus vite mon ami Dan Donnut. Je ne suis pas du tout au fait des ultimes connaissances en la matière. J'espère qu'il pourra nous en dire plus. Mais quand c'est le cerveau qui est atteint, on peut craindre le pire. »

Juliette prend peu à peu conscience de sa perte d'identité aux yeux de son mari. Si l'amour a un visage, ce n'est plus le sien. Sa voix aussi se tord.

« Mon pauvre amour ! »

Elle se rapproche et le serre fort dans ses bras.

« Là, tu me reconnais maintenant, bien sûr. Je te crois évidemment. Quel désastre ! Je n'en reviens pas. Mais tu vois et tu es capable d'identifier tout le reste ? C'est fou ! C'est stressant au possible. Qu'est-ce-que tu ressens en ma présence ? Pourras-tu m'aimer encore ? Cette dégradation va-t-elle s'arrêter là ? Ça va dégénérer ? Tu ne vas pas devenir fou ? Mourir ? »

Il ne répond à aucune de ses questions. Le fossé reste énorme entre ses évasions métaphysiques et le vécu, le quotidien, la réalité des patients. Un lourd silence s'installe entre eux. Il la regarde attentivement sans la voir, ou la voit sans la regarder, un peu hagard. Il ne saisit plus quel type de mécanisme perceptif ce visage tant aimé met encore en éveil. La personne la plus proche de lui s'est, en une nuit, éloignée à l'autre extrémité du globe. Des larmes commencent à couler le long des joues de sa femme.

* * *

Il prend rendez-vous l'après-midi même avec ce collègue du département de neurologie, dont il est proche, un éminent spécialiste : Dan Donnut. Il le connaît notamment pour s'être largement inspiré de ses travaux, lors de ses nombreuses pérégrinations philosophiques à la lisière des neurosciences. Ce sont les patients dont Dan lui parle et la manière dont il les traite qui nourrissent sa pensée.

Dan l'attend, assis derrière son bureau dans sa blouse blanche. Il consulte aujourd'hui et l'a intercalé entre deux rendez-vous, inquiet du ton empressé de cette demande, plutôt inhabituel de la part d'Harold.

« Bonjour Dan.

– Salut Harold, quel bon vent t'amène ? C'est le médecin, le chercheur, le philosophe, ou l'ami que tu viens consulter ?

– Un peu de chaque. Ils sont si différents ?

– Chaque jour un peu plus. Tu serais surpris. Je pratique une médecine quotidienne qui dérange profondément le philosophe que je suis et qui, de surcroît, n'a pas la moindre assise théorique chez le chercheur qu'occasionnellement j'héberge dans mes neurones.

– De quoi devenir schizophrène !

– Je ne peux pas me le permettre, tu penses, au risque de perdre une grande partie de ma clientèle. Alors ? Tu ne m'as pas répondu, qu'est-ce qui t'amène ? Je n'ai malheureusement pas trop le temps de philosopher aujourd'hui. J'aimerais tant qu'il se calme, ce vent de folie dépressive qui me ramène, par bourrasques entières, toutes ces personnes dans ma salle d'attente.

– Dan, c'est plutôt le médecin que je viens consulter. Je ne vais pas bien. C'est un truc grave et étrange qui m'arrive. »

Dan le regarde interloqué.

« Depuis ce matin, je ne reconnais plus le visage de ma femme.

– Quoi ?

– Oui, tu as bien entendu, je ne reconnais plus le visage de ma femme.

– Je ne te crois pas. Tu me fais marcher. Tu me provoques… au bénéfice de ta recherche. Ou c'est une caméra cachée ? Quelque chose du genre ?

– Dan, je suis on ne peut plus sérieux. Je n'ai vraiment pas le cœur à plaisanter. Je ne reconnais plus le visage de ma femme. Et cela depuis ce matin. C'est arrivé d'un coup, comme ça, sans crier gare. Je me suis réveillé… et me suis retrouvé au lit avec une étrangère.

– Je ne le crois pas. Prosopagnosie ?

– J'en sais trop rien. C'est toi l'expert. Une forme, sans aucun doute. Mais aiguë, car étrangement, ce trouble ne concerne que le seul visage de ma femme. Aucun autre. Toi, par exemple, je te reconnais sans problème.

– Pourtant, je croyais que tu m'aimais…

– Dan, je t'en prie, c'est sérieux. Épargne ton humour pour des jours meilleurs.

– Désolé, Harold. Écoute, bien sûr, nous connaissons tous les deux la prosopagnosie, cette extraordinaire défaillance neuronale qui s'attaque, pour l'essentiel, à la faculté de reconnaissance de visages et à aucune autre. »

Malgré l'amitié qu'il voue à Harold, Dan adopte un ton plus professoral. C'est bien la dernière personne qu'il s'attendait à avoir comme patient, convaincu qu'il est que la gymnastique conceptuelle incessante à laquelle Harold soumet son cerveau l'a définitivement mis à l'abri de toute défaillance de ce côté-là.

« En général, elle ne choisit pas sa cible et tous les visages sont visés, seuls les visages d'ailleurs, aucun autre objet du monde. Mais le mal dont tu souffres me semble plus singulier encore. Évidemment, je te crois, il suffit de te regarder. J'ai déjà entendu parler de quelques cas similaires. Ils sont extrêmement rares : soudain, une victime ne reconnaît plus sa sœur ou son père. À chaque fois, tu le sais aussi, on a découvert une lésion dans le gyrus fusiforme. Si tu le souhaites, on peut procéder à une IRM. Cela reste ce qui se fait de plus précis en matière d'imagerie cérébrale. Je pense pouvoir en disposer d'ici une heure, on te glissera entre deux patients. L'examen prendra une demi-heure. Si tu crains une tumeur, ou tout autre type de lésion cérébrale, on en aura très vite le cœur net. »

Harold se rend comme prévu au rendez-vous et subit l'examen IRM effectué par son collègue. Il a déjà pénétré dans cette machine impressionnante pour se prêter, comme d'autres, à un examen des zones de cerveau les plus sollicitées dans différentes tâches cognitives. On observe les parties du cerveau mises à contribution par l'écoute de la musique, la vision d'images tristes ou joyeuses, le langage parlé ou écrit. Cette machine dévoile les circuits d'oxygénation du cerveau, les zones les plus activées en temps réel. Quelque trente minutes plus tard, ils se retrouvent ensemble dans le bureau de Dan.

« C'est malheureusement bien cela, Harold. Comment ne plus te croire ? Je suis désolé. Regarde où est mon doigt. »

Il pointe, sur l'image IRM, une zone précise du cerveau, juste en dessous du lobe temporal droit.

« Tu vois cette tache noire, là, à la base du cerveau ? C'est une zone nécrosée. Pour une raison inconnue, tu es victime d'une lésion à cet endroit même, appelé le gyrus fusiforme, que l'on sait particulièrement impliqué dans la reconnaissance des visages. C'est vraiment flagrant et j'en suis sincèrement attristé. Mon pauvre ami !

– En plus, c'est juste la zone de Juliette. Ce sont mes seuls neurones amoureux qui sont atteints.»

C'est à nouveau le scientifique qu'Harold interpelle.

«Arrête! Tu sais bien que ni toi ni moi ne croyons à la théorie "localiste" des concepts neuronaux. Il n'y a pas plus de neurones "grand-mères" que de neurones "Juliette". Je ne sais pas pourquoi seule ta femme se trouve concernée. Ce qui est sûr, c'est que cette défaillance empêche le mécanisme d'activation des zones globales de reconnaissance, sans doute quand le visage en question se montre autant chargé d'affects. Et c'est bien la preuve que tout se tient dans un cerveau: le cœur, les images et les concepts. La conscience est un phénomène globalisant et la moindre défaillance, aussi localisée soit-elle, peut entraver tout son fonctionnement. Tes yeux ont décidé de ne filtrer que la seule personne aimée, car les neurones qui la font vivre chez toi sont liés à de nombreux organes. Elle était sans doute la plus vulnérable. Le cœur à ses raisons que tes neurones subissent.

– Et que me conseille le médecin?

– *A priori* pas grand-chose.»

Dan Donnut reste coi quelques secondes, le regard chargé de perplexité. Le silence est lourd. Puis il reprend.

«Écoute, je reviens juste d'un colloque la semaine passée, où j'ai assisté à une présentation assez incroyable d'un neurologue aussi allumé que génial. Il se nomme Pierre Changer. J'avais déjà entendu mentionner ce nom, mais c'est la première fois que j'ai eu la chance d'assister à une de ses présentations. Et c'est assez révolutionnaire.

– En quoi cela me concerne?

– Ce type pratique l'incroyable.

– Et encore ?

– Des greffes neuronales !

– Mais enfin, c'est impossible !

– Apparemment plus entre ses mains. Il s'est associé à une compagnie coréenne hyperspécialisée dans la réalisation microélectronique de réseaux neuronaux, d'une fidélité fonctionnelle sidérante avec les véritables neurones. Le tout est encore très secret, et je pense que la technologie est toujours à l'essai. Mais ce qu'il nous a montré au colloque nous a tous laissés sans voix. Nous restons assez discrets pour l'instant, car Changer ne se targue encore que de quelques réussites, mais elles sont impressionnantes. C'est une transformation profonde de la neurologie et demain de la neuropsychiatrie qu'il tient au bout de son scalpel, une tornade qui va bouleverser toutes les sciences du cerveau sur son passage. »

Harold a l'oreille on ne peut plus tendue : celle du patient d'une part, mais aussi celle du philosophe.

« Il a déjà réalisé plusieurs greffes neuronales sur des patients atteints de différentes pathologies cérébrales, assez bien identifiées et localisées : des agnosies, des aphasies, et pour l'instant, apparemment, c'est 100 % de succès. Chaque patient semble avoir récupéré ses facultés mentales d'avant la lésion.

– Mais comment est-ce possible ? Rappelle-toi toutes nos discussions à ce sujet. Cela ne tient pas la route.

– En tout cas, ce n'est vraiment pas ce que ses patients semblent dire. Et je t'avoue que, personnellement, je n'en reviens toujours pas. Ce type est à l'aube d'une extraordinaire révolution médicale. Il est belge : il est médecin à Bruxelles. Tu t'imagines ! La Belgique, tu connais, non ? Cela ne devrait pas t'étonner outre mesure, le pays du surréalisme et de la bande dessinée. Des cerveaux en métal au pays de Tintin ! Demain, nous nous retrouverons tous avec un Atomium entre les deux oreilles et nos neurones transformés en sept boules de cristal.

– C'est en effet là que je suis né et où j'ai grandi, un pays surréaliste, tout à fait. Mais bon, en l'occurrence, ce sont de mes neurones qu'il s'agit...

– J'imagine, pour en avoir tellement discuté avec toi, que la possibilité de telles greffes, de telles substitutions neuronales, doit profondément te perturber. »

Ce qui déstabilise Harold au plus haut point, c'est qu'il s'est toujours refusé d'admettre qu'un cerveau humain puisse se voir remplacer un jour par une version robotisée. Car si l'on admet que le remplacement d'un neurone biologique par une prothèse informatique ne modifie en rien l'identité et le ressenti du greffé, dès lors, il n'y a aucune objection de principe à ce que l'entièreté de ce cerveau puisse subir un sort pareil. C'est l'expérience de pensée (qu'il croyait, jusqu'à aujourd'hui, uniquement de pensée) qu'il soumet systématiquement à ses étudiants de philo, lorsqu'il leur demande s'ils croient être des machines. Lorsqu'ils se rebiffent, il modifie alors la formulation de la question. Il leur demande s'ils accepteraient de voir remplacer un de leurs neurones par une version fonctionnellement équivalente, mais métallique, en silicium par exemple, comme on le fait pour le cœur ou les valves cardiaques. La plupart acceptent, et c'est bien comme cela que le Pr Nagels les piège, les met face à leurs contradictions, les force à capituler. Car s'ils acceptent cette greffe, c'est qu'ils admettent d'être des machines. Il en va d'un neurone comme de mille milliards. Et aujourd'hui, son ami Dan lui propose de vivre cette même expérience de pensée.

Harold est intimement convaincu qu'une machine ne peut ressentir le fait d'être. Elle ne peut rien vivre à la première personne. Elle ne peut manifester la conscience d'être, aucune expérience subjective, aucune soif de vivre, nul vécu émotif. Il l'a écrit en long et en large dans d'imposants essais philosophiques et des ouvrages plus légers, mais tout aussi incisifs et déterminés. Il l'a écrit aussi en réaction à l'arrogance de ses nombreux collègues informaticiens, qui clament haut et fort la possibilité future d'un robot en tout point indifférenciable des humains qui l'ont inspiré. Ce robot qui serait tout aussi conscient que nous, Harold Nagels le réfute, il le combat à coups de paragraphes et de chapitres. Ce sont ses seules armes, mais elles ont en ont abattu plus d'un. À l'exception, apparemment, de Pierre Changer.

Harold n'admet pas que les hommes soient de simples machines. Il les veut bien davantage, une machine sans doute, mais d'un type qui résiste à toute introspection définitive. Une machine pour qui le mystère de son fonctionnement reste entier. L'eau des neurones ne peut se transformer, comme par magie, dans le vin de la conscience. Il n'est pas croyant, bien sûr, il est un homme de science et de raison, et pourtant il s'est convaincu avec le temps que tout n'est pas informatisable. Il doit rester un pan de notre fonctionnement mental, la part ultime de notre être, le « je suis » cartésien, un imprenable for intérieur, qui ne peut se livrer à l'objectivation nécessaire pour le transformer en objet de science, de substitution et *a fortiori* de greffon médical. La part ressentie, la part consciente de nous-mêmes, nous ne la comprendrons jamais, car nous ne parvenons à la vivre que du plus profond de nous-mêmes. Elle est insondable, impartageable. Comment diable pourrions-nous dès lors restituer à quelqu'un sa part de vécu intime, par le simple remplacement d'une pièce défaillante ?

Mais Harold souhaite en savoir un peu plus. Toute mystérieuse que puisse être sa matière grise, sa panne cérébrale reste visible, bien visible... Alors, un dépanneur ?

« Et pourtant, à t'entendre, Dan, ce Dr Changer ferait des miracles !

– Harold, de toute manière tu n'as pas grand-chose à perdre, contacte-le. Si tu veux, je lui envoie par e-mail le résultat de ton IRM. Je le connais un peu. Cela pourra faciliter la prise de contact. »

Harold lui a envoyé un long e-mail et le Dr Changer lui a répondu. Ce dernier connaissait ses écrits. Il a bien compris que la possibilité de telles interventions cérébrales a de quoi remettre l'essentiel de la démarche philosophique d'Harold en question. Pour sa part, il est convaincu que ses greffes fonctionnaient. Il aspire à lever toute réticence, tout obstacle. Pour le rassurer, il lui a écrit :

« Bien évidemment, vous serez un autre homme à l'issue de mon intervention. Toutefois, il sera suffisamment semblable à celui précédant la greffe pour que vous l'accueilliez à bras ouverts. Notre identité se construit dans la continuité de notre flux mnémonique et ce flux, c'est aux entrées/sorties de nos pièces neuronales qu'on le doit. Croyez-moi, un neurone est juste une petite machine qui transforme une stimulation chimique reçue en entrée en un courant électrique puis une nouvelle stimulation chimique fournie en sortie. Rien d'autre. Toute autre machine reproduisant ce fonctionnement fait aussi bien l'affaire. Au moins, vous devriez pouvoir à nouveau reconnaître votre femme. Nous nous transformons tous de seconde en seconde. Pensez-vous que je me rappelle l'enfant que j'étais, il y a quelques années, avant la découverte de ces extraordinaires greffes neuronales ? Je peux vous affirmer que je me sens aujourd'hui un autre homme, et que l'avenir me réserve certainement de quoi encore altérer cette identité en devenir. Il n'en reste pas moins une forme de continuité, ce flux de vie, constitué de notre histoire, notre mémoire, inaltérable, figée dans le temps, et qui est l'essentiel de nous-mêmes. Je ne l'abîmerai en rien lors de mon intervention. L'essentiel de votre vécu restera bien à l'abri de mon scalpel. C'est extrêmement localisé, rassurez-vous. »

Harold s'est inquiété de la possibilité d'un échec, d'un bouleversement neuronal tel qu'il le métamorphoserait en un véritable robot, froid, privé de toute émotion, un être fondamentalement de raison métallique, un macro-processeur... Sans doute l'idéal de tout philosophe, mais pas vraiment le sien.

« Rassurez-vous, M. Nagels. J'ai bien observé votre IRM. La zone touchée est extrêmement réduite. C'est l'unique partie que nous remplacerons. Sauf à penser que vos neurones biologiques soient d'une substance à ce point singulière qui les rendraient irremplaçables par principe. Ce serait bien les seuls. Faites-moi confiance, on échange juste une pièce défaillante par une autre, qui se comporte à l'identique : mêmes entrées, mêmes sorties. La pratique consiste à rétablir le fonctionnement global de votre cerveau, à en restituer la circulation électrique et chimique aujourd'hui altérée. Le tout sera maintenu matériellement intact pour l'essentiel. Quel que soit le lieu neuronal où se cache ce qui vous fait être ce que vous êtes, quoi qu'il en soit, j'ai la certitude que rien ne l'altèrera. Vos madeleines de Proust ne seront nullement affectées. Et ce n'est quand même pas au philosophe que vous êtes que je rappellerai le paradoxe du "navire de Thésée". »

Ce prétendu paradoxe, il l'a maintes fois évoqué avec ses étudiants. L'histoire raconte que les Athéniens avaient conservé ce navire de légende, bien que contraints de remplacer les poutres abîmées par de nouvelles. L'interrogation philosophique est la suivante : à partir de combien de poutres le navire cesserait-il d'être le navire original ? Qu'est-ce qui constitue l'identité première du navire de Thésée ? Et au-delà de combien de réparations, de substitutions, les visiteurs pourraient-ils, à juste titre, se détourner du navire, convaincus qu'ils seraient de n'avoir plus affaire à l'original ?

Les cellules de notre corps se renouvellent d'elles-mêmes, sans arrêt, sans que nous ne nous sentions délestés de notre identité première. Le corps se régénère sans cesse, sans que nous ne cessions d'être… nous.

Dès lors, pourquoi craindre à ce point une substitution neuronale basique ?

La réponse dans le cas du navire est une simple décision, adhésion sociale. On peut choisir d'admettre que, tant qu'il s'agit toujours du navire original, qui se trouve ajusté, réparé, il persiste à être le navire de Thésée. Soit ! Cependant, la chose se corse si un entrepreneur décide de le reconstituer à l'identique, poutre par poutre, cheville par cheville, dans un autre musée. Les visiteurs pourront-ils prétendre avoir encore affaire à l'original ? Supposons qu'un mécanisme de duplication automatique, une chaîne de montage des navires de Thésée, soit mis au point de sorte à le reconstituer à l'identique des milliers de fois et à l'exposer dans une myriade de musées. Que reste-il de l'original ? Le véritable, l'unique navire de Thésée ? Où se trouve-t-il ? Qui peut prétendre encore avoir vu « le » navire, le seul que Thésée mena toutes voiles dehors vers la Crète afin de se débarrasser du Minotaure ?

« Si vous acceptez de venir à Bruxelles, je peux vous placer dans mon programme opératoire d'ici trois semaines. C'est une opération faite dans la journée. Vous rentrez le matin, sortez l'après-midi, dès que vous vous réveillez de l'anesthésie. Je vous assure qu'aucun de mes patients jusqu'à présent n'a perdu le moindre sens identitaire. Ils sont entrés humains et, croyez-moi, ne sont pas sortis robots. Ils n'ont vécu aucune altération et ont simplement récupéré leur fonctionnement mental d'avant. Ils ont mis entre parenthèse la période défectueuse. Il en sera ainsi pour vous. De surcroît, je sais que vous connaissez bien Bruxelles. Vous y avez vécu, non ? Vous verrez, les architectes s'évertuent à la modifier sans cesse. Il y a de nouveaux bâtiments par-ci par-là. On aime ou on n'aime pas. On parle de "brusselisation" tellement cette défiguration graduelle fait débat. Mais vous la reconnaîtrez sans une once d'hésitation: Bruxelles perdure. Comme le navire de Thésée, un je-ne-sais-quoi qui est inaltérable. La ville conserve son âme. Vous vous en rendrez compte et pourrez joindre l'utile à l'agréable.»

«Nous y voilà. Ce sera 150 euros. Le trajet a été un peu plus long que prévu, mais vous êtes encore largement en avance pour votre vol.»

La voix du chauffeur de taxi l'extrait brutalement de ses songeries.

«Ah oui! merci.»

Quoique toujours plongé dans ses pensées, il règle la course et se dirige, un peu gêné, vers le comptoir d'enregistrement, sans file d'attente, à la différence de celui qui se trouve sur sa droite. L'homme de gauche qu'il est se sent coupable de cette première classe. Pourquoi diable certains hommes doivent-ils traverser l'Atlantique le nez à hauteur des genoux et d'autres étalés de tout leur long et ivres de champagne? Mais il est vrai aussi qu'à l'heure actuelle, ce privilégié pourrait tout aussi bien être un légume ou un zombie sur une chaise roulante. Mais il est lui et bien lui, le Harold de sa Juliette. À part cette première classe, exceptionnelle, rien ne semble avoir changé de fondamental en lui. Quoique, cette impression, toujours... Ce quelque chose d'indéfinissable, persistant, qui le perturbe.

«Porte 48, l'embarquement démarre à 20 h 15. Bon voyage, M. Nagels.»

Il entre dans l'avion et s'installe confortablement dans le large siège en cuir moelleux que lui indique l'hôtesse. Un grand écran lui fait face. Il ne peut manquer de se remémorer le film qu'il a vu lors du vol aller, un film de son réalisateur fétiche, Christopher Nolan, qui a dernièrement défrayé la chronique avec l'époustouflant *Inception*, un sommet de virtuosité cinématographique. *Prestige* est l'un des films préférés d'Harold : un magicien y réussit le tour suprême consistant à se cloner – il fait appel pour cela aux services de l'extraordinaire inventeur Nikola Tesla – et à faire apparaître ce clone devant un public abasourdi. À chaque représentation, alors que l'original complètement ligoté se noie sur scène dans une cuve d'eau immense, le clone ressort du fond du théâtre, sous les applaudissements enthousiastes d'un public comblé qui, ignorant qu'il s'agit d'un clone, se demande comment le magicien est parvenu à s'extraire de la cuve.

Harold s'était interrogé encore et encore, d'autant que l'intervention redoutée approchait à la vitesse d'un Boeing. « Supposons que ma conscience soit parfaitement retranscrite, sous la forme d'un plan fonctionnel. Supposons que l'on puisse décrire à la perfection dans ce plan toute mon organisation cérébrale, tout mon câblage neuronal. Il devient possible, en suivant à la lettre les indications du plan, de construire et répliquer à l'infini quelque machine qui soit codée par ce plan. Dès lors, comme toute machine en effet, j'en deviens effectivement parfaitement clonable. Mais la question se pose : lequel des deux magiciens choisirais-je d'être ? Celui qui se sacrifie chaque soir, mourant noyé dans d'atroces convulsions, ou celui qui apparaît triomphant, dans le fond du théâtre, sous les vivats des spectateurs ? Attention ! Il s'agit bien de la même personne, puisqu'une même et unique conscience est à l'œuvre dans les deux cerveaux, celui du noyé et celui de son parfait jumeau au fond du théâtre. » Paradoxe fou… qui faisait tourner la tête !

C'est toujours cet obsédant problème philosophique que continue à se poser Harold en repensant à son opération. Si Pierre Changer a réussi l'exploit de remplacer une partie de son cerveau, tout en le laissant inaltéré, sans modifier son identité profonde, il pourrait récupérer ce même plan fonctionnel cérébral, établi pour cette substitution. Il pourrait alors utiliser ce plan à la fabrication d'une autre conscience, autre mais pourtant en tout point identique à la sienne, comme le navire de Thésée. Il pourrait concevoir un autre Harold Nagels, des milliers d'autres Harold Nagels… Soit ! Mais comment une conscience unique peut-elle se démultiplier à l'infini ? Que lui resterait-il d'unique ?

Supposons qu'avant l'opération Pierre Changer lui ait posé la condition suivante : « Je vous opère, si vous acceptez que je récupère le plan fonctionnel de votre cerveau et l'utilise à la fabrication d'un double de vous. Ce double pourra nous être très utile à l'expérimentation de nouveaux traitements chirurgicaux et médicamenteux. »

« Que lui aurais-je répondu ? songe Harold. Ce double de moi est destiné à servir de cobaye, destiné à souffrir, à se faire mutiler, tout comme le magicien de *Prestige*. C'est mon double, d'accord ! Distinct, soit ! Mais doté pourtant de cette conscience apparemment unique, qui fait de moi ce que je suis. C'est mon deuxième "je". L'un de nous deux est destiné à subir l'indicible, mais pourtant il reste moi, uniquement moi ! Je devrais souffrir autant que lui, non ? »

Après avoir vu le film, Harold avait failli ne pas descendre de l'avion, espérant que ce dernier le ramènerait aussitôt chez lui, sans qu'un Merlin enchanteur cérébral ne s'aventure à vouloir le cloner à l'infini.

« Un verre de champagne ? »

L'hôtesse le tire de cette rêverie métaphysique, le point de départ de son doute radical, celui qui le persuadait de dire « non » à Dan Donnut et à Pierre Changer. Non, ce n'est pas possible, je deviendrai un autre, je dois devenir un autre. « Oui, bien sûr, mais à ce point proche du précédent que vous ne vous en rendrez même pas compte. Vous resterez presque "vous", dans le droit fil de votre existence », lui avait rétorqué Changer par mail.

« Oui, merci. »

Comme par automatisme, il porte le verre à ses lèvres. Et c'est à ce moment précis que le sentiment de malaise qui le poursuit depuis la sortie de l'hôpital se fait grand jour. Il ressent l'effet des bulles, l'agitation gazeuse, l'émulsion sur sa langue, dans sa gorge, les picotements, mais l'odeur du champagne, l'odeur précise et caractéristique du champagne, cette effluve de raisin patiné de métal, est totalement absente. Il boit, goûte, mais ne sent plus le champagne. Cette boisson est devenue sans odeur. Et à bien y penser, comme un tas d'autres choses depuis son réveil à Saint-Pierre. Les exhalaisons particulières de Bruxelles, normalement familières, ne lui ont pas chatouillé les narines.

C'était donc cela, cette vague impression malsaine qui ne l'avait pas lâché depuis l'hôpital. Une impression non identifiée, tout à fait nette maintenant. Bruxelles était sans odeur, sans ce fumet de ville caractéristique, ce mélange graisseux de pollution urbaine. Lorsqu'il a quitté l'hôpital, l'habituelle baraque à frites de la rue Haute, jouant sur le fumet particulier de la friture et des sauces grasses pour attirer le quidam, ne l'a pas touché.

Dieu merci, il reconnaît sa femme, comme avant, mais il semble avoir perdu une partie importante de l'odorat. Pour s'en convaincre, il se met alors, au nez et à la barbe de l'hôtesse stupéfaite, à renifler tout ce qui l'entoure. Le cuir de ces superbes sièges de première classe sent le cuir, effectivement, le papier des magazines le papier. Les cacahouètes servies avec le champagne en sont bien, sans aucun doute. Il lui semble que certaines choses sentent et d'autres non. Et tout cela, sans logique apparente, aucune. L'hôtesse, interloquée par son manège, se rapproche et lui demande s'il souhaite quelque chose, alors que tous les passagers commencent à s'engouffrer dans l'avion en file indienne. Il l'inhale également, comme un chien son maître. L'hôtesse est étonnamment inodore. Aucune effluve de Chanel ou de Dior n'émane d'une personne qui, pourtant, n'aura pu faire l'impasse sur cette marque distinctive de sa féminité. Serait-ce à nouveau les parfums les plus chargés d'émotion qui se dérobent à ses sens ?

« Je vous en prie ! fait-elle, offusquée.

– Excusez-moi, je suis désolé. Je ne vais pas très bien. Pourrais-je vous demander un verre de vin rouge ? Le meilleur que vous avez, s'il vous plaît. Il paraît que vous servez un très bon cru en première classe.

– C'est normalement réservé au repas, mais vous m'avez l'air si stressé… »

Elle découvre le grand pansement qui surmonte son oreille.

« … que je vais faire une exception. Mais c'est une exception, vraiment ! »

Alors que les passagers continuent à défiler devant lui, l'hôtesse reparaît avec un magnifique globe, rempli d'un vin rouge épais, couleur sang, dont la seule apparence remplit déjà Harold de cette sensation gourmande qui précède chez lui toute dégustation. C'est un saint-émilion, une très bonne année. Il porte le verre à son nez et le handicap se confirme : aucun parfum ne vient lui chatouiller les narines. Rien n'émane de ce nectar. Aucune communication ne s'établit avec son nerf olfactif. L'odeur du vin, l'odeur des vins, celle qui lui procure le plus de ravissement, n'excite plus la moindre parcelle de lobe frontal ou temporal. Son cerveau s'est vengé, ne lui ayant pas entièrement pardonné cette tentative de rétablissement identitaire. Il doit donner une monnaie d'échange. Il ne peut gagner sur tous les fronts. Celui qu'il a perdu ne reviendra pas sans quelques dommages. Non, Harold Nagels, tu ne seras plus jamais le même ! L'hôtesse ne saisit rien de l'immense déception qu'elle constate sur les traits du voyageur.

« Il ne vous plaît pas ?

– Si, si, il est parfait », répond-il sans conviction. Il porte le verre à ses lèvres et, heureusement, le plaisir ne s'est pas entièrement éclipsé : le goût du vin subsiste, bien qu'atténué. Le goût mais plus l'odeur.

L'avion décolle. Le vin et la fatigue font malgré tout l'effet qu'on leur connaît. S'il en a perdu la puissance odorante, essentielle à ses narines, le pouvoir enivrant, lui, reste inchangé. Il s'allonge de tout son long dans son siège, il pense intensément à Juliette, et sa photo apparaît dans la partie du cortex qui lui sert de salle de projection privée. Dans quelques heures, il la serrera dans ses bras. Ses traits, son corps, ah ! son corps !

Ainsi, le voilà pourtant souffrant d'anosmie, perte d'odorat caractéristique. Il est vrai que la zone cérébrale concernée n'est pas si éloignée de celle dont la détérioration entrave la reconnaissance des visages. Cette intervention est finalement loin de l'avoir laissé indemne. Est-ce une erreur chirurgicale ? Ou le mieux que l'on puisse accomplir à l'heure actuelle ? Quoi qu'en dise Pierre Changer, il n'est plus le même homme. Il a remplacé la perte visuelle de sa femme par celle de l'odeur de nombreux objets, à commencer par celui à l'origine d'une de ses passions les plus vives : le vin. Oubliée, cette passion ! Il lui faudra penser et repenser encore à l'intervention de Pierre Changer. Il n'imagine évidemment pas de lui demander de réintervenir afin que lui reviennent les arômes millésimés. Pis encore, de lui demander réparation ! Étonnamment, il n'est pas complètement stupéfait ni scandalisé par la chose. Une récupération totale lui semblait impossible et lui aurait laissé un arrière-goût de défaite de sa pensée. L'entièreté de son arsenal argumentaire aurait été à revoir. Non, il n'est pas possible de parfaitement recâbler un homme, en espérant le retrouver à l'identique. La moindre atteinte nerveuse, et quelque chose est perdu dans la bataille des sens. Insuffisamment sans doute pour faire de vous un autre.

Il reste inébranlable sur un point. Le départ de son objection philosophique à la possibilité d'un cerveau machine. Seul lui ressent ce qu'il ressent. Ainsi, tout à l'heure, il aurait pu très bien mentir à Pierre Changer. Lui dire que non, il ne reconnaissait toujours pas sa femme. Il reste le seul capable d'évaluer la performance du chirurgien. Ce qui prouve bien qu'il n'en va pas du cerveau comme de n'importe quelle autre réparation. S'il porte sa voiture chez un garagiste pour le remplacement d'une pièce, le garagiste, tout comme lui, pourra évaluer le succès de sa réparation. Ici, il n'en est rien. Il reste bien le seul à pouvoir s'en assurer. Il est le seul à posséder la clé d'accès à son vécu intime et le partage de cette clé avec un autre, son éventuel clone neuronal, reste fondamentalement problématique. Mais ce Pierre Changer, quel artiste, ma foi ! Armé de sa palette chirurgicale, il a repeint dans les neurones d'Harold le visage de son aimée. Sa femme et lui lui en seront éternellement reconnaissants.

L'avion se met à tanguer de manière inhabituelle. Soudain, son voisin de derrière lui tapote l'épaule.

« Dites, vous ne sentez pas comme une odeur de brûlé ?

– Non, rien du tout... »

Tout à 1 mondio !

« En raison d'une avarie de moteur, nous prions nos passagers de descendre et d'attendre l'arrivée d'un prochain bus. »

« *Shit*! se dit Paul Samuelson, déjà que je ne suis pas vraiment en avance... si même le bus se ligue contre moi... Bon, on n'est pas trop loin du Dôme, je vais continuer à pied. »

Le Dôme est un des restaurants très chics situés dans la partie nouvelle d'Édimbourg, dont la notoriété doit autant à son cadre rutilant, sursaturé de luxe ostentatoire et coiffé d'une extraordinaire coupole qui lui a donné son nom, qu'à la nourriture exquise et déroutante qui s'y prépare. Rompant avec la tradition et surtout la mauvaise réputation de l'art culinaire anglo-saxon, c'est une cuisine très moderne, mélangeant la tradition écossaise, qui ne fait généralement pas dans la dentelle, aux mets exotiques (et autrement plus délicats) originaires de plusieurs pays du Commonwealth. Les calories écossaises se mêlent aux saveurs raffinées de l'Inde ou du Pakistan. Paul doit s'y trouver pour 11 h 30, heure à laquelle son service est censé démarrer. Le bus s'est arrêté inopinément au début de

Princes Street, et il lui reste 1 500 mètres à parcourir avant d'arriver à destination. Les autres passagers le regardent descendre avec une expression peu amène… Mais il l'a bien cherché.

Étant un des premiers à monter dans le bus, il a pris l'habitude depuis quelques années de s'emparer de deux places assises, son journal *The Herald* posé ostensiblement sur la seconde, qu'il négocie et revend en fin de trajet, alors que le bus est bondé. Il les revend souvent à de vieilles personnes qui n'ont d'autre choix que de se prêter à la négociation et de payer ces sièges (bien qu'au-delà de 65 ans, le voyage en bus soit normalement gratuit). Ce n'est pas très vertueux comme négoce, mais tout le monde le fait ici. Il y a bien longtemps que les normes morales ont laissé place à celles nettement plus fiables et moins ambiguës du marchandage et de la négociation. Bien sûr, les deux doyens ont de quoi être irrités, vu qu'ils n'auront profité de leur achat que quelques minutes seulement. Il n'y a plus de petits profits en ces temps inaltérables d'instabilité et d'imprédictibilité économique. Chaque chose a son prix, la vie s'est délestée de toute gratuité encombrante.

Parmi les nouveaux objets de commerce dont la société écossaise s'est enrichie, on trouve aussi la place dans les longues queues faites par les parents pour inscrire leurs rejetons dans les meilleures écoles d'Édimbourg, les endroits de stationnement (et cela malgré l'omniprésence des horodateurs dans tous les recoins de la ville), le gardiennage de la voiture (de mèche avec les délinquants censés, le plus discrètement qui soit, abîmer les véhicules non surveillés), le ramassage de balles pour tous les sports qui en font usage, les rendez-vous de médecins, d'avocats ou de plombiers, ces professionnels qui refusent de s'adonner à la pratique de l'enchère sur place.

Paul n'a cure des regards courroucés des deux passagers. Il aurait pu vendre ces places plus cher encore, tant la moyenne d'âge des personnes contraintes de voyager debout est généralement élevée. S'il ne l'avait pas fait, d'autres l'auraient fait, en proposant un prix qu'aucun scrupule n'aurait étouffé. Il quitte le bus malgré tout sans attendre, sentant dans son dos quelques flèches acérées, trempées dans le curare. Il décide de forcer le pas, que sa recette du jour n'ait pas à subir plus qu'il n'en faut les conséquences d'un retard maintenant inévitable. Les pénalités pour les retardataires sont très élevées au Dôme et il ne serait pas opportun, par les temps qui courent, de perdre un emploi de serveur dans ce royaume du luxe. Les riches clients du restaurant ne regardent généralement pas à la dépense et au déroulement des enchères. Alors que son pas s'accélère, deux compteurs se mettent en marche et commencent à débiter les mondios, la nouvelle devise à prétention mondiale que l'Écosse fut la première à adopter. L'esprit d'indépendance des Écossais allant au-delà même de la légende, une nouvelle devise leur est apparue nécessaire pour assurer le fonctionnement économique révolutionnaire voté par leur Parlement indépendant et mis en place depuis deux ans.

C'est un régime économique et social où tout se paye, à l'aide d'une devise ayant pour cible le monde, au rebours d'un euro finalement bien trop timoré et auquel les sujets de sa Majesté, attachés comme ils l'étaient au billet vert, n'ont jamais adhéré. Une nouvelle ingénierie économique réclamait une nouvelle devise. Le billet de cent mondios a pour effigie Adam Smith, Écossais d'origine et père de l'économie moderne. Adam Smith est l'homme qui ramena toute forme d'échange à une vente et achat. Il est l'homme à qui l'on doit l'idée fondamentale que toute vertu publique naît au croisement d'une multitude de vices privés qui se rencontrent et s'équilibrent. Il l'a dit. Ce n'est pas parce que le boulanger ou le boucher ont bon cœur que vous vous régalez de leur préparation. Que nenni ! Mais bien parce qu'ils n'ont d'obsession que leur intérêt propre. Et ça tombe plutôt bien, car leur soif d'enrichissement abreuve la source de vos appétits. C'est votre vice gourmand que comble l'avidité du pâtissier. Vous vous délectez de sa course au profit. Les vices s'accordent, s'harmonisent, l'habileté des vendeurs au goût des consommateurs, un paradis de malséances. Il est devenu dès lors assez naturel de faire de tout échange social l'objet d'un commerce entre égoïstes purs.

Les deux compteurs à peine enclenchés créditent le compte en banque du cardiologue de Paul et la société d'enrichissement en oxygène pur de l'air ambiant. Paul souffre en effet de problèmes cardiaques, un infarctus l'ayant terrassé pendant son service, il y a un an. Une alarme sévère qui l'oblige maintenant à redoubler d'attention. Toute accélération ou arythmie cardiaque, due au moindre stress et à une surconsommation énergétique, est surveillée par un appareil branché à son cœur et signalée au cardiologue. Ce dernier perçoit par la même occasion et de façon continue un dédommagement financier, résultant de cette mise en observation cardiaque ininterrompue. La technologie des capteurs intelligents a permis d'équiper le corps humain de toute une batterie d'observateurs électromécaniques calibrés. Ils peuvent à tout moment se connecter et transférer l'information à n'importe quel centre médical, en cas d'une hausse ou d'une chute anormales d'un des paramètres attachés aux organes observés. Il en va ainsi du capteur cardiaque de Paul, mais aussi de toutes sortes de capteurs, comme celui du détecteur de sulfure d'hydrogène relié aux sous-vêtements. Paul, inquiet de nature, est rassuré par son rendez-vous de routine cet après-midi, juste après son service du midi, chez son cardiologue pour son check-up hebdomadaire.

Le second compteur verse une somme d'argent à la compagnie d'enrichissement de l'air en oxygène, dont le montant dépend de la quantité d'air inspirée. Depuis quelques années, l'air est devenu à ce point irrespirable dans la capitale écossaise qu'une société privée se charge d'un traitement purifiant, principalement dans les zones urbaines les plus affectées par le transport et la pollution en général. Ce service est payant pour les consommateurs. Pourtant tout le monde pensait que la distinction opérée par les économistes entre biens privés (dont la vente et l'acquisition se font uniquement à titre privé) et biens publics (dont la mise à disposition est rendue possible par l'impôt, prélevé indifféremment sur la consommation que chacun en a et à la charge de l'État), ne concernerait jamais l'air ambiant, un type de bien définitivement conçu comme public et gratuit. Or, force est de constater que ce n'est plus le cas depuis quelques années. L'air qu'on respire est aujourd'hui privé et payant (chaque consommateur dédommageant la société productrice de cet air oxygéné au prorata de sa consommation), comme la moindre sucrerie ou canette de Coca-Cola.

« Zut, la pluie maintenant, c'est le bouquet ! »

Cette fameuse douche écossaise, célèbre dans le monde entier pour glacer les entrailles, oblige Paul à ouvrir son parapluie.

« Encore des dépenses en perspective… Il est plus que temps que j'arrive au Dôme ! » pense-t-il en longeant les jardins de Princes Street, petit poumon citadin ayant survécu aux affres d'une histoire empreinte de batailles et sublimé par la masse imposante et altière du château sur sa droite.

Le parapluie est également équipé d'un capteur d'humidité. Mais surtout, son ouverture déclenche une compensation financière horaire, créditant une caisse d'assurance pour toutes les victimes, si nombreuses en Écosse, d'accidents de parapluie. Et de fait, Paul a été bien content d'y être affilié le jour où un passant s'est plaint d'une blessure, juste au coin de l'œil, prétendument occasionnée par son parapluie. Il accélère le pas davantage encore, au risque d'enrichir plus qu'il n'en faut son cardiologue, mais mû par le souci inverse de ne pas engraisser son assurance-parapluie et le patron du Dôme par son retard. La vie est somme toute devenue assez compliquée en Écosse, à l'intersection d'innombrables microdépenses. Heureusement que les équipements informatiques sont à la hauteur de cette nouvelle économie, comptant sur l'omniprésence et la fiabilité de capteurs intelligents et de mise en connexion fiable et continue entre les consommateurs et les fournisseurs.

Tout se paie, tout le temps. Les circuits financiers se sont démultipliés à l'infini, incompréhensibles pour le commun des mortels, mais entièrement pris en charge par la toile omniprésente des réseaux informatiques. Les Écossais ont accepté de se livrer corps et âme à des flux économiques qui les dépassent totalement, mais qui les mettent avantageusement à l'abri d'un État par principe avide et corrompu. Depuis quelques années, plus aucun bien, aucun service n'est gratuit, et plus personne ne s'enrichit incidemment en centralisant une redistribution de ces biens. Les échanges se font directement entre les agents concernés. Nul besoin d'intermédiaire incapable ou mal intentionné.

Cette réforme fondamentale des systèmes économiques a vu le jour il y a deux ans, alors que la plupart des pays européens ne réussissaient plus à résorber une dette publique devenue abyssale. Cette dernière faisait la joie des prédateurs financiers, proposant des taux d'intérêts insupportables pour les emprunts futurs. Il fallait réduire drastiquement les dépenses publiques. Or, en matière de réduction d'État, l'Écosse, pays dont les habitants, depuis des lunes sinistres et tant de conflits, avaient appris à craindre toute forme d'autorité centrale, s'était décidée à montrer la voie. Ainsi, le système de purification de l'air ambiant était, il y a encore quelques années de cela, à la charge de l'État, une partie des impôts prélevés servant à le financer. Mais l'incompétence de l'État à mener à bien cette foultitude de services publics différents, jointe aux problèmes de défection récurrents en matière de bien public, a amené les Écossais à minimiser la mainmise de cet État et à suivre avec plus de ferveur encore les injonctions des maîtres de la pensée libérale : Adam Smith, Milton Friedman ou Friedrich von Hayek. Cette réorientation fondamentale de leur économie, ce rejet d'un mécanisme de prélèvement et redistribution centralisés, leur permettait par la même occasion de se sortir complètement des mailles anglaises. On naît écossais, doté de cet instinct primaire : rejeter l'Angleterre.

Afin de comprendre le pourquoi d'une telle mainmise de l'économie sur toute forme d'échange, concentrons-nous un temps sur ces problèmes de défection, appelés aussi, dans le jargon économiste, « dilemme du prisonnier ». Ils se posent à chaque fois qu'il est préférable pour un individu de ne pas contribuer à l'effort collectif, bien que continuant à bénéficier de la contribution d'autrui. La voiture tombe en panne. Tous ses occupants décident de sortir pousser à l'exception d'un seul qui prétexte un mal de dos soudain. Celui-ci a tout à y gagner. La voiture peut redémarrer sans qu'il n'ait eu à payer de sa personne. Sauf évidemment à inspirer les autres, à se faire imiter par eux et à engendrer ainsi la pire des situations, l'immobilisation de la voiture. C'est cela, en substance, le dilemme du prisonnier : ce qui bénéficie à chacun pris isolément devient catastrophique lorsque cette même attitude est adoptée par tous, d'où le dilemme.

Ainsi, ne pas payer ses impôts, ne pas trier ses déchets, préférer sa voiture aux transports publics sont autant d'instances du dilemme du prisonnier. La contribution exigeante au bien public est le schéma comportemental parfait, auquel chacun a une envie toujours pressante de se dérober. L'issue fatale à laquelle ce dilemme expose tout un chacun résulte de la généralisation de ce type d'attitude (« pourquoi me retrouverais-je le dindon de la farce ? ») et l'impossibilité qui en découle de toute vie sociale harmonieuse. Les biens publics en sont généralement les premiers exposés et les premières victimes. Afin de prévenir de telles défections, l'État n'a rien trouvé de mieux que la sanction. Mais la chose ne s'est pas révélée suffisamment efficace, vu la difficulté, pour chaque service proposé, de repérer et de punir, d'une sanction proportionnée, les traîtres à la cause publique. Il était devenu préférable de supprimer graduellement tous ces biens publics et de les répartir en autant de biens privés que possible. L'occasion fait le larron, mais la privatisation des producteurs leur coupe l'herbe sous le pied. Il est facile de frauder un prestataire qui, quoi qu'il arrive, vous assure de ses services : l'État en l'occurrence. C'est une toute autre paire de manches d'agir de la sorte avec un producteur qui vous fournit en direct, mais contre une rétribution sonnante et trébuchante, de gré à gré.

On pensait aussi jusqu'alors que la plupart des biens publics l'étaient parce que non « rivaux » et non « exclusifs ». À la différence d'un verre de whisky, il est très délicat de réaliser de combien la consommation d'un de ces biens par une personne en prive une autre. De fait, la privatisation graduelle de ces biens publics a été rendue possible par la mise en œuvre de capteurs extrêmement sophistiqués qui mesurent avec précision la consommation propre de chaque individu (et le montant qui leur incombe), et rendent extrêmement délicate toute tentative de fraude. Par exemple, les capteurs de respiration sont greffés dans l'organisme de chaque individu, et seule une intervention chirurgicale complexe peut les en libérer. L'autre problème que cette nouvelle économie semble apparemment résoudre est celui que rencontre toute économie de marché : les externalités négatives. L'existence de l'assurance-parapluie en est une parfaite illustration. Une externalité négative a cours lorsque la consommation profitable d'un individu s'accompagne de répercussions négatives indésirables sur les autres. L'un ouvre son parapluie pour décemment se protéger de la pluie, mais il risque, ce faisant, de blesser n'importe quel autre passant. Il y a externalité négative dès que la satisfaction de l'un se fait au détriment de l'autre. Deux mécanismes généraux ont été mis en place pour gérer sur le plan financier ces externalités, la multiplication des caisses d'assurances et la transaction automatisée entre les acteurs concernés.

Dans cette nouvelle économie, et au grand ravissement des penseurs libéraux, le rôle et les dépenses de l'État se trouvent réduits à leur partie congrue. Le meilleur exemple que l'on puisse en donner est représenté par les dépenses incombant à la gestion des routes, entretien et nouvelles constructions. Ces dépenses sont maintenant entièrement prises en charge par les usagers, mais en proportion de l'exploitation qu'ils en font. Des capteurs installés dans les voitures et sur les routes permettent d'estimer la quantité d'asphalte et de bitume soumis à la pression des pneus ainsi que la durée de cet usage. Dès lors, ce sont les portefeuilles de ceux qui passent l'essentiel de leur temps au volant qui sont mis le plus à contribution. Et c'est normal ! Pourquoi diable les passants devraient-ils se voir prélever une partie de leurs mondios pour l'entretien de routes qu'ils n'empruntent jamais ? La route est devenue un bien « rival » et « exclusif » car le bitume qu'on écrase de nos roues n'est plus le même après notre passage.

Les écoles sont toutes devenues privées et soumises à une compétition féroce afin de s'attirer les faveurs des parents les plus riches et des bambins les plus éveillés, que des organismes privés soutiennent en cas de difficultés financières. Les parents, dont l'aide accordée dépend des performances de leurs rejetons, ne peuvent s'offrir que les seules écoles économiquement accessibles. Plus de sécurité sociale, bien évidemment, chacun se débrouille avec sa santé. Même la protection des citoyens et la défense deviennent chaque jour davantage de l'ordre du privé. Toute sollicitation de la police, rivale et exclusive bien sûr, et pour quelque délit que ce soit, est devenue directement à la charge de ceux qui l'appellent. Ce que cela coûte est lié à la nature de l'intervention. La victime se verra remboursée au prorata de ses responsabilités dans l'affaire en question. En substance, le hors-la-loi (reconnu comme tel lors d'un procès financé par les parties en présence) paiera l'essentiel de l'intervention policière et du procès ayant débouché sur sa culpabilité.

L'État s'octroie encore une partie des dépenses pour la défense nationale, qu'il finance grâce à un impôt réduit au maximum. Cette défense se trouve pour l'essentiel confiée à l'OTAN, chapeautant et protégeant tous les pays démocratiques, face aux intégrismes religieux et autres régimes dictatoriaux de ceux ayant du mal à s'aligner sur cette fameuse fin de l'histoire conjecturée par un philosophe américain. D'après lui, l'économie de marché généralisée est parvenue à interrompre le cours de l'histoire, en la privant de tout type de civilisation alternative. L'Écosse lui donne apparemment raison.

Paul croise l'indigente colonne dédiée à Walter Scott, arrière-arrière-grand-père d'Ivanhoé, et tourne sur la gauche afin de rejoindre son restaurant sur le point d'accueillir les premiers clients. Il est vraiment très en retard et préfère entrer par les cuisines, sous le regard réprobateur du patron et des cuistots déjà tout affairés à la panse de brebis farcie accommodée aux curry et marsala indiens, coco thaï ou tandoori pakistanais. Il endosse son élégant costume noir et blanc de serveur et se rend dans la salle à manger composée d'une dizaine de tables rondes très distantes les unes des autres et merveilleusement dressées. Il se tient en face du comptoir comme ses trois autres collègues, tels les quatre valets d'un jeu de carte. C'est une famille qui entre en premier, un couple et deux très vilains bambins roux que Paul reconnaît d'emblée, des habitués.

Depuis l'instauration de la nouvelle économie, le choix des serveurs est aussi assujetti à un mécanisme de marché parfaitement rodé. Chacun des serveurs se voit assigner un prix de base, fonction du nombre de ses sollicitations passées, qui est ajouté sur la note finale (pratique ayant permis la suppression du pourboire, trop peu contrainte et hypocrite à souhait). Comme chaque serveur ne peut s'occuper que de quatre tables au plus, si les clients en viennent à se disputer un même serveur, c'est une rapide et discrète mise aux enchères qui est effectuée, attribuant ce dernier aux plus offrants. Et en la matière, Paul, ne manquant ni d'entregent, ni d'élégance, ni de culture culinaire, s'en sort généralement très bien, suscitant pas mal d'envie et d'animosité auprès de ses collègues. Mais là, point n'est besoin d'enchère, car les habitués, premiers à entrer dans le restaurant, désignent Paul d'un rapide coup d'œil. Chaque table également a son prix, et c'est en général celle proche de la fenêtre, donnant sur les merveilleuses bâtisses géorgiennes du New Town, qui remporte tous les suffrages. Sans surprise, et malgré son prix, la famille McKenzie choisit de s'y installer, précédée par Paul.

« Monsieur et madame McKenzie, quel plaisir de vous voir en ces lieux.

– Plaisir amplement partagé Paul. Comment allez-vous ?

– Très très bien, monsieur McKenzie.

– Et votre cœur ?

– Un cœur de lion.

– Ménagez-le bien, Paul. Jusqu'à nouvel ordre, nous n'en avons qu'un. C'est la pompe primordiale, le débit et la circulation à l'origine de toute vie, et une des seules choses dans nos sociétés marchandes actuelles qui n'a pas de prix.

– Mais son entretien, malheureusement, oui ! ose rétorquer Paul avec immensément de tact. Madame McKenzie, vous êtes très en beauté. C'est vous voir qui met mon cœur à rude épreuve. Sauf votre respect bien sûr, monsieur McKenzie. Prendrez-vous notre apéritif maison comme d'habitude ?

– Bien volontiers Paul. Vous avez toujours su parler aux femmes, n'est-ce pas ! Il y a quelques années, je vous aurais défié en duel pour une telle hardiesse. La famille McKenzie a toujours eu dans son sang la chaleur qui fait défaut sur ses terres. Mais aujourd'hui, plus civilement, je vous somme de nous apporter l'apéritif maison et un Coca-Cola pour les enfants. »

Le restaurant se remplit peu à peu. Les tables les moins chères sont maintenant toutes occupées et les valets affairés, circulant avec élégance.

À la table bon marché n° 7, au centre du restaurant, un échange marchand plutôt baroque s'est mis en place, presque à l'insu de tous les clients. Le repas assez copieux, ne lésinant pas sur les haricots et les sauces épicées, a mis les intestins d'un des occupants de la table à dure épreuve, et c'est son détecteur de gaz qui s'est enclenché discrètement, avec pour effet d'alléger la note de tous les clients des alentours et d'augmenter celle de la table en question. En effet, les flatulences restent une externalité négative des plus nuisibles, et chaque relâchement se doit d'être accompagné d'une compensation financière pour ceux que l'odeur ne manquera pas d'importuner (mais qui resteront discrets bien sûr, nous sommes dans un restaurant de grande classe, ne l'oublions pas, *british* qui plus est). C'est le principe du pollueur-payeur qui s'immisce dans notre plus stricte intimité. À l'origine, de tels détecteurs avaient été conçus pour remédier aux problèmes écologiques, dont les bovins, nombreux en Écosse, étaient en partie responsables par leurs émanations très riches en méthane, gaz contribuant intensément à l'effet de serre. Les éleveurs pouvaient s'acquitter ainsi de leur taxe carbone, impossible à établir avant la mise en place de tels capteurs.

Depuis, ces mêmes capteurs se sont généralisés aux humains, ayant pour raison d'être deux effets corrélés : dissuader les porteurs de les actionner et compenser les voisins des désagréments provoqués. L'augmentation de la note du malotru et la diminution de celle-ci pour les voisins s'effectuent à l'issue d'un calcul savant, fonction de l'importance du délit, et de la distance de la table incriminée. Sans conteste, une fois encore, l'informatique et les capteurs connectés se montrent indispensables à ce calcul. Le délit de flatulence se négocie très cher dans un restaurant de la réputation du Dôme. Il est de nombreux établissements écossais où cette forme d'abandon épargne davantage les comptes en banque, et les récidivistes s'y rendent plus volontiers. Un même type de compensation est à l'œuvre pour toute manifestation physique désagréable pour autrui, tel un rot ou une nuisance sonore quelconque, ou dès qu'un des clients se trouve simplement doté d'un organe vocal plus difficile à tempérer. Les décibels aussi se monnaient. Les économistes et informaticiens ont été surpris de découvrir combien l'existence même, la simple présence d'un premier homme sur terre, tenait déjà beaucoup de l'externalité négative pour un deuxième. Ne serions-nous pas, tout autant que nous sommes, de simples geysers d'externalités négatives ?

L'éloignement important entre les tables rend tolérable la présence de fumeurs dans le restaurant. L'Écosse a été la première, à nouveau, à supprimer l'interdiction de la consommation de tabac dans les lieux publics (de fait, la consommation de la cigarette a grandement augmentée, majoritairement chez les jeunes). Elle l'a remplacée, une fois encore, par un système de compensation financière à négocier entre les parties en présence. Il fallait résoudre une fois pour toutes le sempiternel problème du tabagisme passif, cet ennemi insidieux, capable de tuer à l'insu des victimes.

Le scénario est le suivant. De manière très discrète, si un des clients du restaurant désire par exemple consumer une cigarette, il le signale sur son téléphone portable, ainsi que le dédommagement qu'il est prêt à débourser pour se procurer un tel plaisir. Tous les clients avoisinant en sont informés. Le montant proposé, ajusté en fonction de la distance par rapport au fumeur, leur est communiqué. Si toutes les tables donnent leur accord, le fumeur peut succomber à son vice. Néanmoins, une des tables peut choisir d'augmenter la valeur du désagrément et exiger, à titre personnel, une compensation plus importante, que le fumeur est en droit d'accepter ou de refuser. Une façon très simple d'empêcher son voisin de succomber à son vice est d'exiger une somme conséquente. Toute cette négociation peut s'effectuer de manière très rapide, réservée et cordiale, assez britannique une fois encore, et seule la note du restaurant se trouve relevée ou allégée en fonction des coûts attribués à ces externalités négatives. En plus, pour toute consommation de tabac, quel qu'en soit l'endroit et le moment, le fumeur se voit appauvri d'un certain montant, enrichissant une caisse d'assurance couvrant la prise en charge des nombreuses maladies imputables au tabac.

À la fin du repas, la note est évidemment un peu plus délicate qu'autrefois à établir car y figurent, en sus du coût des aliments : celui du serveur, de la table, et toutes formes de compensations financières résultant des nombreuses externalités négatives dont un restaurant, plus encore que tout autre type de lieu public, se trouve être le théâtre. L'informatique est indispensable pour l'ensemble de ces calculs.

Le Dôme se vide peu à peu de ses clients. La recette est excellente pour Paul. Un dernier couple, arrivé plus tardivement, convaincu que la réussite d'un repas doit autant au serveur qu'à ce qu'il y a dans l'assiette, a choisi de largement surenchérir pour bénéficier des attentions de Paul. Il l'a finalement remporté et ne peut que s'en réjouir. Il les a idéalement conseillés en vin, leur a expliqué la composition raffinée de chacun des mets, et les a amusés par quelques traits d'esprit dont il a le secret. Il est 16 heures et grand temps de se rendre chez le cardiologue pour son check-up.

Quand il arrive dans la salle d'attente de ce dernier, il n'est évidemment pas le seul, tant l'existence devenue plus individualiste et plus stressante que jamais pour les Écossais met leur cœur à rude épreuve, le transformant en pompe à fric autant qu'à sang. L'État s'étant débarrassé de la charge d'une quantité importante de services pour ses citoyens, la responsabilisation accrue de ces derniers ne va pas sans une inflation de stress se substituant à celle des prix. Dans la salle d'attente, les enchères ne devraient pas être trop élevées à ce moment-ci de la journée. Les patients les plus fortunés sont pour la plupart au travail. Le cardiologue apparaît vêtu de sa blouse blanche, avec son stéthoscope pendouillant comme un petit aspirateur de billets de banque.

« Bonjour à tous et aux nouveaux arrivants. Les enchères débutent pour le prochain quart d'heure de consultation. Le prix de base est de 10 mondios et *a priori* ce créneau est réservé à monsieur Stewart. Qui dit mieux ? »

L'excellente journée de Paul lui permet de faire grimper les prix.

« Je dis 15.

– 15 pour monsieur Samuelson. À propos, bonjour monsieur Samuelson, ravi de vous voir. Vous m'avez l'air en forme. Qui dit mieux ?

– 20 mondios sur ma droite, monsieur McCoy.

– 25, madame Stuart.

– 30, monsieur McGregor. »

Paul s'impatiente quelque peu. Il voudrait retourner assez tôt au Dôme pour le service du soir, et craint qu'à laisser passer trop de patients avant que son tour n'arrive, il ne s'expose à une nouvelle pénalité de retard.

« Je dis 50.

– Ouh là là ! Monsieur Samuelson ! Vous le voulez vraiment, ce rendez-vous. Bon 50 sur ma droite, 50 sur ma gauche. Qui dit mieux ? Une fois, deux fois, trois fois. »

Plus aucune des six personnes de la salle d'attente ne trouve opportun de surenchérir. Elles ne sont sans doute pas si pressées et leur cœur peut même attendre beaucoup plus tard dans la soirée, lorsque le médecin se mettra à brader les prix faute de clients. Ils n'ont décidément pas le cœur à débourser une telle somme pour quelques instants de consultation.

« Adjugé, monsieur Samuelson, le rendez-vous est pour vous. Suivez-moi dans mon cabinet, s'il vous plaît. »

Ils s'y installent tous les deux.

« Alors, comment vous sentez-vous depuis la semaine dernière ?

– Tout va bien, docteur, rien de spécial.

– Eh bien, j'en suis fort aise. Nous allons procéder au test d'effort comme à l'habitude. Retirez le haut et gardez le bas. »

Paul ôte veste, pull, cravate et chemise. L'infirmière du cabinet place six électrodes sur le thorax à des endroits bien précis et quatre dans le dos de manière à ne pas gêner l'effort. Paul s'installe sur le vélo et se met à pédaler de plus belle.

« Attention, j'augmente la difficulté monsieur Samuelson. Là ! parfait, vous êtes sur le mont Ben Nevis. Allez-y ! pédalez encore un peu… Très bien. Là, vous dépassez le peloton, dites donc. Vous vous apprêtez à endosser le maillot à pois rouges. Dites-moi, ça garde en forme, vos courses dans le Dôme. »

Paul peine malgré tout à parvenir au sommet.

« Parfait, c'est fini. Je vous propose de vous rhabiller et de me retrouver à mon bureau. »

Paul s'exécute.

Le médecin prend la parole, un peu gêné.

« Bon, eh bien, vous n'avez pas été si rapide que cela, le quart d'heure est écoulé. Si vous voulez les résultats tout de suite, il faudra vous acquitter d'un second quart d'heure ou je me verrai contraint de prendre quelqu'un d'autre. »

C'est sans surprise. Paul connaît très bien la petite musique de son cardiologue à force, tous ses trucs et ficelles afin de rester un des clients les plus fidèles de son restaurant. Il l'a toujours suspecté d'avoir acheté son diplôme de médecine à l'époque, pratique de plus en plus répandue dans un pays où tout se négocie, bien que cela ne l'ait pas empêché d'être devenu le cardiologue le plus en vue d'Édimbourg.

« Je présume que je n'ai pas trop le choix ?

– Je pourrais vous envoyer vos résultats par la poste, mais vous ne les auriez pas tout de suite.

– Non, OK, OK, je reprends un quart d'heure… Au même prix.

– Très bien. Vous n'allez pas le regretter. Vous savez, il m'est aussi arrivé de débourser des sommes indues pour le haggis fourré aux pruneaux que j'avais commandé chez vous. Alors, voici les résultats de votre test d'effort. Ils sont parfaits, bien meilleurs que la dernière fois. Vous m'en voyez ravi. Vous êtes en progrès. Votre tension artérielle est impeccable et les inquiétudes que j'avais manifestées à l'examen de votre dernier électrocardiogramme n'ont plus lieu d'être. Celui que je viens de réaliser ne me donne aucune raison d'inquiétude. Vous avez récupéré votre cœur d'adolescent. Continuez comme cela et nous pourrons espacer nos rencontres. Je ne vous verrai plus qu'au Dôme.

– Merci, docteur. Très bonne nouvelle, en effet. Dois-je maintenir mon monitoring continu ?

–Je vous propose de le poursuivre encore quelques mois, mais si tout reste comme cela, alors, c'est sûr, nous débrancherons l'appareil et vous ferez de sérieuses économies. »

Paul quitte, enjoué, le cabinet du médecin pour s'en retourner prendre son service du soir. Il n'est pas habituel que d'aussi bonnes nouvelles agrémentent sa journée, et les complications dues à son cœur ont fini par sérieusement le tarauder. Et c'est sans parler des économies qui se profilent. Ces derniers mois, il s'est en effet décidé à assainir sa vie, son alimentation, ranger ses bouteilles de whisky au fond du placard, diminuer ses sources de stress. Tout cela semble payant aujourd'hui, au propre comme au figuré.

* * *

Le service du soir se déroule encore mieux que celui du midi. Les Écossais ont l'habitude de dîner tôt et il n'est que 23 heures quand Paul franchit la porte de son appartement, situé dans la banlieue est d'Édimbourg, du côté de Murrayfield. La journée fut excellente, tant au plan pécuniaire qu'au plan de sa santé. Le nuage noir le poursuivant depuis quelque temps, annonciateur d'une nouvelle intempérie cardiaque, semble s'être définitivement éloigné. Comme à chaque fois qu'il rentre de bonne humeur, il glisse dans son lecteur un CD de son groupe rock fétiche, Supertramp. Que du bonheur ! N'importe lequel de leurs tubes le ravit, plus encore, lui remue les tripes. Leurs nombreux succès le comblent d'aise, depuis *Crime of the Century*, *Give a Little Bit* ou *Breakfast in America*. Supertramp l'accompagne depuis sa plus tendre enfance et il n'est pas près de les quitter, même si les musiciens ne se produisent plus depuis longtemps dans la version originale.

Ce soir, il se décide à commettre un petit écart de conduite, n'en déplaise à son cardiologue. Il se sert un whisky, un pur malt, imprégné de ce mystérieux arôme de tourbe et distillé dans l'île d'Islay, sa région d'origine. C'est ce que l'on fait d'unique et de meilleur en matière de whisky écossais. Par le Dôme, il réussit à s'en procurer quelques bouteilles à un prix décent. Le malt et le piano électrique du groupe se conjuguent à merveille. Un des disques de Supertramp s'intitule *Crisis What Crisis*, faisant déjà référence à la crise économique des années 1970. Voilà bien un titre qui n'a nulle raison de vieillir, quel que soit son mode électronique de diffusion.

Les Écossais ont finalement eu leurs économies, à eux, rien qu'à eux, à l'abri de tout État providence. Ils furent révolutionnaires une fois encore, dans le sillage d'Adam Smith, un autre « Braveheart ». C'en est fini de cette sempiternelle confusion des genres : bien publics/bien privés, normes sociales/normes du marché. On a tranché dans le vif et homogénéisé tout cela : tout échange, une transaction, toute consommation, celle d'un bien privé. Et le prix de s'ajuster comme il se doit, pour faire coller l'offre à la demande. Terminés les courtoisies sociales, trop arbitraires, les mauvaises surprises, les mélanges de genres ! Tout est livré au calcul économique, rigoureux, désétatisé, dépsychologisé, à la pointe de l'informatique, sans le moindre bug.

Paul est célibataire. En dépit des sommes colossales investies pour trouver l'âme sœur, ce fut une succession d'échecs cuisants. Ses tentatives amoureuses lui ont coûté cher, car il ne convenait jamais à celles qui lui convenaient parfaitement. Il les voulait brillantes, surprenantes, avec un minimum d'esprit, mais nul doute que son métier de serveur, même dans un restaurant de la réputation du Dôme, n'ait pas été l'idéal pour conquérir les cœurs, et surtout les esprits, pour un montant décent. Les dépenses englouties par ses différentes tentatives amoureuses, surtout durant les heures nocturnes, celles à triple tarif, l'ont finalement persuadé de rester célibataire. Il avait mieux à faire avec son argent pour un plaisir équivalent en intensité. Il pousse un peu le volume, le whisky lui monte à la tête. Les comptes en banque des voisins de son immeuble grimpent en flèche, alors que le sien y laisse quelques plumes, externalité négative encore que cette gêne sonore occasionnée par sa sono rugissant à plein tube (d'autant qu'à cette heure avancée de la soirée, le prix du décibel de nuisance est plutôt élevé). Le bruit se négocie et se paie, il n'y trouve rien à redire. Tout amateur qu'il est de Supertramp, il le reconnaît, c'est une pollution comme les autres.

Aujourd'hui, c'est une bien belle journée qui s'achève, une bonne recette et un cœur rajeuni. Il s'accorde cette petite dépense. Demain, au Dôme, il fera grimper les enchères. Demain est un autre jour à survivre dans la jungle des mains invisibles[4]. Il se passe plusieurs albums, et les frais augmentent jusqu'à ce que, vers 2 heures du matin, un

4. Bien que ce soit l'expression la plus célèbre d'Adam Smith, ce dernier y aura eu recours trois fois dans ses écrits et dans des contextes fort différents, dans *The Theory of Moral Sentiments* (1759), une ode à l'empathie, dans *Wealth of Nations* (1776), une apologie des vices cachés de la nature humaine mis au service d'une économie libre et auto-organisée, et dans *Philosophical Subjects*, dans lequel il décrit les mouvements planétaires.

demi-litre de pur malt aidant, il s'écroule sur son lit, épuisé, les sinus nasaux encombrés d'éthanol. L'insonorisation de son immeuble est décidément calamiteuse. Cette nuit, ses ronflements d'ivrogne lui coûteront cher, mais certainement moins qu'une nuit d'amour.

Le cœur a ses réseaux

Les réseaux... Les réseaux, les nœuds... Les réseaux, les nœuds et leurs connexions... Lazlo Bako, chercheur au Collegium Budapest, s'extirpe lourdement d'un sommeil inachevé. Un sommeil chaotique tourmenté par une volée de boules, emportées dans une danse de Saint-Guy. Dans son rêve, les boules étaient comme celles que l'on voit à la télévision, chacune affublée d'un numéro. Plusieurs d'entre elles se connectaient par de petits ressorts brillants, comme autant de molécules agitées. C'était une myriade de molécules qui virevoltaient et se croisaient sans cesse dans ce ballet nocturne. Elles se reliaient et se déliaient, parvenaient à s'éviter ou s'entrechoquaient et rebondissaient les unes sur les autres. À coup d'étincelles, elles animaient ce billard onirique qui l'avait libéré d'un poids énorme. Tous ces nœuds, toutes ces connexions, il est parvenu à les coucher sur le papier. La vie organique a dû un jour débuter comme cela : des boules agitées qui se connectent et se figent presque au hasard, pour adopter la forme d'une hélice géante capable de se diviser, se reconstruire et prendre le dessus sur tous les autres assemblages indivisibles. À défaut d'une fin, l'immortalité a une origine.

Les réseaux, leurs nœuds, leurs connexions... un chapitre déjà, un chapitre derrière lui, et non des moindres. Il s'est glissé dans ses draps plutôt tard, vers 2 heures du matin, tout occupé qu'il était à la rédaction et la finalisation de ce premier chapitre. Il a mal dormi, certes, mais la compensation est là, dans ce chapitre, dans cette entrée en matière plus aboutie que sa nuit. Les fondations du livre qu'il lui a tant tardé d'écrire et qui, finalement, se sont décidées à transiter depuis les sillons de ses hémisphères mous jusqu'à ceux du disque dur de son ordinateur, sont là, fraîchement extraites de l'imprimante. Si, cette nuit, ces boules tourbillonnaient aussi nerveusement, c'est qu'elles ne demandaient qu'à se libérer de son joug cérébral, plutôt que se cogner sans cesse contre ses quelques neurones insomniaques, oiseaux de nuit aussi gris que la matière qui les logeait.

Il a enfin réussi à libérer ce flux d'idées rabâchées, comme les flocons de neige qu'on agite dans ces petits bocaux de verre et qui se heurtent entre les parois de Buda et de Pest. Ce petit ersatz de neige emprisonnée permet aux touristes un raccourci de mémoire englobant le Parlement, le château de Budapest ou le Bastion des Pêcheurs. Il fallait briser cette boule de verre. Il était temps de désengorger cette matière grise, de faire une saignée neuronale, un bon laxatif d'entre les oreilles, d'entamer un nettoyage de printemps qui lui permettrait, comme une montgolfière déchargée de son lest, de reconquérir les hauteurs et le vide sidéral indispensables au sommeil. Les réseaux sont parvenus au point de hanter ses nuits alors qu'ils occupent l'essentiel de ses recherches diurnes. Il se voit un peu comme John Nash, l'homme d'exception, dans le film du même nom.

Dans ses crises de schizophrénie paranoïde, Nash ne pouvait s'empêcher de relier par des rubans fantasques des tonnes d'articles de presse, découpés au hasard des lectures et follement connectés. Il tapissait ses murs de ces réseaux journalistiques insensés, qu'il observait de loin, leur attribuant une cohérence impossible. De son mal, Lazlo espère en être assez loin ; de son génie, il désespère de l'être bien plus encore. Sans doute ne l'est-il que la nuit, en rêve, Nash, quant à lui, parvenant à s'en rappeler l'essentiel au réveil. Tant bien que mal, Lazlo se plie enfin à ce pressant remède consistant à se soulager les neurones et à coucher ces maudits réseaux sur le papier, d'une manière ou d'une autre. Chaque jour, quelques pages, le soir, la nuit, avant de succomber au sommeil.

Ces quinze dernières années, Lazlo a consacré l'essentiel de ses pensées à traquer les réseaux dans leurs derniers retranchements biologiques, à s'interroger sur l'apport décisif joué par ceux-ci dans le fonctionnement du cerveau, du système immunitaire ou dans l'origine chimique de la vie. De réseaux, la biologie en recèle tant ! Adoptant en cela la démarche unificatrice classique, signature des sciences, visant à retrouver des structures relationnelles communes dans des réalités apparemment distinctes, Lazlo considère que la recherche et l'abstraction de ces relations s'inscrivent en plein dans la noble croisade scientifique.

Simplifiant ces réseaux à l'extrême, comme un ensemble de nœuds connectés, il s'intéresse avant tout à la manière dont ces nœuds se trouvent reliés entre eux, c'est-à-dire à la topologie des réseaux : chaque nœud avec tous les autres ou chacun avec un seul, central, comme une étoile. Plusieurs nœuds connectés au hasard des rencontres, ou bien encore quelques-uns privilégiés, largement connectés, connecteurs phares, passages presque obligés de tous les autres, cette majorité de nœuds très faiblement connectés. Il a fait de cette topologie l'objet de son premier chapitre, celui-là même qui s'étale sous ses yeux, couché sur le papier. Comme pour compliquer les choses, ces réseaux ne sont en rien des structures figées mais sont plutôt sujettes à des évolutions dans le temps. D'où ces boules qui apparaissent et disparaissent sans cesse, s'assemblent et se désassemblent pendant son sommeil agité.

Pourquoi les étudier ? Il importe à Lazlo d'attribuer à chacun de ces trois réseaux une fonction biologique clé. Au réseau cérébral, il réserve la primeur du codage et du traitement de l'information. Paul Valéry a presque écrit : « Maître cerveau sur son corps perché tenait dans ses neurones et ses connexions son mystère[5]. » Mais il lui plaît à lui de lever ce mystère et d'incarner toute pensée humaine dans la substance brute des toiles de cellules nerveuses. L'activation collective des neurones qui constituent le réseau cérébral, dans lequel chacun des cent milliards de neurones se trouvent connectés à dix mille autres, permet tout d'abord d'emprisonner l'information dans ces mailles neuronales. Mais elle permet aussi, le plus naturellement qui soit, à une première information d'en inférer une

5. Inspiré du fameux apologue de Paul Valéry : « Maître cerveau sur son homme perché tenait dans ses plis son mystère », extrait de *Mauvaises pensées et autres*.

autre. Savoir et association d'idées, les briques de base de la cognition humaine, de toute forme de logique, se retrouvent là, enfouies dans le fonctionnement collectif de ces tapisseries neuronales.

Notre cerveau est étonnament peu connecté (dix mille connexions sur cent milliards possibles) quand bien même les scientifiques voient dans ces connexions, plutôt que dans le nombre de neurones (qui sont les seules cellules à ne pas se reproduire de notre vivant), la source de notre intelligence. En effet, ce sont ces connexions qui apparaissent et disparaissent, se renforcent et s'affaiblissent à force d'activer les neurones qu'elles relient. C'est à elles que l'on doit notre extraordinaire plasticité neuronale, notre adaptation au monde, nos facultés d'apprentissage, la possibilité de se souvenir et de se projeter dans le futur. Et malgré la jungle très éparse entre lesquelles, de liane en liane, se balancent nos idées, les primates, nos clones génétiques à 99 %, doivent à une connectivité moindre encore leur incapacité d'abstraire, de conceptualiser et communiquer ces concepts, de faire usage d'un langage comme le nôtre, de calculer ou planifier et transcender le temps présent.

Il pressent dans le réseau immunitaire la possibilité d'éclairer d'un jour nouveau la fameuse question de la distinction soi/non-soi, fondement même de l'immunologie, pourtant floue au possible et débattue à l'excès. Où commence le soi et sur quoi s'appuie cette distinction ? Est-elle liée à des caractéristiques propres à l'intrus viral, un délit de sale gueule mis à la sauce biologique, ou le système en décide-t-il de lui-même, selon ses « humeurs » du moment ? Autrement dit, peut-on, sur la base de caractéristiques facilement discernables, étiqueter comme soi ou non-soi tout impact sur le système immunitaire ? Ou cette distinction est-elle le résultat d'un processus évolutif par lequel un réseau immunitaire, progressivement, tout en s'auto-organisant et s'autoconstituant, y compris en réponse à ces impacts, se crée petit à petit ses propres frontières ? Dans ce cas, rien ne résulte comme soi ou non-soi de l'extérieur, mais trouve son origine dès l'intérieur. Pourquoi une femme ne rejette-t-elle pas tous ces « non-soi », tel son bébé, sa nourriture, toute sa nourriture ou l'air qu'elle respire ? Car son réseau lymphocytaire en aura décidé ainsi, après des millénaires d'évolution et l'assimilation, pendant les premiers mois de la vie embryonnaire, du corps qui l'abrite et le soutient.

Une analogie grossière pourrait être celle d'un videur de boîte de nuit et du tri qu'il opère à l'entrée de celle-ci. Ses choix sont en partie dictés par l'allure, les traits physiques et sociaux de ceux qui se pressent à l'entrée, mais pas uniquement, car ils le sont aussi en fonction de ce qui se trame à l'intérieur. Ainsi, il peut ne plus laisser entrer personne si la boîte est pleine à craquer, il peut décider de favoriser les femmes si elles font défaut à l'intérieur, ou un membre d'une communauté sociale afin de rétablir un certain équilibre. La décision d'accueillir le visiteur n'est plus établie sur la base des seuls critères propres à ce visiteur, mais tout autant sur la base de l'état du réseau à un moment donné. Les immunologistes s'illusionnent. Aucun microbe ou antigène ne naît soi ou non-soi, mais le devient, en réaction à l'évolution du système qu'il menace.

Il pourrait même alterner entre ces deux états, selon la situation du réseau d'acteurs cellulaires qu'il cherche à malmener.

Enfin, Lazlo voit dans les réseaux des réactions chimiques des acteurs clés dans l'histoire de l'apparition de la vie, car ce que ces réseaux-là lui ouvrent, ce sont tout bonnement les portes de l'immortalité. Pour que la vie démarre, il a bien fallu qu'avant toute chose l'ensemble des composants qui la réalisent puisse se stabiliser dans le temps. Or, ces réseaux de réactions chimiques sont l'incarnation parfaite de structures capables de se maintenir indéfiniment, quels que soient les chocs et les impacts qui tentent de les déstabiliser. Cela, par ce mécanisme subtil d'autorégénération, où des molécules produites finissent, à leur tour, par devenir productrices de celles qui les produisent. Il y a là un simple système de production en boucle fermée, des producteurs aux produits et des produits aux producteurs. On l'obtient trivialement dans le cas de réactions chimiques parfaitement réversibles mais, et l'on voit alors un nouveau type de réseau poindre, on l'obtient plus subtilement en présence d'une série de molécules intermédiaires avant de parvenir à celles qui fermeront la boucle. Par ce manège réactionnel auquel elles participent, toutes les molécules contribuent à se maintenir à concentration constante, à compenser et rétablir toute perturbation subie par l'une d'entre elles. Il suffirait qu'une molécule produite par le réseau ne « joue pas le jeu », c'est-à-dire ne participe à la production d'aucun des éléments du réseau, et c'est la totalité de celui-ci qui s'effondre. Ces réseaux de production chimique, fermés sur eux-mêmes, soutiennent la vie, mieux, sont la vie, dans une forme dépouillée à l'extrême.

Origine de la conscience et de l'intelligence, origine du soi et de la santé, origine de la vie et de l'éternité, les réseaux semblent à l'origine de tout. Apparemment, il s'agit là d'un bien ambitieux programme de recherche que la réunion de ces trois systèmes, tirés d'univers scientifiques aussi riches que différents. Mais ce programme, copieux à souhait, s'en trouve fortement allégé par l'intérêt que Lazlo ne porte qu'à cette seule structuration en réseau, réseau dynamique, réseau évolutif et plongé dans un environnement complexe.

À force, il s'est convaincu que ce sujet, les réseaux, par son extraordinaire ubiquité, mérite d'être lu et connu en dehors des cercles initiés. Notre univers est empli de réseaux de toutes sortes : sociaux, informatiques, biologiques, physiques, économiques, urbains, politiques, mafieux. Nous nous trouvons tous autant que nous sommes soumis pour le meilleur et pour le pire aux propriétés dynamiques et structurelles de ces réseaux. Mafia, Facebook et cerveaux ont des connexions en commun. Autant le savoir et mieux le comprendre. Il faut en parler, le relater, mais le faire de telle sorte que sa famille et ses proches puissent trouver là matière captivante, sans pour autant, par la même occasion, se retrouver définitivement excommunié par ses collègues. Compromis ô combien délicat ! Le sujet semble s'y prêter à merveille mais, si sensibiliser un lecteur d'occasion aux réseaux semble à portée de plume, maintenir ce même intérêt au fil des pages tient d'une gageure. Ce premier chapitre parviendrat-il à convaincre un éventuel éditeur qu'il y a là matière à passionner d'autres lecteurs que ceux, tels sa famille ou ses collègues, qui seront forcés de le lire ?

Biologie, chimie, économie, tous ces réseaux qui se croisent et s'entrecroisent, leurs nœuds et leurs connexions qui s'entremêlent, circulent de synapses en synapses, dans les nuits agitées de Lazlo. Il est 6 heures du matin. Fébrile, Lazlo s'extirpe de ses draps moites. Il est tout aussi chiffonné, c'est sûr, mais animé par un nouvel entrain, le sentiment inédit du devoir d'un premier chapitre accompli, l'impatience d'entamer le deuxième. Il est résolu à soumettre ce chapitre à un éditeur. Comme il a beaucoup entendu parler de ce genre de démarches et du peu de succès qu'elles rencontrent, quelques prudences et raccourcis s'imposent. Il se rassure un peu en songeant que pas mal des écrits prétendument abordables pondus par ses collègues lui seraient tout autant tombés des mains. Mais ce n'est pas suffisant. Qu'en sera-t-il de ses phrases ? Et si son livre aussi ne pouvait s'effeuiller qu'à coups de cachets d'aspirine ? Le problème récurrent de la littérature scientifique, réputée aussi excitante à parcourir qu'un champ d'orties, est qu'elle se vend très mal, critère malheureusement déterminant dans le monde d'aujourd'hui et auquel la science a pourtant un mal fou à s'astreindre.

Nul ne s'est enrichi en commercialisant la théorie de la relativité restreinte ou le tableau périodique des éléments chimiques, pourtant ce sont les œuvres de deux génies créatifs absolus. Il n'y a pas de copyright sur « $e = mc^2$ », sur la loi d'attraction des corps, sur l'attracteur de Lorentz ou la constante de Planck. Les héritiers d'Einstein ou de von Neumann peuvent lorgner avec envie sur ceux de Picasso, Hergé, Steve Jobs ou Elvis Presley. À la différence de la politique éditoriale des journaux scientifiques qui s'obligent à publier tout ce que peu de lecteurs jugent intéressant d'être lu, tout écrit destiné à mal se vendre dans les grandes surfaces voit son édition pratiquement compromise. Comme les lecteurs ont pris l'habitude de repousser très loin de leurs préoccupations quotidiennes les exigences de la science, on peut comprendre la très grande prudence des éditeurs dans les envois de missives anonymes, s'enthousiasmant du talent des auteurs, mais se réfugiant vaillamment derrière les sempiternels revirements de la politique éditoriale du moment.

Décidé à contourner ces vexations prévisibles et à mettre toutes les chances de son côté, Lazlo choisit de contacter une de ses connaissances, rencontrée dix ans auparavant dans un congrès sur les systèmes complexes. C'est quelqu'un qu'il sait passionné par ce type de recherche, biologiste de formation et auteur de plusieurs ouvrages de vulgarisation scientifique au tirage plus que décent. Janos Parsanyi, scientifique dans l'âme, homme de média et, depuis de nombreuses années, recteur d'une université hongroise, a réussi le mariage difficile entre sa passion, l'audimat et l'édition. Lazlo le perçoit comme le connecteur parfait du réseau qui l'intéresse, celui qui vous rapproche d'un éventuel éditeur, car Janos lit et évalue tout ce qui touche aux sciences pour les célèbres maisons d'édition Európa et Magveto.

Lazlo se rappelle très bien sa première rencontre avec lui. Janos passait de groupe en groupe, son élégance dénotant avec l'indifférence ostensiblement affichée par tout scientifique qui se respecte pour la mode vestimentaire. Il marivaudait, saluant les uns et les autres, désinvolte mais indispensable à la fois. Il lui aurait été impossible de le rencontrer, si la conférence qu'il avait donnée, portant sur le système immunitaire, n'avait eu l'insigne avantage de lui plaire. Juste après celle-ci, un de ses proches, sur la demande du connecteur, avait organisé un dîner. Ils avaient tous trois discuté longuement des systèmes complexes et de la vie en général, bien qu'interrompus par une succession de coups de fils donnés et reçus par Janos. Depuis, ils avaient pris contact de façon sporadique, dès que quoi que ce soit d'un peu mondain ou très public sur le thème des systèmes complexes, sociaux, économiques, biologiques, physiques s'organisait à l'Académie des sciences hongroises, dont Janos était également un des plus importants administrateurs. Mais leur dernier contact remontait à plusieurs années. Un connecteur social n'a de cesse d'être débordé, hyperconnecté mais paradoxalement injoignable.

La connexion éditoriale parfaite, se répète Lazlo qui, à ce moment précis, se repasse mentalement le film de la nuit, version animée du chapitre qu'il a juste terminé et consacré à la manière dont les nœuds d'un réseau se connectent, c'est-à-dire à sa topologie. Toutes les boules de son rêve, interrompant soudain leur agitation, se sont figées et connectées principalement à l'une d'entre elles, centrale et de cristal, dans laquelle la photo de Janos surgit. Parmi tous les réseaux dont il a fait son quotidien, le plus simple à saisir est sans nul doute ce réseau social, constitué d'hommes et de femmes qui se connaissent simplement. Les nœuds du réseau se limitent à être connectés ou pas. C'est dans ce genre de réseau qu'il est très facile d'expliquer et d'illustrer la notion de connecteur.

Tout en vidant dans le percolateur un paquet entier de la poudre magique de ce breuvage béni des dieux dont la légende veut que les scientifiques se l'injectent en baxter, Lazlo repense à son premier chapitre et à ses connecteurs. Pendant très longtemps, les scientifiques se sont intéressés à un type de réseau dit à « topologie aléatoire », obtenu en considérant que les nœuds sont connectés de manière aléatoire et présentent en moyenne un même nombre de connexions. La raison en est très simple, ce sont les réseaux les plus abordables mathématiquement, car les nœuds sont en tout point semblables et peuvent être traités à l'identique. C'est cette uniformité qui rend ces réseaux attirants pour les mathématiciens, ravis, dans un pareil cas, de ramener tous les nœuds à un seul. Dans un réseau social aléatoire, l'immense majorité des hommes du réseau se ressemblent. La plupart des membres connaîtra, disons, 100 autres, tirés au sort, et une très petite minorité en connaîtra bien moins ou bien plus.

Ce type de réseaux fut étudié autant qu'on le pouvait par un des mathématiciens les plus importants du XXe siècle : Pal Erdös. Hongrois d'origine, mort en 1996 à 83 ans, auteur de plus de 1 500 publications – sa biographie scientifique défie toute concurrence –, Erdös était un scientifique aussi prolixe et génial que marginal dans son comportement social. Une espèce rare, hybride de Charlot et d'Einstein, vagabond des sciences, sans domicile fixe, une valise délabrée et un sac de supermarché pour tout avoir. Ce scientifique s'était dégagé de toute préoccupation matérielle et familiale et, comme un pur esprit ambulant, errait au gré de ses travaux, bénéficiant de l'hospitalité de ses collègues, qu'il promettait de soulager des intrigues mathématiques qui les tourmentaient. Il s'invitait à loger chez ses pairs par une formule du genre : « Mon cerveau est à vous », et ceux-là savaient que cette occasion ne se représenterait pas avant longtemps, qu'il fallait la saisir de toute urgence et lui préparer sa chambre. Cette façon de vivre et de travailler établit ce mathématicien, spécialiste des réseaux aléatoires, au cœur d'un gigantesque réseau d'hommes de science connectés par leurs écrits.

Erdös lui rappelle une autre anecdote. Il y a quelques années, il avait été surpris à découvrir un e-mail d'Otto, un ancien de ses étudiants, des plus brillants. Après un travail de recherche sous sa supervision, consacré au système immunitaire, Otto était en train d'accomplir une belle carrière de chercheur en informatique théorique dans une université américaine. À la première lecture, le contenu de cet e-mail paraissait plutôt sibyllin : « Viens de publier avec professeur nombre Erdös 1, te voilà donc Erdös 3, comme Heisenberg, Dirac et Feynman, bravo ! Bienvenue au club ! » Bien sûr, les e-mails se prêtent idéalement à un type d'écriture très stéréotypé, fait de raccourcis audacieux et de mots ramenés à leurs seuls phonèmes. Mais Otto était un garçon sérieux que sa passion des mathématiques mettait à l'abri des modes phonétiques de son âge. Comme toujours pris par un doute, Lazlo avait fait appel à sa mémoire artificielle externe et tapé « Erdös number » dans Google. Il savait qu'Erdös était un célèbre mathématicien, mais ignorait tout de ce nombre dont Otto venait de l'affubler. Il fut noyé sous une avalanche de sites Web, mais il lui suffit du tout premier pour se rendre compte qu'il en était du nombre d'Erdös comme de la « distance de Kevin Bacon » et de bien d'autres vedettes (Monica Lewinsky, par exemple, à l'époque de sa gloire).

Pour le nombre d'Erdös, la règle est on ne peut plus simple. Si vous avez publié un article scientifique avec Erdös, c'est-à-dire comme coauteur, vous pouvez vous targuer d'être parmi (mais ils sont déjà incroyablement nombreux) les 507 scientifiques possédant le nombre Erdös 1. Ils sont nombreux, vu le style de vie d'Erdös, sillonnant la planète – tant de mathématiciens aspiraient à sa visite. Si vous avez écrit un article avec un de ceux-là, vous pouvez exhiber fièrement à qui le souhaite un nombre d'Erdös 2. Et même s'ils sont presque 6 000, c'est plutôt flatteur aussi. Ceux qui possèdent le nombre 3 sont déjà en quantité phénoménale, et ne parlons pas alors des nombres 4 qui ne se comptent plus. Lazlo a, en effet, au cours de leur ancienne collaboration, publié un petit article avec Otto qui, lui-même, vient juste de publier un article avec un Erdös 1. Cela suffit à introniser Lazlo dans le cercle, malheureusement plutôt gigantesque, des Erdös 3.

C'est ainsi : topologie et popularité sont de plus en plus corrélées dans le monde d'aujourd'hui. Si vous voulez ressortir premier sur Google, soyez très largement connecté. C'est moins de marque d'affection que d'hyperlien dont vous aurez besoin pour réussir dans la vie.

Un même jeu fut instauré avec Kevin Bacon pour caractériser tous les acteurs de cinéma, principalement américains. Un acteur ayant interprété un film avec Bacon est à une distance 1 de celui-ci, n'importe lequel ayant partagé l'affiche avec un de ceux-là se trouve à une distance 2 de Bacon, et ainsi de suite. C'est le cas de Depardieu, qui interpréta *1900* avec De Niro, qui, lui, interpréta *Sleepers* avec Bacon. Depardieu est donc Bacon 2. Le plus connecté de ce réseau hollywoodien est Rod Steiger. S'il est moyennement connu, tout parfait second rôle qu'il ait été, c'est le connecteur star d'Hollywood !

Les mathématiciens et autres scientifiques s'empressent d'indiquer leur nombre d'Erdös sur leur carte de visite, d'autant plus volontiers qu'il est petit, car ils chargent ce nombre, travers bien humain, de les positionner aux yeux de leurs collègues. Pour les mathématiciens, vous n'êtes plus qu'un numéro, votre nombre d'Erdös. Et on l'aura deviné, il est souhaitable pour eux d'être très proches d'Erdös, car ce compagnonnage posthume auprès du grand homme, ce jugement par contumace, possède une immense valeur aux yeux de la profession. Si le nombre Erdös 1 est devenu évidemment inaccessible, tous s'empressent de bénéficier encore du nombre 2, 3 à la limite. C'est le cas de Lazlo, mais tout le mérite en revient à Otto, preuve s'il en fallait que ce nombre, tout comme la distance de Bacon, est à prendre avec de multiples pincettes.

Les pensées de Lazlo le ramènent à Janos, son connecteur, l'homme par qui il espère pouvoir publier ses élucubrations formelles. Dans le réseau social qu'il partage avec Lazlo, Janos n'est définitivement pas un nœud comme les autres. Il sort du lot. Il se distingue en cela que le nombre de relations qu'il entretient est nettement supérieur à celui de la majorité des nœuds de son réseau. Cet état de fait rompt avec l'uniformité qui caractérise les réseaux aléatoires à la Erdös. Ainsi, chacun possède parmi ses amis un petit nombre de véritables connecteurs, appartenant à tous les clans. Ils connaissent tout le monde et sont connus de tous. Ils ratent difficilement une réunion mondaine et possèdent un carnet d'adresses non loin de rivaliser avec le Bottin de la région. Ils sont les garants de notre cohésion sociale, font la richesse des compagnies téléphoniques et reçoivent 1 000 e-mails par jour, en ne comptant pas les spams, bien entendu. C'est toujours par eux que vous pénétrez dans un nouveau cercle d'amis. Ce sont les sésames des réseaux sociaux.

Cette nouvelle lecture des réseaux, partant du constat que leur topologie est loin d'être uniforme et aléatoire, Lazlo l'avait découverte, sans s'en étonner outre mesure, dans des écrits assez récents de plusieurs physiciens américains dont, une fois encore, un brillant scientifique d'origine hongroise, Barabási. Ce pays discret se trouve incontestablement à la pointe de la science des réseaux, et pareil compagnonnage ne peut qu'enchanter Lazlo. De surcroît, la Hongrie est particulièrement connue pour son organisation clanique, la mainmise des réseaux dans son fonctionnement social, pour le meilleur comme pour le pire. Barabási avait décelé une propriété étonnante dans une très large variété de réseaux : informatiques, biologiques, sexuels, sociaux, mais aussi dans les transports, qu'il avait analysés à la loupe. Dans leur majorité, ceux-ci ne présentent pas une topologie aléatoire et une structure de connectivité uniforme, mais possèdent à la place un petit nombre de nœuds singuliers, nettement plus important que dans le cas aléatoire. Et c'est à ces nœuds privilégiés et stratégiques, comme autant de carrefours de ces réseaux, que l'on attribue le nom de « connecteurs ». Ainsi, Janos est un de ces connecteurs sociaux, tout comme le sont les stations de métro parisien, Châtelet-Les Halles, Gare du Nord, mais aussi Budapest ou Bratislava dans les cartes routières, Heathrow et JFK pour le trafic aérien, et les sites Amazon, Google ou Facebook, lorsqu'on observe la circulation des documents sur le Web.

Ce sont également les connecteurs de nos réseaux sociaux qui nous mettent chacun à quelques poignées de main de tout autre habitant de la planète. Il suffit de très peu d'intermédiaires en moyenne pour réussir à connecter au plus court un quelconque Diallo de Bamako à un tout autant quelconque N'Guyen de Hanoi. Le diamètre social de notre petit monde est autour de 7, suffisant pourtant à relier 7 milliards d'individus. Et tout cela grâce à qui ? Aux connecteurs, qui raccourcissent considérablement tout trajet dans les réseaux. À l'époque, Lazlo, au-delà d'être Erdös 3, avait aussi réussi à calculer sa distance de Monica Lewinsky : 5... Pas aussi petite que celle de Clinton. Le réseau de Lewinsky (combien de connexions sont nécessaires pour la rencontrer), comme celui de Bacon, avait beaucoup diverti les scientifiques à l'époque, alors que Clinton cherchait à se disculper le plus maladroitement qui soit.

Pour se divertir, tout amateur de jazz qu'il était, Lazlo avait constitué son réseau personnel. Il avait glané sur le Web toutes les fois où un musicien de jazz avait joué avec un autre, puis s'était constitué son petit panthéon à lui. Ses superconnecteurs : Ron Carter à la contrebasse, Clark

Terry à la trompette et Kenny Burrel à la guitare, moyenne d'âge 82 ans. Le jazz conserve et l'âge réussit évidemment aux connecteurs qui cumulent les connexions en même temps que les cheveux gris et les standards interprétés. Plus récemment, l'explosion sur Facebook des relations virtuelles, des connexions digitales, ces « faux amis » se disputant le réseau, avait fait passer le diamètre social du monde de 7 à 4.

* * *

Il attend 8 heures, saisit son téléphone, et après de nombreuses tentatives, joint finalement Janos. Celui-ci lui fixe rendez-vous deux heures plus tard aux bains Szechenyi, un grand classique de la société hongroise. Janos aime à les fréquenter encore tôt dans la matinée, avant que la foule ne s'engouffre dans les eaux fumantes et bienfaisantes surgies du ventre de la Terre. Il propose à Lazlo de lui envoyer par courrier électronique le chapitre tout juste écrit afin de le parcourir et de lui communiquer ses premières impressions. Lazlo, trop heureux, s'empare de son ordinateur portable, envoie le fichier à Janos en le remerciant par avance dans son message.

* * *

Lazlo arrive aux bains, traverse les salles et les bassins internes et se rend directement à l'extérieur du bâtiment. Il sait que c'est généralement là que s'y prélasse Janos. Après avoir lorgné à la ronde pour le retrouver, sans succès, et fait le tour de l'immense miroir azur serti d'ornements néobaroques et dans lequel déjà s'immergent, flottent ou se vautrent de nombreuses masses charnues, il pénètre dans l'eau, dans la partie des bains la plus chaude. Il s'y laisse couler doucement, cherchant à apaiser par la chaleur qui envahit son corps la fureur des agitations neuronales frénétiques, causes ou conséquences de ses pages consacrées aux réseaux.

« C'est pas croyable, toutes ces épidémies, la vache folle, la fièvre aphteuse, la pneumonie atypique, et maintenant la grippe aviaire, où est-ce que ça va s'arrêter ? »

Lazlo rouvre les yeux.

« Merde, mon voisin ! Encore un emmerdeur, ça fait pas l'ombre d'un doute, et il lit le *Magiar Hírlap* en plus. »

Magiar Hírlap est un journal orienté plutôt à droite, que Lazlo tient en horreur, mais qui se révèle très populaire dans une Hongrie de plus en plus nationaliste, penchant dangereusement vers l'extrême droite.

« Et puis toujours ces mêmes prédictions apocalyptiques sur les risques de contamination, que rapportent ces journaux, complètement effarantes et dont on ne sait d'où elles sortent. Vous vous rappelez la vache folle ? Maintenant plus personne n'en parle, c'est plus à la mode, la vache folle. Mais il y a encore quelques années de cela, on parlait de centaines de milliers de morts. L'Angleterre serait rayée de la carte. Tous refroidis, les rosbifs. »

« Typique trait d'esprit d'un lecteur du *Hírlap* », songe Lazlo, mélancolique.

« Où sont-ils, tous ces morts ? On nous les cache ? Ou, encore une fois, toutes ces prévisions alarmistes, c'était du grand n'importe quoi ! Le prion, ou une autre de ces fameuses armes de destruction massive dont les Anglais ont le secret ! Eh bien, c'est reparti comme en 14, les mêmes délires, on se refait les mêmes frayeurs avec la grippe aviaire. D'ailleurs, c'est à n'y rien comprendre. Y en a qui parlent de peste et d'autres de grippe aviaire. C'est la peste ou la grippe ? À choisir, je préfère encore me retrouver avec une mauvaise grippe qu'une bonne peste. »

Et cela continue de plus belle. Les propos hargneux de son épais compagnon de baignade, tout en contribuant à réchauffer une eau qui n'en a pourtant aucunement besoin, glacent le sang de Lazlo.

« Oui, les mêmes frayeurs, des milliers, des millions de morts. Les journalistes écrivent que ce sera comme la grippe espagnole. J'ai pas connu, j'étais pas né. Dans l'article, je lis que cela s'est passé entre 1918 et 1919 et que cette grippe provoqua la mort de 20 à 30 millions de personnes dans le monde. C'est rassurant, hein ! Bon, la grippe aviaire, elle a attaqué que des bridés pour l'instant. Si elle fait des milliers de morts, comme ça sera ces milliers de petits Chinois, là, c'est certain, ça se verra pas trop. »

« Bingo, à nouveau ! abonnez-vous au journal, pense Lazlo. Un vrai champion, un de la pire espèce ! »

« Comment est-il possible qu'un expert de mes deux, professeur à Oxford, annonce quelques dizaines de morts, pendant qu'un autre, de mes deux aussi, professeur à Cambridge, parle, lui, de centaines de milliers de morts ? Vous y comprenez quelque chose, vous ?

– Oui, répond Lazlo en le coupant net, ça peut s'expliquer.

– Ah bon ? répond M. Vote-à-droite, et comment ?

– Si vous me permettez de prendre quelques minutes sur la lecture de votre journal, je vais tenter de vous justifier ces différences prévisionnelles apparemment incroyables.

– Allez-y, dit-il.

– Les scientifiques spécialisés dans les études épidémiologiques, ce dont il est question ici, sont obligés de faire pas mal d'hypothèses pour parvenir à obtenir ces chiffres prévisionnels. Parmi celles-ci, ils considèrent que les hommes susceptibles d'être infectés par un quelconque virus constituent un réseau de contact. Plus précisément, ces contacts sont ceux responsables de la propagation de l'infection, et ils seront de nature différente selon l'origine du mal et de l'épidémie que l'on étudie. Prenons deux cas très différents : le sida et cette fameuse grippe aviaire dont vous nous parliez à l'instant. Dans le premier cas, la contamination se fait par des contacts très intimes, le plus souvent de nature sexuelle. Le réseau considéré, dans ce cas, est celui des hommes et des femmes et de leurs partenaires sexuels. Deux personnes seront connectées dans le réseau si elles ont eu une relation sexuelle. Vous me suivez ?

– Oui, oui.

– Dans le second cas, la grippe, la contamination est beaucoup plus facile. Le virus se transmet dans l'air, et il suffit dès lors d'une proximité suffisante, par exemple un dialogue rapproché – mais rassurez-vous je n'en suis pas porteur – pour que le virus se transmette d'une personne à l'autre. Pour que deux personnes soient connectées dans ce réseau, il suffit qu'elles aient été suffisamment proches physiquement, pendant un certain temps. Vous me suivez toujours ?

– Oui, jusque-là, faut pas être sorti de Polytechnique. Les hommes sont constitués en réseau, et s'ils sont connectés, c'est qu'ils sont susceptibles de se transmettre le virus. Cela n'explique toujours en rien ces prévisions abracadabrantes.

– Attendez, j'y arrive. Pour les épidémiologistes, mais je simplifie bien sûr, car c'est malgré tout un peu plus subtil que cela, deux nombres sont très importants, surtout leur produit. Le premier, c'est le nombre moyen de personnes avec lesquelles chacun se trouve connecté. Et le second, c'est la probabilité que lorsque deux personnes sont en effet en contact, si l'une est infectée, elle transmette l'infection à l'autre. Vous vous rappelez sans doute que dans le cas du sida, on disait à l'époque, qu'après une relation sexuelle avec une personne séropositive, il y avait une chance sur dix que vous soyez contaminé. »

Lazlo se rend compte que de parler aussi ouvertement du sida n'est pas totalement du goût d'une vieille dame au visage sombre, encadré de quelques fils barbelés grisâtres qui lui servent de cheveux, son gros derrière immergé à ses côtés. Elle ne semble pas trop heureuse d'être dérangée, alors que la graisse de son corps s'écoule lentement. Il poursuit sa démonstration.

« Cette probabilité est un exemple de ce second nombre. C'est aussi en cela que je simplifie beaucoup, car la probabilité de transmission dépend d'un tas d'autres facteurs, parmi lesquels l'état d'infection des personnes. Il faudrait aussi ajouter le temps, les durées d'infection, dans le cas du sida, la fréquence des relations sexuelles, la présence de personnes immunisées ou non infectables.

Mais bon, ajouter toutes ces subtilités ne changerait en rien la base du raisonnement. Les épidémiologistes, donc, s'intéressent au produit de ces deux nombres. Et dans ce produit se trouve le nœud du raisonnement, et sans doute la raison clé de cette extraordinaire marge prédictive, de celle qui vous énerve.

– Ça, pour m'énerver, elle m'énerve, en effet. On passe d'une petite grippe à l'apocalypse. Bonjour la précision des experts de mes deux !

– Ce dont les modèles épidémiologistes nous informent, c'est que les phénomènes de contagion sont en tout point semblables à ceux qui démarrent une réaction en chaîne. Les physiciens parlent dans leur jargon savant de percolation ou de transition de phase. Ainsi, si le produit de ces deux nombres est inférieur à un, par exemple, chaque personne du réseau est connectée à dix autres et la probabilité de transmission est de 1/20, l'épidémie ne prendra pas. Vous aurez quelques infectés isolés à gauche et à droite, mais peu nombreux, et cela s'éteindra tout de suite. Le mal ne se transmet pas. Le feu ne prend pas, la bombe n'explose pas. Par contre, dès que le produit de ces deux nombres dépasse un, là c'est la grande explosion, l'avalanche, l'embrasement. »

Lazlo devient étonnamment emphatique.

« C'est vos 10 millions de morts contre les 20 des autres prévisionnistes. Dans un cas, un feu de paille, dans l'autre, l'incendie ; dans un cas, le petit tremblement de terre faisant tomber un lustre et décrocher le dentier d'une vieille – la voisine de Lazlo s'étrangle d'indignation –, dans l'autre, Pompéi. Dans un cas, 20 morts, dans l'autre 10 millions. Laquelle de ces prévisions si radicalement différentes est-elle juste ? Sincèrement, il est très difficile de le savoir, et malheureusement, c'est souvent l'arrivée et la nature de l'épidémie qui aura le dernier mot. Mais ceci justifie, en tout cas, qu'elles soient à ce point si radicalement différentes. Certains épidémiologistes considéreront que l'on est en dessous du seuil de l'explosion, que le nombre décisif est en dessous de un, alors que d'autres vous prétendront qu'on l'a dépassé, et leurs prévisions en deviendront sans commune mesure. Vous m'avez compris ?

– Oui, c'est limpide, votre truc, répond M. Vote-à-droite, l'épidémie, c'est du tout ou rien, ça passe ou ça casse. Y a la pneumonie atypique qui ne prendra éventuellement pas, car sa probabilité d'infection ne compense pas la densité des connexions qui nous relie, et le sida, pour lequel c'est le contraire qui se produit. C'est la débâcle du côté des pédés. Et pour l'instant, en tout cas pour la grippe aviaire, on ne connaît pas suffisamment ce nombre. C'est comme le feu, il prend ou ne prend pas dans la forêt. »

Et Lazlo d'en rajouter.

« D'ailleurs, l'incendie, ici, est bien davantage qu'une image ou une analogie, car le type de modèle que les physiciens développent et étudient pour les incendies et les épidémies est le même. Si dans une forêt, vous n'avez pas une densité d'arbres suffisante, l'équivalent de notre premier chiffre, et si la probabilité que le feu se transmette d'un arbre à l'autre n'est pas suffisamment élevée, notre second chiffre, de fait, le feu ne prendra pas. »

Et de surenchérir encore.

« Et ce qui ne va pas pour faciliter les choses, tant pour la prédiction des incendies que des épidémies, est que ce nombre doit tenir compte des mesures curatives, prises dès le moment où les premiers signaux de l'épidémie ou de l'incendie sont perçus. Ces mesures modifient évidemment considérablement le seuil de propagation, et leur effet dépendra de la vitesse de réaction des autorités sanitaires ou des pompiers. Vous en parliez, mais le sida est un cas intéressant pour les épidémiologistes, car il les a amenés à revoir un point essentiel de leur modèle.

– Ah oui ! et lequel ? demande M. Vote-à-droite, qui n'a finalement pas pendu ses neurones au vestiaire.

– Vous accepterez qu'en matière de propagation épidémique le sida est le terrible vainqueur toutes catégories de notre époque. On avoisine les 50 millions de morts. C'est l'ensemble du continent africain qui voit dégringoler sa courbe démographique et l'espérance de vie de ses habitants. Or, le second chiffre, vous savez, la probabilité de transmission lors d'un contact sexuel, ne serait, en théorie, pas suffisamment élevé pour expliquer cette extraordinaire extension du mal.

– Et alors ?

– Excusez mon indiscrétion, mais combien de partenaires sexuels avez-vous eus ces vingt dernières années ?

– Eh là, comme vous y allez ! répond M. Vote-à-droite, on se connaît à peine.

– Admettons qu'il s'agisse de faire avancer la science épidémiologique, enchaîne Lazlo, et je vous promets, cela restera entre nous. Je vais d'ailleurs poser la même question à ma voisine de droite, qui semble tant s'intéresser à notre conversation. »

Là, Lazlo ne peut retenir un sourire un brin ironique à l'idée de la tête de sa voisine.

« Non mais, vous n'êtes pas bien, qu'est-ce qui vous prend, monsieur ! s'empresse-t-elle d'ailleurs de lancer à son adresse. Surtout ne vous aventurez pas à me le demander ! poursuit-elle d'un ton intraitable.

– Depuis mon divorce, une trentaine sans doute, répond son compagnon de baignade.

– Eh ! pas mal, dit Lazlo... Pour ma part, obsédé par mes écrits, j'ai une vie sexuelle assez austère. Je suis vraiment fidèle à ma Gizella. Non, j'exagère... bon, je me connais cinq, six partenaires sexuels. Mais c'est vraiment de l'histoire très ancienne. On va pas s'étendre là-dessus. Je suppose que ma voisine est au grand maximum à un, zéro sans doute.

– Non mais, je ne vous permets pas ! Non mais quel scandale ! » proteste une dernière fois celle-ci, avant de se lever brutalement.

Et Lazlo de reprendre, imperturbable.

« Eh bien, à nous trois, nous sommes la parfaite illustration du point essentiel que les épidémiologistes ont décidé de revoir dans leur modèle. Il est tout à fait inexact de considérer que, dans tous les réseaux d'infection, on puisse supposer que chaque homme ait en moyenne un même nombre de partenaires auxquels il se trouve connecté. Si c'est sans doute assez proche de la vérité pour des virus du type de celui de la grippe, qui se transmet extrêmement facilement et ne requiert qu'un contact très léger, le sida, plus exigeant en matière de transmission, est le parfait contre-exemple. Le réseau n'est plus du tout connecté de manière homogène. Il y a un petit nombre de personnes extrêmement connectées, on les appellera les connecteurs, et, parmi nous trois, vous semblez en être le seul représentant.

– Merci, c'est trop d'honneur que vous me faites, répond M. Vote-à-droite.

– Et un très grand nombre de gens faiblement connectés, ce qui change complètement la donne et le risque de propagation de l'épidémie, conclut Lazlo.

– Ah oui, et de quelle manière ?

– Mais justement, à cause de ces connecteurs, le risque d'embrasement s'accroît considérablement. La probabilité de transmission d'une personne à l'autre peut être beaucoup plus faible si le réseau est connecté comme je viens de le dire, quelques superconnectés et énormément de faiblement connectés. Ce que les épidémiologistes avaient largement sous-estimé à l'époque, en partant du principe d'un type de connectivité homogène, est que, pour un même nombre total de connexions entre les personnes du réseau, la manière dont ce dernier est connecté modifie énormément le risque d'infection. Et pour le type de réseau caractéristique du sida, mais sans doute d'autres types d'infection aussi, cela l'augmente considérablement.

– Mais bien sûr, continue Vote-à-droite, de plus en plus rapide sur la balle, vous nous expliquez que c'est à cause de ces fichus connecteurs. Leur présence est le facteur aggravant et déclenchant de l'épidémie. C'est eux qui foutent le brin. Ils touchent le plus grand nombre de personnes, donc sont extrêmement contagieux et, pour la même raison d'ailleurs, très faciles à contaminer.

– Tout à fait, c'est cela ! renchérit Lazlo. D'ailleurs à titre purement anecdotique, l'histoire du sida a fait sortir de l'ombre un protagoniste clé, le superconnecteur, qui s'est vu affubler par certains du nom de "patient zéro" de l'épidémie. Il s'agissait d'un homosexuel, un steward, à qui on impute à peu près 3 000 partenaires sexuels. Vous voyez, tout connecteur que vous êtes, vous êtes loin du compte. Vous restez un connecteur somme toute très modeste. Eh bien, il fut sans aucun doute un élément déterminant dans l'origine de l'épidémie.

– Dites-moi, votre raisonnement, il s'applique à toute forme de transmission. Personnellement, je travaille dans la pub. La pub, ça consiste à essayer de faire passer un message incitant à la consommation. Les réseaux de communication sociale sont eux aussi très largement hétérogènes. Il y a clairement un petit ensemble de connecteurs qui communiquent à tous les vents et une très grande majorité de petits communicateurs. Quitte à cibler les consommateurs, autant se concentrer sur les connecteurs, on gagne vachement de temps et autant d'argent.

– Je le conçois bien, répond Lazlo. »

* * *

Lazlo ne s'en est pas rendu compte tout de suite, mais Janos vient de rejoindre leur compagnie. À leur insu, il s'est discrètement glissé dans l'eau et a suivi la fin de la conversation. Lazlo le reconnaît bien : tout dans son visage est taillé dans le marbre de l'arrogance, son corps massif, d'un seul bloc, n'est pas en reste et constitue le socle idéalement adapté d'un visage conquérant.

« Bonjour Janos, dit Lazlo.

– Bonjour Lazlo. Bon, écoutez, on va faire vite. Je suis arrivé en retard et je n'ai pas beaucoup de temps à vous consacrer. Venez de ce côté. Laissons votre voisin barboter tranquillement. L'eau est un peu plus froide, mais ça tombe bien pour ce que j'ai à vous dire, malheureusement…

– Je vous écoute, dit Lazlo peu rassuré par cette dernière phrase.

– Franchement, c'est carrément illisible, votre texte. C'est un syllabus ou un ouvrage de vulgarisation que vous avez décidé d'écrire ? Vous écrivez pour qui ? Pour vos collègues ? Vos étudiants ? Ou pour M. Tout-le-monde ? Il va falloir que vous vous posiez très vite la question et que vous trouviez la réponse !

– Euh… Je pensais, enfin, du moins, j'espérais écrire pour M. Tout-le-monde, reprend Lazlo, la voix nouée. Il se retrouve projeté vingt ans plus tôt, dans le même état de tension que pendant ses oraux à l'université.

– Eh bien, alors, très franchement, c'est complètement raté, lui assène Janos. On n'y comprend rien à votre truc. C'est quoi cette histoire de matrice de connectivité, cette histoire de loi de puissance ou en 1/f ? et ce point fixe ? et cette histoire de chaos ? On n'y comprend que dalle ! Vous prenez vos lecteurs pour des graines de Nobel ou quoi ? On ne voit pas du tout de quoi vous parlez, c'est bien trop corsé !

– Eh bien… des réseaux, des réseaux en général, murmure Lazlo, de ce qui les rapproche. J'ai formalisé un peu, certes, juste pour qu'on voie ce qu'ils ont en commun. Cela me semblait indispensable, mais il y a quand même très peu de maths.

– Il y en a déjà beaucoup trop ! le coupe sèchement Janos. Oui, ça, j'ai bien compris, évidemment, que vous parlez des réseaux ! D'ailleurs, je trouve que le sujet est loin d'être inintéressant et qu'il est susceptible d'accrocher nos lecteurs, mais jamais traité de la sorte. La manière dont vous en parlez, pardon, mais après la deuxième page, c'est la Berezina du côté des lecteurs. Ce que nous voulons nous, ce sont des vrais auteurs, de vraies et originales personnalités d'auteur. Nous voulons des auteurs qui tirent profit de leur expérience et de leurs connaissances de chercheur, mais pour tenter quelque chose de neuf, de fort, en tout cas, quelque chose d'accrocheur, sous-tendu par la science. De la science sans en être vraiment, vous saisissez quoi ?

– Euh... pas vraiment, avoue Lazlo. Vous ne pourriez pas me donner un petit exemple ?

– Par exemple, quand vous parlez des réseaux immunitaires. Bon, déjà, oubliez l'adjectif "idiotypique", ça ne sert à rien, ça complique inutilement. Si j'ai bien compris, et je vous répète, je n'en suis pas si sûr, vous dites que ces réseaux permettent de percevoir les maladies auto-immunes sous un jour nouveau, d'en comprendre mieux leur cause.

– Oui, c'est exactement cela, dit Lazlo.

– Eh bien, alors, plutôt que d'en parler aussi abstraitement et impersonnellement que vous le faites, mettez un visage sur cette maladie. Parlez d'une personne que vous connaissez et qui en serait atteinte. Vous connaissez quelqu'un qui souffre de ce mal?

– Oui, j'ai un ami qui souffre d'une sclérose en plaques, mais je ne vois pas l'intérêt et puis... »

Janos le coupe.

« Faites fi de tout scrupule. Vous souhaitez être lu ou pas ? Alors parlez de votre ami. Personnalisez vos propos. Mettez des visages sur vos théories, ponctuez vos réseaux d'anecdotes. Rapprochez vos dires de vos lecteurs. Ne les tenez pas écartés de vous. Conquérez-les par des expériences qui vous sont personnelles. Autre exemple encore, Internet ! C'est très bien, Internet, c'est très à la mode, Internet, c'est parfait. Mais de grâce, n'assommez pas le lecteur avec le protocole TPIC, son histoire, ses couches, ses complications, même son évolution.

– TCP/IP, corrige Lazlo.

– Oui, c'est cela TCP/IP ou autre chose. Qu'est-ce qu'on en a à faire de la longueur des adresses IP ! Parlez des choses qui touchent les gens de près ! Parlez de l'impact d'Internet sur la société, ce phénomène débridé, la nouvelle économie, Facebook, les enfants qui passent des heures à chater, cette surexposition virtuelle, la musique et les films qu'on télécharge, la pornographie, que sais-je ? Ce que les gens voient et comprennent d'Internet quand ils allument leur ordinateur. Cela reste toujours bien des histoires de réseaux, non ? »

Lazlo se retient de lui rétorquer ce qu'il croit depuis toujours, que l'intelligence se mesure à la capacité de penser au plus loin de soi-même et de ce qui nous touche, à la faculté de s'abstraire de son premier cercle, de s'exiler de son jardin secret. Plutôt que de se forcer, lui, à se rapprocher de lecteurs potentiels, au risque d'une science dénaturée, vidée de sa substantifique moelle, ne serait-il pas philanthropique, à long terme, d'inciter ses lecteurs à quelques efforts, à décoller un peu ? Ne vaut-il pas mieux que les lecteurs se hissent vers l'auteur plutôt que de l'attirer à eux, à commencer par l'éditeur, d'ailleurs ? Mais il se garde bien de dire ce qu'il pense, car il n'est pas question de se mettre Janos à dos.

« Ne prenez pas vos lecteurs pour plus intelligents qu'ils ne sont et certainement pas pour plus bêtes non plus. Il faut trouver le juste équilibre et pour l'instant, croyez-moi, vous n'y êtes pas, mais alors pas du tout. Lorsque vous parlez des réseaux sociaux et de leurs connecteurs, donnez des exemples. Vous devez en connaître, non ? »

Lazlo ne peut réprimer un sourire.

« Racontez des histoires. Tentez quelques petits scénarios. Je ne vous demande pas d'écrire un roman, il ne s'agit pas de cela. Ce n'est clairement pas votre truc. Il faut que cela reste un essai. Mais là, il s'agit indéniablement d'un des aspects des réseaux qui se prête facilement à des illustrations plus rigolotes que de simples lois de puissance ou des courbes statistiques. Alors, profitez-en, les connecteurs sociaux, ça court les rues, non ? Et puis, quitte à parler de réseaux, je ne vois pas pourquoi vous évitez, en tout cas dans ce que j'ai lu, d'évoquer les réseaux les plus médiatisés qui soient, les réseaux terroristes ou mafieux. Notre pays n'est pas en reste, non ? Notre histoire en recèle. Le réseau des Croix fléchées ! Un réseau de sacrées crapules, de bourreaux, connectés les uns aux autres. Après la Seconde Guerre mondiale, grâce à ces connexions, ce sont les mêmes qui se sont trouvés impliqués dans les exactions communistes. Les mêmes nœuds du réseau, en quelques mois, ont changé de couleur, sont passés du noir au rouge, sans scrupule aucun. C'est souvent comme cela après les révolutions. On prend les mêmes et on recommence. Et ce sont toujours ces mêmes réseaux qui sont à l'œuvre aujourd'hui dans les instances politiques de notre pays. Ils sont à ce point connectés ! Vous n'avez qu'à ajouter les liens qui les assemblent. Belle idée, non ? Les journaux certainement en feraient leur une ! »

Lazlo se rappelle les polémiques qu'avait provoquées l'exposition des photos des membres de ces noirs réseaux dans le musée de la Terreur de Budapest, devenu une des attractions favorites des touristes. Nombre des photographiés, encore vivants, se trouvaient ainsi exposés à la vindicte populaire. En dévoiler les connecteurs, les pivots du mal...

« Ne vous censurez pas. Ne soyez pas racoleur. Soyez accrocheur. C'est différent. Évoquez des points un peu racoleurs, mais parlez-en avec originalité, à la faveur de ce que votre science peut dire d'innovant, de décalé à leur sujet. Tiens, la crise économique, les réseaux de prêts bancaires, une petite banque américaine qui prête sans précaution un peu d'argent pour que quelques paysans du Missouri puissent acheter leur maison. Ils ne peuvent plus rembourser, la valeur de leur maison s'effondre. La banque fait faillite et c'est tout le réseau bancaire qui est menacé d'effondrement. Les petites banques très vite sont en défaut de paiement et contaminent les connecteurs, les grosses banques, de celles dont la chute met tout le système gravement en péril. Sans l'intervention de l'État pour les renflouer, c'est tout le réseau qui risque de s'effondrer. Ça, c'est d'actualité, c'est passionnant, ça parle aux gens ! Ils lisent cela dans la presse tous les jours. Vous me comprenez ? Vous voulez boire quelque chose ? On cuit ici, allez, je vous offre un verre. »

Lazlo sort de l'eau, ses neurones étonnamment asséchés, et trottine tout abattu derrière le conseiller éditorial au style florentin qui vient de réduire à néant sa tentative littéraire. Il s'attable en face de lui et commande un verre de vin blanc qu'il avale d'un trait. La fatigue, la chaleur et le vin blanc : d'un coup, plus rien n'est vraiment grave, surtout pas cette tentative dérisoire de se faire passer pour plus écrivain qu'il ne le sera jamais.

C'est alors que les baigneurs se lancent soudain dans un ballet aquatique stupéfiant, pareil à ces concours de nage synchronisée spectaculaires que l'on apprécie uniquement pendant les jeux Olympiques. Agitant frénétiquement leurs jambes sous l'eau, tous les nageurs s'agrippent les uns aux autres, se lient, se délient, s'enfoncent dans l'eau, réapparaissent, s'entrechoquent, se glissent délicatement les uns sous les autres, se regroupent en cercle, en étoile. Ils passent d'une figure collective à l'autre. Des bancs de poissons argentés fuyant le prédateur. Même la matrone de tout à l'heure est de la partie. Jusqu'à ce que tous ces nœuds emmaillotés choisissent de s'approcher de Lazlo, de l'entourer et de l'emmener vers le milieu du bassin. Il se retrouve au point central d'une immense figure en croix, dont chaque branche est constituée de dix nageurs au moins, se tenant par les épaules, brassant l'eau de leurs jambes synchronisées, de manière à tourner, tourner, tourner sans cesse. C'est Hollywood. Le ballet se termine de manière éclatante, sous le regard émerveillé de Janos, lorsque le connecteur central, Lazlo, d'un geste ample, théâtral, à la Johnny Weissmuller, lance en l'air toutes les pages de son manuscrit.

Là où il y a des gènes…

« *O novo professor Kinsey e brasilerio.* »

Sans ambages, la couverture du principal hebdomadaire brésilien *Veja*, celle du numéro du mois de février 2015, est à l'évidence un calque de la fameuse couverture du *Time Magazine* du 24 août 1953, révélant au grand public les recherches audacieuses et la personnalité sulfureuse du célèbre sexologue américain Alfred Kinsey. Afin d'accentuer la ressemblance, le Pr Fredde Mercurio, 50 ans, les cheveux également poivre et sel, mais dont l'apparence générale tient plutôt du surfeur californien sur le retour, – tout adepte qu'il est des larges chemises hawaiiennes et des pantalons blancs –, est croqué en veston gris, arborant un nœud papillon rouge criard. En lieu et place de la rose très rose, visible à côté de Kinsey sur la couverture originale, on peut voir une fleur surnommée « oiseau de paradis », au sobriquet en effet plutôt évocateur, chatoyante comme le Brésil.

Le Dr Alfred Kinsey avait défrayé la chronique dans les années 1950, par une campagne d'étude et d'entretiens défrisante, réalisée dans la chambre à coucher puritaine des foyers américains. Cette étude, consacrée d'abord aux hommes puis aux femmes, était destinée à mettre au grand jour les mœurs sexuelles de ces citoyens modèles et moins modèles (il lui fut d'ailleurs reproché de s'être un peu trop concentré sur cette seconde catégorie). Toute la sexualité fut passée au crible, de la masturbation aux relations prématrimoniales et matrimoniales, adultères, hétérosexuelles et homosexuelles. Les Américains étaient mis à nu, déshabillés dans toutes les acceptions du terme. Ce miroir, non déformant pourtant, les avait bouleversés et scandalisés. On lui devait, entre autres révélations, une célèbre échelle graduée, variant entre 0 et 6 selon le caractère très marqué ou non de l'orientation sexuelle. Aujourd'hui encore, cette échelle reste très controversée, la valeur 4 décrivant, par exemple, une activité sexuelle à prédominante homosexuelle.

La raison de la couverture de ce numéro de *Veja* tient à un article retentissant, récemment paru dans la prestigieuse revue scientifique *Nature*, et dont le principal auteur n'est autre, en effet, que Fredde Mercurio, professeur à la faculté de médecine de l'université de São Paulo. Tout comme son illustre prédécesseur, l'étude de Mercurio s'est étalée sur cinq longues années et a porté sur les mœurs sexuelles de 2 000 étudiants brésiliens mâles dont la sexualité fut scrupuleusement observée au microscope.

La manière dont cette étude a été réalisée lui donne un caractère objectif et scientifique rarement atteint par les études de mœurs l'ayant précédée. Elle est fondée, non plus sur des entretiens au contenu discutable ou sur des observations se prêtant à mille interprétations, mais sur des indicateurs biologiques autrement plus fiables. À l'instar de Kinsey, et dans un premier temps uniquement dédié à la gent masculine, Mercurio a relevé sur ces 2 000 jeunes hommes des informations de nature génétique (étude détaillée du génome). Il s'est également procuré, lorsque que ceux-ci se livraient à une activité sexuelle conforme à leur orientation, des informations de type expression génique (à l'aide de marqueurs appelés « puce ADN » qui mesurent l'expression simultanée de dizaine de milliers de gènes) ainsi qu'une cartographie dynamique de l'activité cérébrale (les étudiants étaient équipés d'un casque destiné à mesurer l'activité électrique du cerveau et composé de multiples électrodes permettant de gagner en finesse d'analyse). D'autres relevés cérébraux ont été obtenus dans un appareil IRM, alors que les étudiants découvraient sur un écran des films au contenu pornographique, dépeignant des relations aussi bien homosexuelles qu'hétérosexuelles. En outre, une prise de sang, peu invasive mais effectuée pendant les ébats, a permis de mesurer la concentration des hormones les plus marquées sexuellement.

Les puces ADN, dernier cri en matière d'analyse génique, sont extrêmement prisées car elles vont au plus profond de nos déterminismes biologiques. Elles permettent de mesurer l'activité simultanée de nos 30 000 gènes. Ainsi, différents types de cancers ont vu leur diagnostic et pronostic s'améliorer considérablement à partir de ces observations génétiques. Si les gènes sont au départ de tout, alors ces puces sont le meilleur détecteur de mensonges. Et il est vrai qu'elles ont eu un poids bien plus important dans l'analyse. Indéniablement, elles paraissent beaucoup plus parlantes que beaucoup d'autres variables de nature biologique. Elles nécessitent toutefois un dispositif expérimental quelque peu inhabituel : c'est par la fluorescence de milliers de pixels, chacun associé à l'expression d'un gène, que cette lecture de l'activité du génome entier devient possible. On repère aisément les plus actifs et les moins actifs. Or, cette lecture, pour être précise, doit se faire dans le noir complet, exigeant des étudiants de s'ébattre en toute liberté dans l'obscurité la plus totale. Mais depuis la fameuse panne d'électricité de 1965 dont de nombreux Américains se souviennent, on sait par expérience que l'absence de lumière ne s'accompagne pas forcément d'une baisse de régime sexuel.

Devant la nature inhabituelle de cette expérience unique – le noir intégral pour la lecture de l'activité génétique –, Mercurio a encouragé ses cobayes à donner libre cours à leurs fantasmes, à laisser la part belle à leur imagination de sorte qu'elle accroisse le rôle joué par les cinq autres sens. Le professeur n'a pas été déçu. Certains étudiants ont choisi de multiplier leurs partenaires, d'autres de s'ébattre sur des musiques suggestives comme le célèbre *Boléro*, ou encore dans de délicates effluves d'encens, de vanille bourbon ou de patchouli ambré. Mercurio se rappelle tout particulièrement l'un d'entre eux, fétichiste à souhait, ayant exigé de sa partenaire qu'elle soit entièrement recouverte de latex, ne dévoilant que les parties propices à l'acte.

Une fois recueilli cet extraordinaire et foisonnant ensemble d'observations biologiques (des milliers de données par étudiant, prises à différents moments et lors de comportements sexuels variés), une analyse très fine des données de type statistique a pu être effectuée. C'est en s'efforçant de résumer toutes les informations prélevées en deux seules variables explicatives (appelées dans le jargon statistique « les composantes principales »), que Mercurio s'est aperçu, enthousiaste, que l'on pouvait statistiquement regrouper les 2 000 étudiants mâles en trois groupes bien distincts : les homosexuels, les hétérosexuels et les bisexuels. L'image la plus impressionnante, emblématique de son étude publiée dans *Nature*, et reprise dans l'hebdomadaire *Veja*, ainsi que dans beaucoup d'autres journaux par la suite, est celle des trois groupes de points apparaissant dans un plan, mais de manière très clairement séparée. Biologiquement, il ne semble plus possible de confondre les trois types d'orientation sexuelle. Par cette étude statistique, apparemment sans faille, Mercurio a démontré avec l'autorité que lui procuraient toutes ses données biologiques, prélevées sans biais, honnêtement, que l'on peut très facilement distinguer les identités sexuelles. Et cela, juste sur la base d'une très large variété de marqueurs biologiques, approchant tous l'activité sexuelle de leur point de vue, mais contribuant ensemble à en marquer l'identité.

D'après les données de Mercurio, l'orientation sexuelle serait, sans surprise, de nature avant tout biologique. Dans l'étude dont il est question, trois types d'orientation sont relativement bien démarqués, mettant par ailleurs en doute l'échelle plus continue proposée par Kinsey à l'époque. Il n'est plus possible d'être un homosexuel flou ou un hétérosexuel flou. Si vous êtes de nature bisexuelle, vous l'êtes carrément, très nettement. Ce sont nos gènes, nos hormones et nos neurones qui, de concert, nous déterminent. En nous affiliant à l'un des trois groupes, toutes ces variables semblent, en s'alliant, avoir le dernier mot au plan sexuel. Perpétuant en cela une longue tradition brûlante et controversée cherchant à ancrer nos orientations sexuelles dans un déterminisme biologique, et même génétique et donc prénatal pour les plus extrêmes, il n'est guère étonnant qu'une telle étude suscite tant de réactions. En France, la prise de position d'un président, convaincu de l'existence du gène de l'homosexualité, a soulevé un tollé. Et c'était sans compter avec le Premier ministre italien, clamant à qui voulait l'entendre que ses exploits sexuels pathétiques étaient toujours préférables au fait d'être gay... Propos ridicules, déplacés s'il en fut.

Pourtant, les homosexuels ont systématiquement applaudi à tout rompre toute entreprise de marquage biologique, comme si celui-ci contribuait quelque peu à atténuer une culpabilité qu'ils devaient ressentir à préférer les hommes ou les femmes. On peut se demander pourquoi. En quoi une relation amoureuse évidemment non féconde et statistiquement moins prégnante, doit-elle se trouver clouée au pilori de la bienséance ? De manière injustifiée, plus l'homosexualité se révèle imputable à nos cellules, plus le sentiment d'exclusion, de marginalisation ou même de forfaiture ressenti par les homosexuels tend à s'estomper et leur préférence à s'affirmer. Ce président français, par sa stigmatisation du gène de l'homosexualité, s'inscrivait en plein dans cette campagne vaine, cherchant dans l'alibi cellulaire le chemin d'une sexualité enfin innocentée. Les autres, les baiseurs communs, et tous ceux qui poussent des cris d'orfraie dès le premier écart commis, tout aussi étriqués qu'ils sont entre les oreilles, semblent considérer cette orientation avec plus de sympathie si la chimie et la biologie ne laissent guère le choix. « Je n'y peux rien, ma pauvre maman, ce sont mes hormones qui sont à blâmer ! À choisir, j'aurais préféré les femmes. »

Le journal *Veja* annonce une conférence de presse à la fin février, au Copacabana Palace de Rio de Janeiro, durant laquelle le Pr Mercurio exposera ses résultats principaux et répondra aux questions des journalistes, qu'une telle étude ne devrait pas manquer d'attirer. Le jour J suit d'une semaine le célèbre carnaval de Rio, déferlante sexuelle comme chacun sait, connu pour mettre sens dessus dessous toute la biologie humaine, la canne à sucre fermentée aidant.

* * *

Comme prévu, la salle de conférence du Copacabana Palace a beaucoup de mal à contenir la horde assoiffée des journalistes, qui savent qu'ils tiennent là de quoi attirer les lecteurs comme le papier tue-mouches attire les mouches. Ils ne sont pas que brésiliens, et c'est du monde entier qu'ils déferlent, la besace remplie de questions et de provocations potentielles. Tous journaux confondus, c'est bien connu, les lecteurs raffolent des choses du sexe. Rarement une conférence de presse aura drainé tant de monde en ces lieux.

Et c'est tout auréolé de sa notoriété récente, que le Pr Mercurio, chemise hawaiienne, blanche et épaisse toison, pénètre dans l'immense salon de réception et s'installe derrière le micro. Dans le même temps, mais plus discrètement, Gilberto Veloso, un des étudiants cariocas ayant participé à l'étude et qui a obtenu de la part du professeur un passe-droit pour assister à la conférence, s'assied presque clandestinement dans une des dernières rangées de chaises. Il est ravi de pouvoir découvrir en *live* combien l'étude à laquelle il a contribué semble déchaîner les passions. Souriant, il constate qu'il s'est envoyé en l'air – et sans exhibitionnisme pourtant – pour faire progresser la science. Il a joint l'utile à l'agréable. Mais qui aurait pu imaginer que ses parties de jambes en l'air finiraient par faire l'objet d'un article dans *Nature* ? Mercurio s'approche du micro et entame son exposé.

« *Bom dia*. Je suis quelque peu impressionné et dérouté par la publicité faite autour de cette étude. Je ne m'y attendais vraiment pas. Avant que ne débute la séance de questions-réponses et pour rendre celle-ci la plus constructive possible, il me semble souhaitable de faire quelques mises au point et d'écarter tout malentendu qu'un tel sujet aura certainement contribué à entretenir. Cela fait bien évidemment de nombreuses années que de multiples chercheurs tentent de confirmer le caractère essentiellement biologique de nos orientations sexuelles, et le sujet, comme tout ce qui touche de près ou de loin à la sexualité, a toujours fait couler beaucoup d'encre, beaucoup trop à mon goût, d'ailleurs. C'est en effet un domaine très sensible, et une quantité non négligeable de contre-vérités ont été énoncées à des fins purement idéologiques. Elles le sont d'autant plus, surtout, je ne vous surprendrai pas, lorsque l'homosexualité est abordée. Ainsi, et il m'importe vraiment d'insister sur ce point, rien dans mon travail et dans mon étude ne permet d'apporter de l'eau au moulin de ceux qui pensent et disent que l'orientation sexuelle est innée ou entièrement déterminée dès la conception, ceux qui prétendent que l'on naît homosexuel ou hétérosexuel. »

Il est loin d'en avoir fini avec ses préambules et ses mises en garde qu'une forêt de mains levées surplombe déjà l'assemblée des journalistes.

« Je vois que des mains se lèvent. Pourtant, j'aimerais si possible en terminer avec ces préambules, afin justement de vous faire passer l'envie de poser des questions que je refuse d'aborder ou de discuter. Vous m'en excuserez, mais je continue donc. Rien dans mon étude ne permet de corroborer la thèse maintes fois énoncée du caractère inné de l'orientation sexuelle.

– Mais vous ne pouvez pas dire cela ! »

Un journaliste n'a pu se contenir.

« Mais bien sûr, je le dis ! »

Le journaliste persiste.

« Pourtant, parmi les informations biologiques que vous avez relevées, de nombreuses n'avaient trait qu'à la composition du génome et à l'expression génique de ces étudiants.

– Justement, si vous me laissiez terminer, j'aurais l'occasion de préciser quel est réellement le type d'information que j'ai mesuré et traité dans mon analyse. »

Un autre journaliste intervient, sans, là aussi, que la parole lui ait été donnée.

« Pr Mercurio, je pense parler au nom de la profession représentée ici, nous avons lu votre publication dans *Nature* et votre entretien dans *Veja*. Il n'est pas nécessaire de répéter ce qui s'y trouve écrit. Cette conférence de presse est censée ne durer qu'une heure. Donc, s'il vous plaît, ne perdons pas de temps, ne nous égarons pas et passons directement à la séance des questions. Comme mon collègue, je tends à penser qu'à la différence de ce que vous dites et avez écrit, vos résultats semblent plutôt attester le caractère inné de l'orientation sexuelle, car une large partie de vos données sont de nature effectivement génétique.

– Messieurs, si vous êtes à ce point informés, vous devez être au courant de la succession de tentatives, toutes vaines, visant à isoler un gène ou une région génétique qui ne serait propre qu'aux homosexuels. L'étude de mon collègue Dean Hamer, publiée en 1993 et tentant de localiser un de ces gènes sur le chromosome X – car on s'était aperçu que l'homosexualité se manifestait davantage le long de la lignée maternelle que paternelle – n'a jamais été reconduite avec succès. »

Le même journaliste l'interrompt.

« C'est exact, mais en revanche, on a suffisamment de données sur les jumeaux pour considérer la chose innée. Cinquante pour cent des vrais jumeaux dont l'un est homosexuel sont tous deux homosexuels.

– Ce pourcentage, à mon humble avis, est largement exagéré. Mais quand bien même on en aurait 10 ou 20 %, ce serait bien la preuve que les gènes ne suffisent pas, loin s'en faut. Sinon tous les jumeaux homosexuels devraient l'être à 100 %, non ? Cela tend bien à montrer que l'environnement, l'éducation, la famille jouent un rôle fondamental, ce que, je répète, rien dans mes études ne remet absolument en question, rien. »

Un autre journaliste prend la main, agacé par le peu d'audace du professeur, et frustré de passer à côté d'un article à sensation.

« D'accord, mais quelle est alors la part de génétique dans vos études ?

– Voilà bien une question à laquelle il m'est impossible de répondre. Ce que mon étude a d'original, en effet, c'est qu'elle mêle toutes les données biologiques de manière très subtile. Certaines sont de nature structurelle sur les gènes, de fait, et seraient donc plutôt à libeller comme innées. Mais d'autres concernent l'expression génique, l'activité cérébrale et hormonale qui, elles, seraient plutôt à transposer du côté des acquis. Sincèrement, je pense, comme à chaque fois qu'on le retrouve, que ce débat inné/acquis est un exécrable débat, pernicieux à souhait, fondé sur une très mauvaise dichotomie, tout autant si vous cherchez à établir une proportion de l'un ou de l'autre. Je comprends que vous, journalistes, soyez tentés par ce simplisme, pour des effets d'annonce, d'imputer l'un ou l'autre caractère psychologique aux gènes, mais vous serez rarement secondés par la science en cela. »

Un autre journaliste se lève.

« Pardonnez-moi, mais vous êtes plutôt mal placé pour critiquer les effets d'annonces. David Murray, du *Time Magazine*. À ce que je sache, ce n'est pas ma photo qui apparaît sur la couverture de *Veja* et qui joue en plein sur la ressemblance avec la célèbre couverture de mon journal consacrée au Dr Kinsey. En matière d'effet d'annonce, on peut difficilement faire mieux !

– Vous marquez un point, ici. »

Quelques rires fusent de la salle et Mercurio de reprendre :

« Je conçois que la frontière entre la vérité scientifique, l'excitation devant le sensationnalisme des faits et la récupération idéologique soit toujours délicate à tracer. Par ailleurs, nous, scientifiques, apparaissons souvent comme des victimes extrêmement consentantes. Nous ne sommes pas dénués d'ego, bien entendu, et dès que nos travaux présentent des résultats susceptibles d'exciter ou de passionner le grand public, nous aimons nous prêter au jeu. Je le comprends et suis très conscient que le comportement sexuel de nos contemporains est un sujet qui fascine beaucoup plus que le boson de Higgs, la supraconductivité ou la couleur des quarks. Mais, malgré cela, je veux rester honnête avec moi-même et ma communauté et je répète à l'envi que mon étude étaye le caractère biologique de l'orientation sexuelle et ne dit rien sur le moment ou la période qui voit s'inscrire cette orientation dans le vécu. Et comme vous le savez, il y a de nombreux cas répertoriés de changement de cette orientation au cours d'une vie. Mon étude compile des données prises chez des étudiants jeunes, mais aussi d'autres plus âgés, y compris des données de type génétique qui, je vous l'accorde, sont censées être figées dès la naissance. Les résultats les répartissent très clairement en trois groupes, mais rien n'interdirait à ces étudiants de changer de mœurs dans l'avenir. »

Le journaliste du *Time*, qui a bien étudié son dossier, ne veut pas en démordre.

« Et que pensez-vous des études de Simon LeVay, qui montrent que les homosexuels ont une partie du cerveau différente des hétérosexuels ? Quel lien faites-vous avec votre travail ?

– Vous êtes décidément bien informé ! Là encore, les résultats de cette étude ont été très controversés. Une des raisons est que la plupart de ces cerveaux ont été étudiés chez des homosexuels décédés du sida et que cette maladie pourrait être responsable de cette altération cérébrale. Mais sur le principe, je ne verrais aucune objection à ce que le cerveau des homosexuels soit différent. Peut-être que leur comportement sexuel, les hormones qu'ils produisent, façonnent ce cerveau d'une manière qui leur est propre. Toutefois, à nouveau, l'aberration serait de clamer haut et fort que cette différenciation se marque et se fige dès la naissance, alors que l'on sait combien un cerveau reste en constante restructuration durant toute l'existence. Le cerveau apparaît comme la conséquence autant que la cause de ce vécu. Les directions causales se mordent la queue et, que vous le vouliez ou pas, causes et conséquences se mélangent lors de ces explorations cérébrales. Je voudrais en dire autant de mes analyses biologiques. Il faut les considérer comme la cause autant que la conséquence de nos orientations sexuelles. »

Des mains continuent de se lever.

« Oui là, madame ?

– Pensez-vous que votre étude nous éclaire d'une manière quelconque sur les causes de l'homosexualité ?

– Sauf votre respect, et au risque de me répéter, ce qui me dérange dans votre question, c'est encore et toujours cette idée de cause. Bien sûr, sauf à croire que ce n'est pas notre cerveau, ni nos hormones qui dictent nos comportements, mon étude ne dit rien d'autre que des activités cérébrales différentes accompagnent des comportements sexuels d'orientations différentes. De même, la cartographie cérébrale, les épanchements hormonaux, l'activité génétique d'un homosexuel au moment de l'orgasme sont certainement différentiables de celles d'un hétérosexuel au même moment. Quoi d'étonnant à cela ! Donc, oui, en effet, sans surprise, des activités cérébrales différentes codent pour des frasques et des appétits distincts. Mais est-ce si incroyable après tout ? En revanche, si vous parlez de causes en termes d'origine, je ne pourrai que vous asséner les banalités d'usage. Ces causes seraient apparemment multiples et doivent clairement s'interpénétrer : une possible prédisposition génétique, une irrigation hormonale particulière au cours de la phase embryonnaire, une éducation éclipsant le père au profit de la mère, et certainement d'autres, multiples, à des périodes diverses de l'existence Mon étude n'apporte rien de bien novateur à ce sujet. »

La même journaliste continue :

« Ces dernières années, Darwin a beaucoup été mis à l'honneur. Or, si gène de l'homosexualité il y a, ne pensez-vous pas que, en théorie, de fait, celui-ci aurait bien peu de chance de survivre ? En matière de fécondité, il n'est pas vraiment le gagnant toutes catégories !

– Cela fait partie, en effet, des nombreuses critiques qu'un tel gène a suscitées, théories que je réfute pour ma part, vous l'aurez compris. À nouveau, je refuse d'entrer dans une semblable polémique, sans fond ni issue. Une manifestation physique, psychologique, émotionnelle, d'une telle richesse, d'un tel luxe, ne peut se ramener à une base trivialement génétique. Il me suffirait d'ailleurs de vous rétorquer que, si gène de l'homosexualité il y avait, il pourrait, présent chez les femmes, les transformer en de sacrées nymphomanes, pour que tout ce raisonnement s'écroule et qu'au contraire ce même gène présente une forte disposition à la reproduction et la survie. Si les femmes qui en sont porteuses présentent une activité sexuelle intense, ce gène, non fécond chez l'homme, pourrait en revanche chercher à se propager au mieux par les femmes. Tout cela n'a pas de sens, croyez-moi. Il est vraisemblable et quasi tautologique que la sensation de faim doive beaucoup à des gènes qui trouvent dans le comportement qu'ils provoquent de quoi assurer leur survie. En revanche, je ne pense pas que le comportement qui consiste à aligner trois verres derrière trois assiettes empilées et six différents types de couverts à gauche et à droite de ces mêmes assiettes se trouve codé dans notre ADN et recèle la moindre valeur adaptative. L'adaptation culturelle n'a aucune valeur aux yeux de Darwin et les baguettes asiatiques sont tout aussi adaptées que nos couverts. De même, si leurs gènes poussent les hommes à multiplier leurs rapports sexuels afin d'assurer leur perpétuation, revêtir sa partenaire de latex n'est certainement pas à nouveau inscrit dans l'ADN. »

Quelques rires s'échappent à nouveau du public.

« Vous comprenez, ce que je cherche à vous dire ici c'est que la vie est bien trop riche pour que notre programme génétique en recèle toute la richesse, y compris la nature et la sophistication de nos ébats. Les gènes codent juste une organisation cérébrale initiale, mais dont la plasticité au cours d'une vie est extraordinaire, s'émancipant assez largement de cette organisation de départ. Et je pourrais aussi vous parler de l'épigénétique, concept très couru aujourd'hui en biologie, qui bouscule le dogme premier de cette science en insistant sur la rétro-influence de l'environnement sur les gènes. Dans pareil cas, c'est le comportement sexuel qui féminiserait des gènes, masculins à la naissance. Vous voyez, tout cela peut se dire et se lire dans tous les sens. Les causalités sont circulaires. La confusion est grande et profonde. Restons sérieux et laissons Darwin reposer en paix. Le grand homme a déjà beaucoup trop à endosser ces temps-ci. Oui ! là, monsieur, je vous en prie.

– Les étudiants que vous avez examinés à la loupe biologique vous avaient-ils révélé leur orientation sexuelle au départ, et vos résultats d'analyse leur ont-ils donné raison ?

– Voilà une excellente question ! Bien évidemment, nous connaissions à l'avance l'orientation sexuelle de nos étudiants et, quand bien même l'auraient-ils gardée secrète, nos observations nous laissent sans le moindre doute. C'est ce voyeurisme en effet qui rend notre recherche assez comparable à celle du Pr Kinsey, cinquante ans plus tôt. Sur les 2 000 étudiants, il y avait 1 500 hétérosexuels, 400 homosexuels et 100 bisexuels. Ce n'est pas forcément représentatif de la population brésilienne, mais dans une analyse statistique, il est important d'avoir une proportion suffisante des membres de chaque groupe. Et c'est ce que nous retrouvons à peu près dans la composition de nos trois groupes. Maintenant, cet à-peu-près est tout à fait intéressant, car 100 étudiants parmi les 2 000, donc 5 %, ce qui n'est pas rien, se retrouvent mal classés. Quatre-vingt-dix parmi eux nous ont déclaré être hétérosexuels, alors qu'ils se retrouvent dans le groupe des homosexuels, seulement 10 dans l'autre sens, et aucune erreur parmi les bisexuels. »

Le journaliste se montre toujours aussi pertinent :

« Les avez-vous mis au courant ?

– Pas directement. Cependant, j'ai permis aux étudiants qui le désiraient, et à eux seuls bien sûr, d'avoir accès aux résultats de l'étude.

– Et comment expliquez-vous ces erreurs de catégorisation ? Pourquoi ces 100 jeunes gens sont-ils mal classés ?

– Je n'ai pas vraiment d'explication. En tout cas, nous avons très soigneusement revu les données en question et il ne semble pas y avoir d'erreur de mesure. On peut sans doute se réjouir que la sexualité réserve encore quelques surprises. »

Gilberto Veloso, qui a suivi jusqu'à présent la séance de questions-réponses de manière très vague, se trouve soudain bien plus intéressé par ces derniers échanges. Il se rappelle un dernier e-mail du Pr Mercurio, auquel il n'a pas prêté la moindre attention. Pendant les cinq ans qui viennent de s'écouler, il en a reçu à la pelle et a fini par prendre l'habitude de ne plus les ouvrir tous. Mercurio a constitué une liste de destinataires comprenant ses 2 000 cobayes, ce qui explique le déluge d'e-mails auquel il a dû faire face ces dernières années. Mais cette dernière réflexion de Mercurio le perturbe. Il quitte le Palace discrètement, pour se retrouver sous le soleil de février, projetant sur la mer agitée baignant les plages de Rio une infinité de paillettes de lumière. Sans bien s'expliquer pourquoi, cette dernière réponse de Mercurio a semé un trouble étrange dans son esprit. Ses synapses envoient leurs signaux d'alerte un peu dans toutes les directions. Il se décide à marcher le long de la mer, jusqu'à Ipanema, son quartier de résidence, où il loue une chambre de bonne pendant ses études d'informatique à l'université fédérale de Rio de Janeiro.

Bien que les plages de Rio soient relativement désertes un mercredi à cette heure, la folie carnavalesque est encore dans ses pensées, il se repasse mentalement avec plaisir quelques images de cette ultime occasion d'abandon. Il va falloir se plonger dans l'autrement moins exaltante préparation des examens. Cette étude de Mercurio l'a intéressé et il a choisi d'y participer pour deux raisons : la première est qu'à l'instar de nombreux brésiliens de son âge, il vivait une sexualité naturelle et débridée, qu'il ne percevait nul obstacle à transformer en objet d'étude, au contraire. La seconde est qu'il souhaitait se spécialiser, justement, dans le traitement de données informatisées, un sujet et une compétence devenus très stratégiques à l'heure de l'économie libérale et de l'informatique omniprésente. Or, c'est bien cette myriade de données biologiques qui confère à l'étude de Mercurio son caractère hautement scientifique. Gilberto pense que la vérité se cache toujours dans les données et, qu'en effet, bon sang ne saurait mentir. Pour peu qu'on sache le découvrir à l'aide d'algorithmes statistiques solides. *In data veritas*!

Il arrive dans son logement, allume son PC et ouvre sa boîte mail. Le message de Mercurio, auquel il n'avait pas prêté grande attention, dit ceci:

« Chers amis. Les résultats de mon étude sont maintenant publiés dans *Nature*, de manière anonyme bien sûr. Cependant, si vous voulez savoir à quel groupe d'orientation sexuelle vous appartenez: homo, hétéro ou bi, vous pouvez aller sur le site Web consacré à l'étude. Là, vous tapez sur l'onglet "private" et vous rentrez le mot de passe suivant: "Grup69Mercur*?". Il vous suffit ensuite d'entrer votre nom dans la fenêtre qui apparaît et l'information vous sera communiquée. Une centaine d'entre vous seront sans doute surpris de découvrir qu'ils appartiennent à un groupe différent de celui annoncé... »

« HOMO »

Il recommence plusieurs fois la manœuvre.

« HOMO »

Il entre d'autres noms sur le site, dont il sait avec certitude, parce qu'il les connaît à force de les avoir côtoyés, l'orientation sexuelle. Pour tous ces autres cobayes, c'est bien l'information à laquelle il s'attend qu'il peut lire. Il semble donc faire partie de ces 100 étudiants qui se retrouvent mal classés, lui que Mercurio avait observé au microscope lors d'activités sexuelles ne laissant aucun doute sur leur caractère hétéro. Gilberto est profondément troublé, d'autant qu'il tient pour fondamental que les données ne peuvent mentir. Est-il possible qu'il se soit jusqu'à présent abusé? Que son sexe, que ses hormones l'aient fourvoyé à ce point ? Lui qui jamais pourtant n'a éprouvé la moindre attirance pour des jeunes gens de son sexe. Un homo refoulé, refoulé au point de n'avoir même jamais perçu qu'il pouvait l'être ! Jamais au grand jamais il ne se rappelle avoir vécu le moindre doute, la moindre hésitation, la moindre déviation, la moindre inclinaison suspicieuse : les femmes, que des femmes !

Il veut en avoir le cœur net, vite, au plus vite. Est-il en train de passer à côté de sa vie ? Est-il en train de gâcher une source essentielle de félicité, de jouissance ? Galvaude-t-il son sexe ? Il quitte son appartement et se dirige d'un pas rapide vers la plage d'Ipanema, Posto 9, sa zone préférée de la plage, et de manière générale la préférée de la jeunesse dorée d'Ipanema. C'est ici que se retrouvent la plupart de ses amis, à tout moment de la journée, surtout durant les heures brûlantes de février. C'est aussi le bout de plage le plus fréquenté par la communauté homosexuelle de Rio. Ses amis s'y retrouvent, quelle que soit leur orientation sexuelle, pour fumer, s'envoyer une caipirinha, un jus de coco ou d'açaï, faire un plongeon réparateur, s'exhiber, repérer leur proie et décider de la boîte de samba où l'estocade finale sera portée.

Il s'habille plus légèrement d'un short bleu en toile, qui lui sert aussi de maillot. Pas besoin de tee-shirt, ni de serviette de bain, tant la chaleur s'occupe de sécher rapidement les corps après le bain de mer. Il glisse un billet de 20 reais dans une poche de son short. Il marche pieds nus sur les trottoirs brûlants de Rio. Il passe devant la « Garota d'Ipanema ». C'est le nom du bar dans lequel la légende rapporte que la fameuse bossa-nova du même nom fut composée par Jobim et De Moraes. Une jeune et magnifique mulâtre, la Garota, les pieds effleurant le sable d'Ipanema, se déhanchait sous les yeux ébahis des deux guitaristes attablés à la terrasse. Le rythme légendaire et le murmure vocal suave typique de la bossa lui doivent tout. Gilberto envoie un SMS à Aldir, un de ses amis homosexuels avec lequel il partage énormément sauf, bien sûr, les hormones du sexe. Aldir a aussi participé à l'étude, mais sans surprise quant à sa classification.

« Je vais à la plage. Tu y es ? »

La réponse ne se fait pas attendre.

« Oui. »

Il arrive et retrouve Aldir à l'endroit habituel. Il fait terriblement chaud, étouffant, mais leur jeunesse leur sert de parasol.

« Qu'est-ce qui t'arrive ? Tu ne viens jamais le mercredi.

– Aldir, j'ai quelque chose d'important à te dire, et sans doute de plus délicat encore à te demander. Ce n'est pas facile.

– Je sais.

– Qu'est-ce que tu sais ?

– J'ai été sur le site Web de Mercurio.

– Alors tu sais.

– Oui et je ne suis pas plus étonné que cela.

– Qu'est-ce que tu racontes ?

– Gilberto, je te connais depuis longtemps. Nous avons une espèce de sixième sens, nous, les homos.

– Arrête tes conneries ! Je suis sûr de ne pas en être.

– Allons chez toi, tu veux ?

– Pourquoi ?

– Tu veux en avoir le cœur net, non ? »

Ils reprennent le chemin de l'appartement de Gilberto. Ce dernier regarde Aldir marcher, son corps, sa plastique qu'il sait extraordinaire, enfin qu'il imagine, car tant de ses amies se sont toujours plaintes d'un tel gâchis pour la gent féminine. Ce même corps, lui, l'a toujours, bien heureusement, laissé de marbre. Il imite sa démarche souple, féline, et se sent on ne peut plus gauche à tenter de faire osciller son derrière. Il n'aurait, lui, inspiré aucune bossa-nova, aucun air de légende. Mais, après tout, le Brésil n'est-il pas le pays de tous les possibles ? Ivo Pitanguy, le chirurgien de l'immortalité, les bariolages improbables, tous ces jaunes, ces oranges, toutes ces formes et ces couleurs d'yeux, la multitude des peaux ocre, brunes, les corps d'albâtre aux yeux bleus du Nordeste, hybrides improbables d'Africains et de Hollandais, ces magiciens du foot, ces corps en lévitation pendant les combats de capoeira, Oscar Niemeyer, plus que centenaire, l'architecte d'un futur sans fin, et enfin Lula, enfant miséreux, débarquant à São Paulo, ce monstrueux poumon économique du Brésil, sur la plate-forme arrière d'un camion, l'homme de tous les possibles, en effet. Alors oui, pourquoi pas une erreur de parcours, un détournement de mœurs à 20 ans ?

« Arrête de te dandiner comme ça ! Le carnaval, c'était la semaine dernière. Tu nous la joues *Cage aux folles* ou tu te prépares pour une cérémonie de candomblé ? s'exclame Aldir, d'un air réprobateur.

– Pourquoi, je ne le fais pas bien ?

– Ça ne ressemble à rien. Tu le surjoues. Tu serais parfait pour figurer dans une *telenovela.* »

Ils montent dans la chambre de Gilberto. Vu la manière dont ils sont habillés, ils sont prêts à l'emploi.

« Couche-toi ! » lui ordonne Aldir.

La chambre baigne dans le soleil. Les draps épousent son corps. Aldir lui enlève son short, descend le long de ses jambes en lui caressant le ventre, les cuisses, le prend doucement dans sa bouche. Un éclair, une fulgurance, prenant sa source en bas de sa colonne vertébrale, traverse tout le corps de Gilberto qui, malgré un souffle qui se raréfie, ne peut réprimer un murmure d'extase. Pourtant, il s'en défend, avec toute l'énergie du monde. Il lutte contre l'abandon et reprend le dessus.

« Aldir, arrête, arrête tout de suite !

– Ça a pourtant l'air de faire son effet.

– Arrête, arrête tout de suite, je te dis, tu me dégoûtes !

– Ce n'est pas ce que je constate.

– Mais, enfin, ça ne veut rien dire ça, c'est mécanique. Il paraît que même les pendus bandent à l'article de la mort. »

Il quitte le lit et remonte son short, courroucé comme jamais.

« Fous-moi la paix, débarrasse le plancher. »

Aldir lui sourit sans rancune en se dirigeant vers la porte.

« Il est vrai que la vérité blesse... Mais à ce point... Écoute, Gilberto, il n'y a aucune honte à cela. On vit au XXIe siècle, tu sais.

– Décampe, nom de Dieu ! Tu fais chier. J't'en foutrai, moi, du XXIe siècle ! »

Il se retrouve seul dans l'appartement et décide d'appeler sur le portable de Mercurio.

« Allô ?

– Allô, Pr Mercurio ? Gilberto Veloso à l'appareil. Vous vous souvenez de moi ?

– Bien sûr ! Je viens de quitter la conférence de presse. Je roule en direction de São Paulo. Je vous ai vu y assister au fond de la salle. Merci. Comment l'avez-vous trouvée ?

– Je ne suis pas resté jusqu'à la fin. Je suis parti au moment de la discussion sur les étudiants mal classés. J'en fais partie, vous le savez je pense, et vous comprenez que cela me trouble au plus haut point. Comment expliquez-vous cela ?

– Je ne peux rien dire de plus que ce que j'ai répondu aux journalistes tout à l'heure. Je ne me l'explique pas, vraiment… Ou plutôt, c'est vous qui devriez me l'expliquer. Écoutez… Je… Je m'étais promis de ne pas vous en parler, mais vu que vous prenez les devants, je dois vous confier quelque chose.

– …

– Vous vous rappelez l'expérience avec les puces ADN ?

– Tout à fait, oui.

– Vous vous rappelez les conditions de l'expérience ?

– Le noir complet. Comment pourrais-je l'oublier ? Plutôt exaltant comme moment.

– Alors, je dois vous révéler quelque chose… Mais ne m'en voulez pas. C'est votre ami Aldir qui m'a forcé la main. Je m'en veux aujourd'hui d'y avoir consenti. Il voulait greffer une deuxième expérience sur la première. Cela lui tenait à cœur et il était assez sûr de son fait. Il avait comme l'impression que vous refusiez une évidence, que vous vous censuriez. Le partenaire dans la combinaison de latex…

– Arrêtez, merde, je vous vois venir. Vous n'allez pas m'annoncer que...

– Mais c'est sans doute là la source du problème.

– Le problème, c'est vous, Pr Mercurio. Non ! tout n'est pas permis au nom de la science. Vous êtes un fils de pute et je vous maudis ! »

Il raccroche brutalement, effondré comme il ne l'a jamais été.

La seconde life d'Inception

« Mais c'est pas vrai ! Qu'est-ce qui m'a foutu une embrouille pareille ? » s'indigne John-third, découvrant sur son écran d'ordinateur l'annonce nécrologique suivante à peine parue dans Wiki-third.

« Nous avons le profond regret de vous annoncer le décès de John Lennon, apparemment d'une brutale crise cardiaque alors qu'il quittait son immeuble Dakota de New York. John était le leader et chanteur charismatique du jeune groupe des Beatles, promis à une très belle carrière. Il avait 25 ans. Leur dernier album est toujours en tête des hit-parades. De plus amples informations suivront sur les raisons de son décès et l'avenir du groupe. »

Le téléphone sonne, c'est Yoko-third.

« John, c'est quoi cette fumisterie ? Depuis un quart d'heure, je n'arrête pas de recevoir des coups de fil et autres SMS de condoléances. À quoi tu joues ?

– J'y suis pour rien Yoko, je te jure. Je viens de découvrir que quelqu'un a trafiqué ma page Wiki et y a annoncé ma disparition. Un blogueur blagueur, sans doute, mais de la pire espèce ! Imagine, c'est d'un sournois !

– Corrige-moi ça au plus vite !

– Pour l'instant, j'essaie mais... Nom de Dieu ! J'y arrive pas. L'accès à ma page Wiki est bloqué, pas moyen d'y accéder. Essaie, toi.

– Je suis pas devant un écran. Mais téléphone à Bill. Au fond, c'est son boulot, il devrait y parvenir sans problème, lui. »

Bill-third est un ami de longue date, l'impresario du groupe, doublé d'un informaticien très compétent, au service des Beatles depuis leurs débuts. C'est notamment à lui que les membres ont confié toute l'informatique de leur communication et de leur promotion. À cet instant, il s'attelle à sa deuxième passion, après, bien sûr, celle de s'occuper de la carrière des Beatles. Il travaille sur le logiciel Second Life, occupé à la programmation des membres de son nouveau groupe de musique, les Ravens. Il en attend beaucoup, peut-être plus encore que des Beatles. Il est en train de plancher sur le look et les qualités artistiques de son George-second, qu'il souhaite très différent du vrai George, dont il n'est ni entièrement responsable ni entièrement satisfait. Son nouveau George à venir, il le choisit frondeur, batteur et violent, fracassant, gothique, amoureux de musiques ténébreuses et de rythmes lourds et lancinants, avide de marteler sa grosse caisse, prince du heavy metal. En substance, tout le contraire du George dont il s'occupe dans la vraie vie, parfaitement léger, bouddhiste et aérien.

John-third s'exécute aussitôt.

« Allô, Bill ?

– Ah ! John, c'est toi, mais t'es donc pas mort ? J'arrête pas de recevoir des messages.

– Arrête tes conneries, Bill ! Je n'arrive pas à changer ma page Wiki qui m'annonce comme mort. Mais c'est dingue, cette histoire ! Si je mettais la main sur le petit con qui m'a fait ça !

– Ça, comme tu peux l'apprécier, ce sont les avantages de la démocratie participative du Web : tout et n'importe quoi. Plus aucun contrôle sur le contenu de l'information ! N'importe quelle connerie peut apparaître sur Wiki. Vive le deuxième Web ! Le Web libertaire, suprêmement démocratique, celui du libre contenu, à l'accès planétaire, sans intermédiaire, sans hiérarchie et sans entrave, ouvert à tous les voyous ! Bon, eh bien, attends, je vais t'arranger ça... Ah ! merde alors ! j'y arrive pas non plus. Pas moyen d'aller sur ta page. L'accès est refusé.

– Évidemment, tu m'apprends rien, c'est pour ça que je t'appelle. T'es censé être responsable de notre promotion informatique, non ?

– Dis donc, il est costaud, le hacker. En plus, il a piraté le site Wiki et rendu ton fichier inaccessible en écriture.

– Et qu'est-ce qu'on peut faire ?

– Attends, pour l'instant, j'essaie de démentir la nouvelle sur les Wiki des autres membres du groupe, celui de Paul par exemple... Merde, bloqué également ! George, bloqué aussi... Incroyable ! Tout ce qui fait référence à toi et aux Beatles semble bloqué, inaccessible. Ma page aussi. Pour l'instant, pas moyen de démentir la chose. »

Soudain le téléphone de John-third coupe.

« Allô, Bill, allô ? Ah non ! C'est pas croyable, ils ont coupé mon Skype aussi maintenant. »

John-third se connecte sur sa boîte mail.

« Mais c'est pratiquement tous mes accès Web qu'ils ont rendus inopérants !

– Allô, allô ? »

Bill-third a également perdu tout contact avec John-third.

« Ouh là là ! ça m'a l'air plutôt sérieux ! Sacrément vicieux, le petit malin qui s'amuse à tout ça. »

Bill-third décide d'interrompre la tâche qui occupe toute son attention. Tant pis pour George-second, celui à venir, le toujours virtuel, car il doit aider son copain John, le vrai. En tant qu'imprésario et informaticien des Beatles, il ne peut abandonner le groupe dans une situation aussi fâcheuse ni laisser le monde entier abusé par cette horrible fausse nouvelle. La mort de John signifie la mort du groupe, et sa ruine à lui par la même occasion. Il ne pourrait plus compter que sur le groupe qu'il crée ces jours-ci sur Second Life... Assez risqué, tout de même. Un tien vaut mieux que deux tu l'auras. Pas sûr que la version heavy metal des Beatles aura le même succès. Pas sûr que ses Ravens parviennent à décoller véritablement. Il a tout loisir de se rendre compte de la vitesse vertigineuse à laquelle la nouvelle de la mort de John se propage. Sur les sites des portails Web les plus consultés, ce décès circule comme une traînée de poudre. Heureusement, il peut se connecter sur la plupart de ces portails et démentir la nouvelle au fur et à mesure qu'elle se répand. Mais déjà, sur le site Web de Fox News et de CNN, on peut voir des centaines de badauds s'agglutiner au pied de l'immeuble Dakota. John-third peut les voir aussi, de la fenêtre de son appartement, mais ne sait pas trop quelle attitude adopter.

« Nous sommes au regret de clôturer le compte en banque 210-567676-89. »

Bill-second, quelque part dans une des belles maisons de Santa Fe, dans le Nouveau-Mexique, sursaute en découvrant ce mail.

« Ben merde alors ! C'est mon compte le plus rentable ! Que se passe-t-il ? »

Il s'empresse de renvoyer un message à sa banque.

« Et pourquoi ? »

La réponse ne se fait pas attendre.

« L'argent ne peut plus ruisseler de votre compte associé sur Second Life, car ce dernier a été clôturé. »

Aussitôt, Bill-second se connecte sur Second Life pour découvrir, horrifié, que ses Beatles-second, sa principale source de revenus, viennent de mettre un terme à leur existence, à la suite de la disparition d'un de ses membres et non des moindres, leur leader tout simplement. Bill-second gagne aujourd'hui bien plus d'argent dans le monde virtuel de Second Life que dans celui bien réel dans lequel il vit. Tout a été imaginé et créé comme possibilité d'enrichissement dans son monde à lui. Le business est définitivement saturé, alors que tout reste à réinventer dans Second Life, à commencer par la création de groupes musicaux appelés évidemment à une carrière brillante, et pour lui une très prometteuse source de revenus. Tout argent gagné sur Second Life peut être changé en monnaie sonnante et trébuchante dans la vraie vie, par un mécanisme dit de « ruissellement ». L'argent peut en effet ruisseler vers le bas, de Second Life vers la vie réelle, par exemple lorsque Bill-second en gagne, mais également vers le haut, pour tout achat ou toute dépense qu'il effectue sur Second Life. Le taux de change, comme pour n'importe quel taux entre deux pays, est déterminé par les masses d'argent en circulation, tant sur Second Life que dans le monde de Bill-second.

« Mais enfin, comment est-ce possible ? J'ai pas programmé ça. Et pas moyen d'intervenir ! »

Pour rendre la chose plus intéressante, depuis quelques années, les mondes virtuels programmés sur Second Life ont été conçus comme « ontologiquement clos ». On ne peut les modifier que par l'introduction de nouveaux personnages ou de nouveaux objets. Une fois ceux-ci installés dans le monde virtuel, leur créateur n'y a plus accès. Les programmeurs ne peuvent plus modifier le logiciel original dont sont dotées leurs créatures. Celles-ci, à commencer par l'avatar du créateur, vivent leur vie propre. Elles ne peuvent interagir qu'avec les créatures qui partagent le même monde. C'est pour cela qu'on dit de ces mondes virtuels qu'ils sont ontologiquement clos. Les programmeurs du monde d'en bas deviennent de simples spectateurs passifs de l'immense scène théâtrale qui se produit en haut, de cet univers logiciel qu'ils ont enrichi en personnages et artefacts divers. Ils se transforment en metteurs en scène attentifs, inquiets, à l'écoute dans les coulisses des réactions du public, mais ne peuvent en aucun cas interagir avec les acteurs présents sur les planches. De votre vivant, nul autre que vous n'a accès à votre conscience. Il en est de même pour les habitants des mondes virtuels, les personnages logiciels peuplant Second Life. Ils restent ontologiquement confinés entre eux, dans leur ghetto logiciel.

Et de fait, après quelques clics et mouvements de souris, Bill-second découvre sur son écran John-third tournant en rond, comme un lion en cage, irrité, déconcerté, dans son appartement du Dakota. Il découvre aussi l'immense foule d'avatars massée au pied de l'immeuble, tous affichant des visages de circonstance.

« C'est fou ! Pourquoi tous ces badauds avec ces mines catastrophées, alors que John est là-haut, bien vivant dans son appartement ? »

Il continue de se balader sur Web-third et découvre en effet que l'annonce du décès de son John-second est présente sur de nombreux sites. Mais aussi, et à son grand soulagement, au fur et à mesure de son exploration du Web, cette annonce commence à être démentie. On apprend petit à petit qu'il s'agit d'une mauvaise plaisanterie, au départ d'une fausse annonce sur Wiki.

« Qui est le salopard qui a fait cela ? se demande-t-il. Je dois tout de suite contacter ma banque. »

Et en effet, à peine l'a-t-il pensé, qu'un nouveau mail lui parvient.

« Nous vous prions de nous excuser pour le mail précédent. Nous avons été victimes d'une information erronée. Votre compte 210-567676-89 a bien été rouvert et l'argent peut donc recommencer à ruisseler en provenance de Second Life. »

De son côté, Bill-third se remet aussi à respirer. Les fans amassés au pied du Dakota s'éloignent petit à petit, rassurés. Toutes les connexions Web se remettent à fonctionner. Les démentis se propagent. C'est aussi cela l'avantage du deuxième Web, aussi réactif dans le faux que dans le vrai, tentant de faire converger démocratie et vérité. Le tout est de réussir à suivre tout cela, informations et rumeurs, se croisant et se disputant les espaces disques à la vitesse de l'éclair. Mais, vraiment, quelle mauvaise blague ! Il a un soupçon sur l'auteur possible de ce mauvais coup : tout à fait le genre de Steve. On entend la voix de John sur CNN qui se dit choqué et scandalisé que pareille information puisse circuler sur le Web, sans contrôle, sans censure. Il déclare qu'il entend poursuivre le site Wiki en justice. Mal lui en prend car, dans les heures qui suivent, la vente de leurs dernières chansons connaît un bond spectaculaire, et les fans se dépêchent de se les procurer, à l'immense satisfaction de Bill-second et de son propre avatar. De leur côté, les responsables de Wiki-third s'excusent d'une faille dans leur système de sécurité, qui a permis à un hacker d'empêcher l'accès à certains des fichiers.

En temps normal, toute information erronée ne met pas plus d'une seconde pour être démentie par l'un ou l'autre des internautes et ne prête donc à aucune conséquence. Ils ont vu ce qui s'est passé, ont découvert la faille sécuritaire et promettent que cela ne se reproduira plus. Ils s'y engagent. Wiki, le site engrangeant 24h/24 toute la connaissance du monde, d'où qu'elle vienne, le disque dur d'une planète traduite en binaire, ne peut en effet fonctionner correctement qu'à la seule condition d'un accès qui ne se trouve entravé en rien. Plus l'accès est libre, chaotique et sans contrôle, plus la vérité du monde émerge, comme par magie. Et cela va généralement très vite, des millions d'encyclopédistes continuellement branchés travaillant de concert. John-third a tôt fait de retirer sa plainte, car la fausse nouvelle de sa mort a propulsé les Beatles-third au sommet de leur popularité. L'argent ruisselle à flots, du monde d'en haut vers le monde d'en bas.

Steve-second, dans une de ces superbes maisons Art déco qui bordent l'océan de Miami Beach, enrage. Bien sûr, l'initiative de son avatar était loin d'être idiote, mais elle ne pouvait pas fonctionner. Il l'a bien compris dès qu'il a vu l'annonce sur son Wiki-second. D'un pur point de vue informatique, c'était très bien joué, de la haute voltige, parfaitement programmé, modifier la page, cloisonner les accès. Et en cela il pouvait être fier de son avatar, à la hauteur de son créateur au plan technique. Mais les conséquences devaient finir par se retourner contre l'instigateur. Steve-second a réalisé assez vite que l'effet serait l'inverse de celui recherché, qu'il enrichirait Bill, son pire ennemi, plutôt que de l'appauvrir. Il n'a pu prévenir la chose, empêché par la clôture ontologique. Son avatar est inaccessible, influençable uniquement par les habitants de son propre monde virtuel. Seul l'argent ruisselle d'un monde à l'autre, la psychologie et les lignes de code ne ruissellent pas. Sur-le-champ, Steve-second décide de passer aux choses sérieuses, d'enclencher la vitesse supérieure. Il décide de créer un nouveau personnage du nom de Chapman, un être virtuel détraqué, fruste et frustré, haïssant le monde entier, mais surtout programmé pour être envieux de la réussite des Beatles et obsédé par l'idée de leur destruction.

Après l'épisode de cette fausse disparition de John-third, les Beatles-third sont censés se retrouver pour une répétition en studio. Ils décident cependant, afin de rassurer tous leurs fans, encore choqués par la nouvelle et pas complètement tranquillisés, de se produire sur un des toits plats des immeubles du Village. L'idée est saugrenue mais séduisante. Ils en débattent longtemps car elle ne plaît pas à George, le plus discret d'entre eux. On pourra pourtant les entendre d'en bas, pendant qu'ils s'exercent à leurs nouveaux morceaux, un concert gratuit en plein cœur de la Grosse pomme. Bill est ravi et il leur dégotte un lieu idéal, un magnifique immeuble Art nouveau fraîchement retapé et dont la société Apple est devenue propriétaire. Elle souhaite en faire son plus grand et plus luxueux showroom du monde. Apple ne peut d'ailleurs que se réjouir de cette publicité gratuite, du pur gagnant-gagnant, comme on dit. Trois types de pommes se retrouvent ici, recouvertes de liasses et non plus de curare. L'argent ruissellera à flots sur le compte de son créateur. Après quelques heures d'installation et de réglage de la balance son, dans ces conditions quelque peu inhabituelles, les Beatles-third débutent leur répétition par le morceau *Get Back*, un rock viril et nerveux, que John a composé et sur lequel il est censé prendre quelques chorus importants.

Le groupe se lance. George-third entame le rif accompagnateur, endiablé, mais très vite se rend compte que quelque chose ne tourne pas rond. John-third est à côté, pas du tout dans le rythme. Et quand il débute son solo de guitare, c'est la Berezina. Il manie son manche comme un manche. Sa guitare est même désaccordée. Incroyable ! Sa corde petite *mi* sonne faux. Insupportable aux oreilles. Qu'arrive-t-il à leur leader ?

« Aïe, aïe, aïe ! pense Bill-second, en les observant et les écoutant d'en bas, il est loin d'être parfait. »

Les trois autres Beatles contemplent John-third confondus. Jamais ils ne l'ont vu jouer comme cela, à ce point à côté. Ce doit être lié à ce qu'il a récemment vécu, tout le foin autour de sa fausse disparition. C'est troublant, et il lui faudra sans doute un peu de temps pour se remettre dans le bain, retrouver tous ses moyens. Ils sont pourtant au sommet de la gloire. Leur musique exige une pleine implication, une envie de jouer sans faille, et John-third aujourd'hui en est loin, très loin. Ils décident de mettre un terme à la répétition, à la grande déception des quelques personnes qui s'étaient déjà attroupées au pied de l'immeuble Apple. Décidément ! Qu'est-ce que qui attendra les New Yorkais au pied d'un prochain immeuble occupé par les Beatles ? John-third, quelque peu dépité, accompagné de Yoko-third qui ne le quitte jamais, reprend le chemin de son appartement. Il porte en la balançant la caisse de sa guitare. Il a très mal joué, il le sait, et c'est vrai qu'il doit progresser sur cet aspect-là du programme. Il est arrivé dans Second Life sachant jouer *Jeux interdits* à la guitare, mais c'est loin d'être suffisant. Il va devoir s'exercer bien davantage. Et *Get Back*, c'est vraiment pas la mer à boire, trois accords. S'il peine sur un tel morceau, alors comment jouera-t-il sur *Let It be* ?

Il est à peine arrivé au pied de son immeuble, que déboule une espèce d'illuminé, revolver au poing qui vide son chargeur dans le corps de John, devant Yoko-third atterrée, en hurlant : « Lennon, espèce de sale capitaliste, je te dégueule ! » John-third s'effondre, mort sur le coup.

Chapman-third, son forfait accompli, son programme principal exécuté, sa raison d'être codée dans le langage de programmation Java, s'assied calmement sur les marches de l'entrée principale du Dakota pour attendre la police. Il a rempli son contrat logiciel et peut disparaître à perpétuité dans un cachot de ce monde virtuel. Une boucle infinie l'y attend. Le monde de Second Life n'en revient pas, c'est la consternation. Cette fois-ci, cela semble s'être produit pour de bon. Leur idole les a quittés définitivement, s'en est vraiment allé dans l'autre monde. En fait, Wiki ne s'était trompé que de quelques jours, au sujet de cette prophétie macabre.

D'ailleurs, il ne faut pas longtemps pour que les médias commencent à se déchaîner contre le site de connaissance universelle en ligne, s'en prennent à Wiki et à tous ces internautes qui le tapissent de mensonges, d'exagérations, de provocations. Ils l'accusent d'être à l'origine de cet assassinat, d'avoir inspiré l'assassin. Les responsables ont beau s'en défendre, en répétant qu'une fois pour toutes, ils ne sont pour rien dans le contenu des pages Wiki, que ce sont les internautes qui remplissent ces pages, que chacun est le journaliste de chacun, le témoin ou l'affabulateur de tout, et que leur rôle se limite à rendre le site accessible et fonctionnel, ils restent sous le feu nourri des critiques. Cela fait trop longtemps que des assassins s'exhibent sur des sites Web et que, ce faisant, ils en inspirent d'autres, comme une épidémie criminelle. Cela aurait dû servir d'avertissement. Toutes les vérités ne sont pas bonnes à dire, or Wiki les dévoile toutes, les met à la portée de tous. Il y a quelque chose de fondamentalement mortifère dans ce deuxième Web. Il ressemble chaque jour davantage à un ramassis d'ordures et de pousse-au-crime. Il faut que cela cesse. Il manque un camion-poubelles qui passerait tous les matins. Et pourtant, le fan club des Beatles n'est pas au bout de ses surprises.

« Nous sommes au regret de clôturer à nouveau le compte en banque 210-567676-89. »

Bill-second, toujours dans sa maison de Santa Fe, n'est pas vraiment étonné de cette nouvelle, ayant suivi sur son écran les derniers événements, mais il s'impatiente quelque peu, surpris de la lenteur avec laquelle ceux-ci se déroulent. Steve-second, pour sa part, toujours dans sa maison Art déco, devant son écran également, exulte, ravi du comportement de son Chapman-second, qui met un terme une fois pour toutes au succès grandissant des Beatles et à la cascade de fric ruisselant sur le compte de son pire ennemi. Quelle riche idée que ce Chapman ! Évidemment, c'est un peu moins subtil que la tentative de son avatar, qui avait choisi de trafiquer son Wiki-second. C'est beaucoup moins informatique, mais une mort réelle reste quand même autrement plus efficace que sa version virtuelle.

Steve-second est toujours branché, explorant, ravi, les rues de New York sur son écran, surfant sur les médias catastrophés, les fans désespérés, la foule qui se presse, pour de bon cette fois, devant le Dakota, les émissions de télévision qui font leur une du corps de John, la nouvelle macabre qui se répand, les écrans qui diffusent en boucle *Yesterday* et *Michelle*, les attaques dont Wiki fait l'objet, quand, soudain, ce monde virtuel lui tombe sur la tête.

La police est toujours massivement présente au pied du Dakota. L'ambulance a emmené le corps sans vie de John-third et Chapman-third découvre les murs d'une prison qu'il ne quittera plus. C'est alors qu'un petit groupe de policiers sort de l'immeuble, escortant sous bonne garde, de manière très rapprochée, un autre John-third, mais semblable en tout point à l'original, et d'autant plus semblable qu'il s'avère être l'original, le véritable John-third, l'autre créature de Bill-second.

« C'est quoi cette embrouille, nom de Dieu ! proteste Steve-second. John est mort, bien mort, je l'ai vu s'écrouler de mes propres yeux, perforé par les balles de Chapman, de vraies balles ! »

Il ne comprend plus et redouble d'attention devant ce qui se déroule sur son écran. Quelque chose lui échappe. On y aperçoit à côté de John-third un policier à la tenue plus officielle, apparemment plus gradé que les autres, clairement leur chef, et qui s'approche de la nuée de micros des journalistes massés étroitement autour de l'escorte. Il prend la parole.

« Nous avons été prévenus hier que la vie de John Lennon était menacée et qu'un crime était imminent. Celui qui nous a prévenu s'est révélé être un sosie parfait de M. Lennon et s'est déclaré prêt à jouer le rôle de doublure, à se sacrifier pour la survie des Beatles. À dire vrai, cette histoire nous a semblé tellement abracadabrante que nous n'y avons cru qu'à moitié. Dans le doute, nous avons malgré tout décidé de mettre le véritable John Lennon sous surveillance rapprochée pendant quelques jours, et d'accepter qu'il soit remplacé par cet incroyable sosie, et cela à l'insu de tous, y compris des autres membres du groupe. Alors que nous n'avions pas réellement donné foi à ce récit, nous devons reconnaître aujourd'hui que nous nous sommes trompés. Le sosie avait raison et son sacrifice aura permis de sauver la vie du vrai John Lennon. Nous ignorons totalement comment le sosie était au courant de ce qui se préméditait et pour quelles raisons il avait choisi de se sacrifier pour préserver son double. Malheureusement, il n'est plus là pour nous éclairer, mais l'enquête nous permettra sans doute d'en comprendre bien davantage. En attendant, M. Chapman est inculpé de crime avec préméditation, et cela même s'il s'est heureusement trompé de cible, s'il faisait partie du plan suicidaire du faux John. Oui, je conçois que tout cela soit un peu compliqué pour l'instant. »

Bill-second respire. Son plan a parfaitement fonctionné. Il ignore pourquoi Steve-second lui en veut à ce point, mais il a raison de s'en méfier, d'être sur ses gardes, et de prévenir tous ses mauvais coups. Il doit se montrer extrêmement attentif. Ne pouvant influencer les personnages virtuels une fois installés et agissant dans Second Life, ceux qu'il choisit d'y introduire doivent être parfaitement programmés, aux aguets, futés à souhait et parés à toutes les éventualités. Ce faux John Lennon, son second John-second, ce faux jumeau logiciel, ce leurre, était une riche idée. Un nouveau mail arrive en provenance de sa banque. L'histoire se répète, heureusement.

« Nous vous prions de nous excuser pour le mail précédent. Nous avons été victimes d'une information erronée. Votre compte 210-567676-89 a bien été rouvert et l'argent peut recommencer à ruisseler en provenance de Second Life. »

Ouf ! La poule aux œufs d'or peut continuer à ruisseler. Steve-second enrage. L'océan qu'il voit par sa fenêtre se couvre d'un immense voile gris. Est-ce l'océan, vraiment, ou ses yeux striés d'éclairs furibonds ? Tout est à recommencer. Quant à Bill-second, il sort recharger ses batteries de quelques rayons de soleil dans les ruelles de Santa Fe. Il marche jusqu'à la Plaza Centrale. Le soleil est au zénith. Un orchestre country célèbre la longue errance des cowboys solitaires et les Indiens qui les regardent, hagards et noyés dans l'alcool. Il esquisse quelques pas de danse pour commémorer une nouvelle victoire sur son pire ennemi. Sa Second Life mérite d'être vécue.

* * *

Une voix résonne dans la grande salle du deuxième étage du Googlepex.

« Turing, réunion dans dix minutes. On t'attend.

– OK, j'arrive. »

Turing-first interrompt Second Life. La Plaza de Santa Fe disparaît de l'écran, imitée de près par la plage de Miami Beach. D'un mouvement de main, il efface l'écran de sa tablette. La récréation est finie. Il est obligé de délaisser Bill-second et Steve-second pour des choses plus sérieuses. Il les adore pourtant, ses deux créatures, frères ennemis pour la vie, et c'est toujours à regret qu'il les quitte, même pour une heure ou deux. Il est affalé dans un immense pouf rouge dans une des grandes salles publiques du

Googlepex. Il a beau les avoir programmés pour se haïr à jamais, les savoir d'une formidable sophistication, il ne se lasse pas de les observer et de découvrir l'immense variété de coups fourrés qu'ils sont capables d'inventer pour se nuire l'un l'autre. En dépit de la clôture ontologique, elles parviennent toujours à le surprendre, ses deux créatures chéries. Va falloir qu'il se décide à leur trouver des âmes sœurs, afin d'enrichir et apaiser quelque peu leur existence. Ils sont trop obsédés par l'envie de se détruire. Ils tournent en rond. Le programme commence à fonctionner en boucle.

On l'attend. C'est un informaticien de génie, un fleuron de la boîte, et d'autres que Bill et Steve ont besoin de ses incroyables talents de programmeur, mais dans la vraie vie, dans la jungle. Le slogan de Google est « Don't be evil », mais Turing n'est pas dupe, un Faust coiffé d'un haut-de-forme capitaliste est passé par là. Il est chargé de tous les algorithmes de personnalisation, de ceux qui permettent à Google non seulement de vous suivre à la trace, de vous connaître parfaitement, de vous profiler, mais aussi et surtout, à des fins commerciales, de vous exposer uniquement ce sur quoi vous cliquerez demain. Et ce sera plus fort que vous.

Google est bien au-delà d'un simple intermédiaire, un guide bien intentionné dans la masse hypertrophiée et informe du Web. Il a perdu de cette objectivité qui le singularisait dans la découverte de la bonne information, sur principe de la seule popularité référentielle du document. Cela ne paie plus assez. À force de vous observer, il a appris à mieux vous connaître. Il cherche à vous illusionner, à filtrer votre monde, l'embellir, et choisir de ne vous en montrer que ce que vous avez envie d'en voir et surtout d'acquérir. De toutes les nouvelles de la planète et d'ailleurs, Google veut vous épargner celles dont vous détourneriez le regard. De tous les produits du monde, Google ne vous dévoile que ceux que vous rêveriez de posséder. Il ne vous lâche plus jamais, s'accroche à votre souris, vous espionne et vous obsède. Il veut vous scotcher à l'écran, émousser vos réflexes défensifs, laisser sans cesse inassouvie votre soif de consommer. Il vous conforte dans la béatitude de votre Ego. Et pour ce faire, de votre premier monde, de votre première vie, il en façonne un second, une seconde, à votre image... Rien que pour vous. Des Google et des couleurs. Turing se rend à sa réunion, des images de Beatles plein la tête, et une chanson aussi : *All You Need Is Love.*

Survivre de rien

Luca Benvenista immobilise sa Vespa le long d'un des murets entourant un des lotissements de la Magliana, cité populaire du sud-ouest de Rome, rendue fameuse par sa bande criminelle qui défraya la chronique durant les années de plomb italiennes. D'un mouvement de pied souple, il abaisse la béquille et se dirige vers un des immeubles à toit plat ceinturé par quelques minuscules jardins. Luca est né dans cette cité sociale il y a quarante-cinq ans puis y a passé une enfance modeste, tendre, au milieu d'une marmaille joyeuse, à jouer dans ces petits jardins, entourés par les immeubles typiques du quartier. Il se rappelle les hurlements des mammas, le linge pendant aux fenêtres et les banquets de spaghetti s'organisant spontanément. Il s'agit d'une époque définitivement révolue, des souvenirs empreints d'une sociabilité qui ne s'imposait en rien, émergeant de la façon la plus naturelle qui soit, tant pour les adultes que pour leurs enfants gambadant entre les plats rougis de sauce. C'est ce même quotidien brailleur, confus et joyeux, et bien lointain aujourd'hui, que l'on retrouve, dépeint à la manière grandiloquente de Fellini, dans certaines scènes de son *Roma*.

Aujourd'hui, Luca est chroniqueur scientifique dans plusieurs médias italiens, dont principalement *La Repubblica*, le seul quotidien pouvant se targuer d'un zeste de liberté dans le marasme boueux d'une presse muselée par le pouvoir grotesque au sommet de la Botte. Il écrit aussi pour les revues *Galileo* ou *Le Scienze*, que leur contenu scientifique préserve du fayotage politique et pour lesquelles le faible tirage et le lectorat très pointu lui octroient toute la liberté nécessaire d'étaler sa compréhension des faits scientifiques, tout autant que le dégoût que lui inspire le théâtre de marionnettes à la tête du pays.

Il rend visite, comme chaque semaine, à la veuve d'un des amis qui aura le plus compté pour lui, Pietro Scola, mort à 40 ans d'un cancer du pancréas, il y a deux mois. Dans son cas, une très courte maladie, terrible, fulgurante. Pietro Scola et lui se sont rencontrés il y a seulement un an et, malgré la brièveté de leur attachement, ils sont pourtant devenus des amis très proches, soudés dans les circonstances pénibles d'une maladie commune et dans le réconfort de quelques souvenirs partagés de la Magliana. C'est là qu'habitent Pietro et sa femme, Anna, depuis toujours. C'est ce même quartier qui les fit se rencontrer et sympathiser très vite, surtout lors des longues séances de perfusion, tous deux couchés, à se raconter leurs souvenirs d'enfance et la réalité de ce quartier aujourd'hui. La chimio s'écoulait goutte à goutte dans leurs veines, cherchant à contrer, là où elle le pouvait, l'anarchie cellulaire qui les minait tous deux. Tout comme Pietro, Luca a lutté courageusement contre un même ennemi, le même cancer du pancréas, une maladie considérée comme incurable. Il a subi comme son ami les terribles séances de chimio, cherchant à endiguer cette invasion cellulaire, délirante, incontrôlable, et cela dans un endroit réputé extrêmement difficile d'accès et rétif à toute chimie. Il s'agissait d'un traitement en principe sans espoir, uniquement destiné à alléger les souffrances : anorexie, perte de poids, asthénie. Pourtant, de manière incroyable et à la différence de son ami, il a survécu, lui, à ce terrible combat. Il en est sorti vainqueur et, aux dires de son médecin, Marco Guzzanti, son cancer semble aujourd'hui en voie de rémission complète.

« Ciao Luca, je suis heureuse de te voir. »

Anna l'embrasse tendrement.

« Mais, dis donc, tu m'as l'air en pleine forme. Et on dirait que tu reprends du poids. Je vais pouvoir me remettre aux fourneaux. Tu n'as plus rien à voir avec le squelette du mois de novembre qui pouvait faire Halloween sans déguisement.

– Ciao Anna. Je vais bien, oui. Je me sens de mieux en mieux. Je commence à diminuer le traitement et, d'après Guzzanti, je devrais pouvoir tout arrêter d'ici un mois ou deux.

– Je suis tellement heureuse pour toi.

– Et toi, comment vas-tu ?

– Bah... comme tu peux l'imaginer. J'essaie doucement de retrouver mes marques. J'ai tant de mal. Ce n'est pas à toi que je vais dire combien l'absence d'un homme tel que Pietro est dévastatrice.

– Non, bien sûr.

– Pour l'instant, je surnage, je végète plutôt. Je bricole, je continue à vaquer à des occupations sans intérêt. Mais cela me distrait. Ces derniers mois, cette souffrance... Il me faudra du temps. J'ai mes amies, mes parents. Et je t'ai toi.

– C'est sans commune mesure, tu sais bien, mais il me manque aussi beaucoup.

– Tu as été formidable avec lui... Jusqu'au bout, jusqu'à son dernier souffle, il a pu compter sur toi, ta présence, ton réconfort. Et moi aussi. Tu nous as donné énormément de courage, même s'il ne fut pas, comme toi, récompensé du sien.

– Tu sais, j'étais d'autant présent à ses côtés que je me sentais coupable de mon évolution face à la sienne. Ce traitement qui semblait fonctionner sur moi... et pas sur lui. Cette incroyable injustice qui, malgré notre amitié naissante, s'obstinait à nous séparer, comme sur des routes qui bifurquent, qui s'éloignent. On a démarré ensemble, pourtant, et puis, petit à petit, on se quitte sans raison. C'était incompréhensible et rude aussi pour moi, paradoxalement, malgré l'amélioration progressive de mon état.

– Tu ne dois pas t'en vouloir. Guzzanti nous avait prévenus. Ce traitement apparemment révolutionnaire, il l'appliquait sur vous à titre expérimental. Il nous avait mis en garde. Cette chimio pouvait trouver chez certains, plus que chez d'autres, un terrain favorable. Tu as tiré le bon numéro, Pietro le mauvais. C'est tout. La vie et sa roue de la fortune. Tes cheveux repoussent aussi, à ce que je vois. Pourtant, j'aimais bien ton petit côté Saviano, un courageux comme toi, quelqu'un qui croit en l'honneur de l'Italie. S'il fallait un survivant dans ce pays, ce devrait être lui. Je te fais un café ?

– Oui, merci. »

Anna s'affaire dans la cuisine. Après quelques minutes, le roulement de tambour caractéristique de la petite Bialetti se fait entendre. L'arôme envahit la pièce. Le café réclame l'attention.

« Tu sais, en tant que journaliste scientifique, je me suis beaucoup interrogé sur l'évolution respective de nos santés : la dégradation rapide, inéluctable, de Pietro et ma récupération miraculeuse, alors que nos séances de chimio semblaient en tout point comparables. Je me suis demandé si nous n'étions pas tous les deux cobayes d'une étude clinique de ce traitement prétendument révolutionnaire.

– Mais vous l'étiez en effet. Guzzanti a été on ne peut plus explicite à ce sujet. »

Ils portent tous deux la minuscule mare intense de caféine à leurs lèvres, dans laquelle immerge le petit îlot de sucre en poudre, un peu de douceur dans ce monde de brutes...

« Guzzanti l'a dit, c'est vrai. Mais ce qui me taraude depuis des mois, à la fois comme survivant et comme journaliste, c'est la possibilité que nous n'ayons pas bénéficié du même traitement. J'aurais été le seul à recevoir les soins véritables, et Pietro, lui, n'aurait reçu qu'un placebo, un simulacre de traitement. C'est comme cela que les médicaments et les soins sont évalués. Guzzanti nous avait prévenus à l'époque, afin d'obtenir notre consentement, c'est chose indispensable. Mais il l'est tout autant de ne pas trop insister sur le déroulement du suivi médical, au risque d'entraver son bon fonctionnement et de décourager des patients, conscients qu'ils pourraient ne pas réellement bénéficier des soins chimiques. J'ai lu et écrit des choses incroyables là-dessus. »

Anna l'écoute, pour lui faire plaisir, davantage que pour assimiler les mystères du placebo.

« On sépare les patients en deux groupes, choisis au hasard, et puis on ne pratique le traitement véritable que sur un seul des deux. À titre de comparaison, le second groupe ne reçoit rien de particulièrement actif, même s'il est important de donner l'illusion à tous, y compris l'équipe soignante, et cela par l'apparence du traitement, qu'il s'agit en effet d'un seul et même traitement. Des opérations cardiaques ont même été évaluées de la sorte. On ouvre le patient placebo, on le referme, mais pendant l'intervalle on ne fait rien, et on le compare avec un autre patient sur lequel on a pratiqué une ligature, une ablation, en tous cas quelque chose susceptible d'améliorer son état. C'est devenu carrément surréaliste quand il a fallu tester l'efficacité de pratiques telles que l'acupuncture. J'avais pondu un article à ce sujet pour *La Repubblica*, vu la popularité croissante de cette médecine parallèle en Italie. Pour le placebo, on enfonce les aiguilles, juste un peu, afin de confondre les patients, mais pas suffisamment, pour qu'elles ne puissent agir comme le décrètent les adeptes de cette médecine.

– Et tu penses que Pietro aurait fait partie du second groupe, celui qui n'a reçu que du vent ?

– Tu reconnaîtras que la question mérite qu'on se la pose.

– Et qu'est-ce que cela changerait si tu avais raison ?

– Je ne sais pas, un profond sentiment d'injustice sans doute.

– Oui, mais de ceux qui font progresser la médecine, apparemment. »

Luca racle avec sa petite cuillère les derniers grains de sucre imbibés de café et s'en maquille les lèvres.

« Je ne sais pas ce que tu en penseras, mais j'ai besoin de savoir.

– Pour moi, cela ne changera rien de découvrir que Pietro, au-delà de sa maladie, aura été victime d'une injustice supplémentaire. Cela ne me le ramènera pas et ne ferait qu'accentuer ma tristesse. Je préfère penser que toutes les chances lui ont été offertes de s'en sortir, comme à toi.

– Je te comprends. On peut se consoler en pensant que, grâce au sacrifice de Pietro, les malades atteints de ce même cancer, demain, bénéficieront d'un traitement qui a fait ses preuves. Mais tout de même... Il y a la vérité objective, la science qui progresse, inéluctablement, sur un champ de victimes et puis... dans ce champ, il y aurait l'ami, le mari, qui a souffert le martyre.

– D'autant Luca, que tu n'en es pas sûr à 100%. Il reste tout aussi possible que Pietro et toi ayez été soignés de la même manière... Et que chez toi cela ait fonctionné. Je te fais un autre café ? »

* * *

Luca quitte son amie, mais ne peut se défaire de cette pensée obsédante. Et si vraiment Pietro et lui n'avaient pas subi le même traitement: Pietro, une injection d'eau sucrée, sans effet, et, lui seul, la molécule active, bénéfique, et tout cela du seul fait d'un jet de dé favorable? Le Dr Guzzanti est un homme célèbre en Italie, un cancérologue à la réputation bien établie, internationale, une des fiertés d'un pays qui en a rudement besoin. L'Italie souffre d'une fuite de cerveaux: les hommes intelligents et honnêtes ont de plus en plus de difficulté à supporter l'évolution du pays. Mais lui est toujours là, à soigner et guérir. De plus, il a maintenu sa consultation et sa pratique dans un hôpital public, alors que la dégradation de la morale et de la civilité incite de plus en plus de praticiens compétents à ne traiter que les patients dont la maladie se double d'un solide compte en banque. Il pourrait peut-être l'interroger, comprendre ce qui s'est passé, pour savoir et informer ses lecteurs, à titre de journaliste scientifique, bien plus que de patient.

Il est de toute manière intéressant de saisir la recette chimique qui se dissimule derrière le succès du traitement, et cela, même si son ami ne put apparemment en bénéficier. Son expérience personnelle rendrait ses articles sur ce sujet plus touchants, plus percutants, plus lisibles. Cela rendrait l'espoir à pas mal de patients que le crabe dévore à petit feu. Il pourrait aussi expliquer pourquoi la mort de son ami se révèle le prix à payer pour le progrès et la garantie d'une médecine objective, car saine et défendable au plan statistique. C'est la multiplication des Pietro qui permet de s'approcher de la vérité sinon de l'efficacité thérapeutique. L'objectivation d'un traitement n'a malheureusement cure des infortunés qu'elle abandonne sur le bas-côté de la chance. Ce sont autant de sacrifices nécessaires aux yeux d'Hippocrate. Luca rentre chez lui et décroche son téléphone. Il compose le numéro de l'hôpital Sant'Andrea, qu'il a fréquenté pratiquement tous les jours de cette année, et demande à parler au Dr Guzzanti. Il lui est devenu capital de savoir s'il doit sa survie uniquement à un tirage au sort qui lui fut favorable.

« *Pronto.*

– Docteur Guzzanti ?

– Oui, c'est bien moi.

– Luca Benvenista à l'appareil. Je ne vous dérange pas ?

– Bonjour, monsieur Benvenista. Bien sûr que oui, vous imaginez bien ! »

Guzzanti ne peut masquer un certain agacement, une impatience dans la voix.

« Débordé comme toujours, ce cancer me laisse sans répit. Il recrute de plus en plus de victimes dans ses rangs. Que puis-je faire pour vous ?

– Je voudrais pouvoir vous parler de mon traitement.

– Je n'ai pas beaucoup de temps, mais vous devez encore venir à l'hôpital ces jours-ci, non ?

– De moins en moins, heureusement... Grâce à vous.

– Et à vous aussi. Votre évolution positive est un bel encouragement et nous redonne beaucoup d'espoir dans le traitement de ce type de cancer.

– Je dois venir dans trois jours pour un contrôle. Mais je voudrais être sûr de vous rencontrer, de pouvoir vous parler. Pendant les séances de chimio, je ne vous vois qu'en coup de vent, lorsque je vous vois. C'est normal, je comprends très bien. J'imagine tout à fait que le temps vous est compté, mais je voudrais vraiment pouvoir vous entretenir, juste une petite heure. En fait, ce serait plutôt le journaliste scientifique que le patient qui souhaiterait cet entretien. Je voudrais écrire un article sur vous dans une des revues dans lesquelles je publie, peut-être aussi pour *La Repubblica*. Je voudrais rendre compte des miracles que vous accomplissez. Que des malades peuvent guérir, y compris de cancers considérés au départ comme incurables. J'en suis une preuve vivante.

– D'accord, mais prenez bien garde à vos écrits. Ne donnez pas non plus trop de faux espoirs. On ne comprend toujours pas pourquoi cela a si bien fonctionné pour vous... Mais on peut en parler, bien sûr. Voyons-nous mardi prochain, à 10 heures, si cela vous arrange, dans mon bureau de l'hôpital. Je consulte toute la journée, mais je devrais pouvoir vous intercaler dans la matinée.

– Un grand merci et à mardi. »

* * *

Le mardi suivant, la Vespa de Luca emprunte la via Flaminia, puis un bout du grand anneau circulaire qui ceinture Rome, avant de parvenir à l'horrible édifice grisâtre en arc de cercle, destination quotidienne de ces derniers mois. Il pourrait faire la route qui le conduit à l'hôpital Sant'Andrea les yeux bandés. Sauf qu'en Vespa le trafic et l'incivilité romains ne pardonnent pas. Il est rare que les hôpitaux universitaires soient des réussites architecturales, et celui-ci, de fait, ne déroge pas à la règle. Toute cette dernière année, le gris des murs a visiblement déteint sur les traits de Luca, ses yeux, jusqu'à son cuir chevelu, et il trouve la sculpture qui trône à l'entrée vilaine à mourir. Il en a bavé à fréquenter cet hôpital au quotidien et les tabliers blancs qui le hantent : les vomissements, les étourdissements, les douleurs intestinales, la perte d'espoir et, petit à petit, enfin, une lumière, à l'autre extrémité du tunnel, un bourgeon de vie imprévu, et l'espérance d'une incroyable guérison. Pietro, quant à lui, se rapprochait inexorablement de la faucheuse, malgré ce même jus médicinal injecté dans leurs veines.

Il monte au quatrième étage et sonne à la porte du Dr Guzzanti, également professeur d'oncologie à la prestigieuse université La Sapienza, rattachée à l'hôpital. La petite lumière à gauche de la porte passe du rouge au vert. Il entre.

« Bonjour, monsieur Benvenista.

– Bonjour, docteur Guzzanti.

– Cela va beaucoup mieux à ce que je vois. Asseyez-vous, je vous en prie.

– Grâce à vous.

– Et grâce à ce nouveau traitement miracle. Il semble avoir parfaitement fonctionné sur vous.

– Indéniablement, et je vous en suis immensément reconnaissant. Je vous dois la vie.

– Votre cancer s'avère en effet de ceux qui sont particulièrement délicats à traiter. Le taux de succès est des plus faibles. Enfin, la réussite sur vous du traitement va redonner de l'espoir à de nombreux patients, et cela, pour moi, c'est une sacrée bonne nouvelle.

– Excusez mon indiscrétion, mais une question m'obsède depuis des mois. Puis-je vous demander comment vous expliquez que ce qui semble avoir si bien réussi sur moi a en revanche échoué pour Pietro Scola ?

– Je suis désolé pour lui. J'ai su l'attachement que vous lui portiez et les démonstrations d'amitié dont vous l'avez gratifié les derniers jours de son existence. Que dire de plus que ce que j'ai déjà eu l'occasion de vous dire, à vous et à son épouse ? Je ne surprendrai pas le journaliste scientifique que vous êtes. La médecine est loin d'être une science exacte, et notre compréhension des mécanismes du cancer reste encore très imparfaite. Ce traitement consiste à stimuler les défenses immunitaires de manière à ce qu'elles perçoivent comme intruses les cellules invasives du pancréas. Votre système immunitaire, à la différence de celui de Pietro Scola, était sans doute plus disposé à se faire "berner". Pour des raisons difficiles encore à cerner, les anticorps monoclonaux injectés ont réussi à convaincre votre immunité d'attaquer une partie des cellules de votre soi, mais les nocives, les tumorales, celles embarquées dans un régime de reproduction chaotique. Cela n'a par ailleurs fonctionné que sur un très petit nombre de patients. Vous en faites partie, et je m'en réjouis. Il nous reste à mieux comprendre pourquoi ce succès thérapeutique chez certains et pas chez d'autres.

– Docteur Guzzanti, vous nous aviez bien dit à l'époque qu'il s'agissait d'un traitement hautement expérimental ?

– En effet, oui, nous ne l'avions jamais pratiqué auparavant.

– Je suis au courant que les protocoles cliniques pour évaluer l'efficacité d'un traitement consistent en général à séparer les patients en deux groupes : le premier recevant le véritable traitement, le second soit un ersatz de ce traitement en l'absence de la formule active, soit simplement ce qui fonctionne le mieux en l'état actuel des choses.

– C'est tout à fait exact, en effet. C'est bien la manière dont la médecine est scientifiquement évaluée. On n'a jamais trouvé mieux.

– Je vais vous sembler franc et m'en excuse d'emblée.

– Je vous arrête tout de suite, je devine ce que vous allez me demander... Mais je ne vous répondrai pas.

– Pietro Scola et moi, faisions-nous partie du protocole expérimental pour ce traitement ?

– Je vous en avais parlé à l'époque et obtenu votre consentement. Jamais je n'aurais procédé à une telle expérimentation sans votre accord. Je n'en ai nullement le droit.

– Vous comprenez bien pourtant ce qui m'amène à m'interroger de la sorte. Vous imaginez même qu'au-delà de cette question j'ai la quasi-certitude que Pietro et moi ne faisions pas partie du même groupe, et que moi seul ai pu bénéficier du véritable traitement.

– Je vous le répète, je suis tenu au silence. Il m'est totalement impossible de répondre à cette question. La composition des deux groupes est inconnue pour le personnel soignant, moi y compris. Cela fait partie du protocole, le contraire étant susceptible d'induire un biais dans les résultats. Vous imaginez bien que, si le personnel soignant connaissait à l'avance le groupe ne bénéficiant pas du traitement, leur comportement en serait affecté. Cela pourrait clairement influer sur la guérison ou la non-guérison de ces deux groupes. Il m'est donc théoriquement proscrit de le savoir, à moi et tous mes collègues praticiens.

– Vous avez dit "théoriquement" ?

– À ce sujet, vous ne saurez rien de plus. N'essayez pas de me faire dire ce que je ne vous dirai jamais.

– Mais vous concevez que la question me hante.

– Je comprends qu'il doit être troublant pour vous d'avoir vécu ces deux évolutions divergentes de cette même maladie. N'oubliez pas néanmoins que le système immunitaire d'une personne n'est pas celui d'une autre. C'est d'ailleurs un marqueur identitaire puissant. Il s'oppose par exemple très souvent à ce que vous receviez une greffe d'un organe prélevé chez autrui. De fait, à nouveau, le même traitement, la même stimulation cellulaire peut donner des résultats très différents chez les patients. Vous et moi ne ressentons sans doute pas la même chose lorsque nous sirotons un verre de barolo. Certains pourraient même le recracher. Il en va de même pour votre système immunitaire.

– Oui, mais vous ne feriez boire à personne un verre d'huile de ricin, comme à l'époque de Mussolini.

– En effet. Il est des substances que tout organisme tolère ou rejette quasiment de la même manière, mais rien ne nous dit que le traitement que vous avez subi fasse partie de cette catégorie. Avec le temps, les traitements médicamenteux vont se personnaliser de plus en plus. Il faudra s'y habituer, ce qui fonctionne chez l'un ne fonctionnera pas de la même manière chez l'autre, et il faudra dès lors adapter le traitement à la personne.

– Docteur Guzzanti, en supposant que vous ne sachiez pas qui faisait partie des deux groupes expérimentés, vous me confirmez néanmoins que l'un de nous deux pourrait ne pas avoir reçu ce traitement miracle ?

– Je peux d'autant vous l'affirmer que cela reste la meilleure explication à mes yeux de votre guérison et du décès de Pietro Scola. »

Luca a soudain un déclic. Il se rappelle qu'une de ses connaissances scientifiques, un mathématicien, Gianni Bernouilli, chercheur à l'université de La Sapienza, travaille également à temps partiel pour une entreprise de statistique médicale opérant à l'échelle internationale, notamment pour la FDA (Federal Drug Administration). Cette entreprise a justement pour rôle d'analyser les données envoyées par les centres participant à ce type d'expérimentations. Bernouilli est en train d'accomplir une carrière brillante dans le monde très abstrait de la logique formelle et de la théorie de la calculabilité, un monde très difficilement accessible et dont la passion des explorateurs reste assez délicate à communiquer, tout journaliste qu'il est. Ses recherches, à cheval entre l'informatique et les mathématiques, portent sur les limites théoriques des ordinateurs à dire la vérité, toute la vérité, c'est-à-dire s'avérer capable de démontrer tout théorème logique quel qu'il soit.

Ces statistiques additionnelles sont idéales pour arrondir les fins de mois de Gianni, dans une Italie où de nombreux universitaires, contaminés par le climat vénal qui y règne, ont multiplié les occasions de s'enrichir. Il se rappelle avoir parlé avec lui de ses différentes activités, notamment pour un article traitant de ce type de protocole expérimental, dit en « *double blind* », « *blind* » pour les patients et « *blind* » pour le personnel soignant. Plus récemment, Bernouilli a concouru pour le prix annuel du meilleur chercheur italien décerné par le CNR, le Conseil national de la recherche italien. Luca a couvert en partie l'événement pour *La Repubblica*, un concours évidemment beaucoup moins suivi que le fameux festival de la chanson de San Remo. Les résultats du concours sont attendus et devraient être publiés d'ici deux semaines.

Il quitte le Dr Guzzanti, de plus en plus convaincu d'avoir tiré un bon numéro, d'être tombé dans le bon groupe. Il se rend aussitôt dans le centre de Rome, via Ariosto, dans le bureau de Bernouilli, situé dans le département mathématique de l'université La Sapienza. Bien que mathématicien de formation, Bernouilli s'est métamorphosé en informaticien type, « *il geek fatale* », comme le surnomment ses collègues, un visage blafard, dans une ville pourtant réputée ensoleillée presque toute l'année, de long cheveux gras, d'une espèce de couleur blond indéfini à défaut d'être vénitien, noués en une queue de cheval d'une élégance très discutable. Il est assis face à son ordinateur, pianotant nerveusement sur son clavier, une assiette vide posée à côté de l'écran où traînent quelques restes de pizza, la potion magique de tout geek qui se respecte.

« Bonjour, je suis Luca Benvenista, vous vous souvenez peut-être de moi ?

– Oui, bien sûr. Vous m'aviez interrogé sur les tests médicaux en double aveugle. Vous êtes journaliste scientifique, c'est cela, non ?

– Tout à fait. Et je le suis toujours.

– Vous venez sans doute me trouver pour le concours CNR, vous couvrez la chose pour *La Repubblica* ou je me trompe ?

– Oui et non. C'est exact pour *La Repubblica*, mais ce n'est pas vraiment la raison de ma présence ici. En fait, la raison pour laquelle je souhaite vous parler est un peu plus personnelle.

– Je vous écoute.

– Vous réalisez toujours ces études statistiques pour les protocoles expérimentaux effectués dans les différentes cliniques associées à votre université ?

– Toujours, oui. C'est mon gagne-pain, en dehors de mon misérable salaire de chercheur en mathématique. Vous savez bien que, dans l'Italie d'aujourd'hui, vu la considération qu'elle témoigne à ses chercheurs, la seule manière honnête de vivre de sa passion est de la doubler d'une activité plus rémunératrice. Les boîtes pharmaceutiques paient très bien. Et encore, je reste dans l'informatique, je ne suis pas chauffeur de taxi.

– Je ne le sais que trop bien, oui.

– Alors que voudriez-vous savoir au sujet de ces tests ?

– Avez-vous eu dernièrement en votre possession les résultats d'un traitement expérimental effectué à l'Hôpital Sant'Andrea, au service de cancérologie du Dr Guzzanti ?

– Je présume que vous n'êtes pas sans savoir que je suis tenu au plus grand secret quant à la diffusion des résultats de toute analyse de ce type. Je n'ai absolument pas le droit de communiquer ce genre d'informations. Il en va de la déontologie de mon activité, et de mon salaire par la même occasion.

– Écoutez, cela restera totalement entre nous. J'ai été moi-même toute cette année un des patients du Dr Guzzanti, pour un cancer du pancréas, réputé incurable... Or, comme vous le constatez *de visu*, je m'en suis plutôt bien sorti.

– J'ai déjà vu plus mourant, oui.

– Un de mes amis, souffrant du même cancer, en même temps que moi, n'a pas eu ma chance. Il est décédé il y a quelques mois. Je sais que nous avons participé tous deux à un protocole expérimental d'un traitement à l'essai. Il m'importe vraiment de savoir si nous avons bénéficié ou non des mêmes soins.

– Je ne peux vraiment pas vous aider, je vous le répète, cela m'est formellement interdit.

– Et que diriez-vous d'un article élogieux dans *La Repubblica* à quelques jours de l'annonce des résultats du concours CNR ? Bien que vous soyez candidat à ce prix, je sais de source sûre que vos recherches sont jugées par beaucoup comme trop théoriques, trop détachées de la réalité, en un mot, inutiles. Un article les mettant en avant, justifiant leur raison d'être, tout en rappelant l'immense talent de leur auteur, ne devrait pas vous désavantager avant les délibérations du jury.

– OK, OK, n'insistez pas, vous m'avez convaincu. Je vais tenter de vous aider, mais je vous en conjure, je compte sur votre discrétion la plus totale. »

Bernouilli jongle avec sa souris. Clique à gauche, à droite, ouvre et referme à la vitesse de l'éclair une succession de fenêtres.

« Dr Guzzanti, vous avez dit, hein ? Cancer du pancréas... Je vois bien quelque chose en effet. Il y a eu un essai clinique récemment d'une chimiothérapie fondée sur un mélange de Docetaxel et Gemcitabine... Un traitement proposé et expérimenté par la firme Novartis.

– Épargnez-moi les mots abscons... Ce n'est pas nécessaire.

– Deux groupes de dix patients ont été comparés. Je suis en effet en possession des protocoles cliniques sur le suivi de ces 20 patients. Mais je vous le répète, c'est entièrement confidentiel. Et de toute manière, comme vous l'imaginez, les essais sont totalement anonymes. Ces fichiers ne font nulle mention des noms des patients. Et puis, quoi que je vous dise, rien, absolument rien ne peut filtrer hors de ces murs.

– Aucune manière de les identifier ? Qu'y a-t-il dans ces fichiers ?

– Eh bien, les évolutions cliniques : perte de poids, bilan sanguin, les résultats des radios de la tumeur, et d'autres indicateurs cliniques que vous ne comprendriez pas, et moi non plus.

– Pouvez-vous voir au moins la proportion des femmes et des hommes ?

– Cinquante-cinquante. En ce qui nous concerne, je vois également deux hommes, l'un de 40 ans, l'autre de 44, chacun dans un groupe différent. L'un pesait 90 kilos au départ du traitement et est du groupe sanguin O+ et l'autre, tiens, c'est plutôt rare, est du groupe AB+, et pesait, lui, 70 kilos au départ. »

Luca sent comme un malaise l'envahir. Il avale péniblement une gorgée de salive.

« Dites-moi une dernière chose, une dernière, je vous en prie, et je vous promets, je ne vous importune plus. Rien ne sortira d'ici, je vous le jure, et pas à la manière des membres de notre gouvernement. De quel groupe faisait partie le patient AB+ ?

– Le mauvais groupe, le placebo. »

Luca a toujours eu une certaine coquetterie pour son originalité sanguine, et il se rappelle parfaitement l'embonpoint de Pietro quand il l'a connu. Pietro adorait manger. Ils parlaient souvent de cette passion, à laquelle Anna savait satisfaire avec empressement et talent, et que Luca ne partageait pas complètement. Au fil du traitement, Pietro avait considérablement maigri bien sûr, et cette perte d'appétit était de celle qui affectait le plus son moral.

« Vous en êtes sûr ? Vous êtes sûr que le patient AB+ faisait partie du placebo ?

– Affirmatif. C'est vous ?

– Il ne peut y avoir aucune erreur ?

– Cela me paraît difficile. En général, ces rapports sont rédigés avec le plus grand soin. Les boîtes pharmaceutiques paient assez cher pour s'en assurer. »

Luca est blême. Il transpire. Un frisson le traverse et une grande confusion s'installe. Il vient de réaliser qu'il ne doit sa guérison à rien de connu, du moins à rien d'autre qu'une mascarade de la médecine. Il est la victime heureuse d'une illusion thérapeutique. Sa chance à lui fut d'avoir reçu un ersatz en matière de traitement. Mais alors pourquoi et comment ?

« Et quelle fut l'évolution des autres patients ?

– C'est difficile à dire sur la seule base des fichiers. Mais je pense qu'aucun des patients traités par les produits testés n'a survécu. Parmi les placebos, deux semblent encore en vie. Et si je crois bien comprendre, vous êtes l'un deux ?

Malgré ce trouble qui va grandissant, Luca est pris par une certaine urgence. Il se dépêche de quitter le mathématicien.

– Au revoir, monsieur Bernouilli. Je vous remercie infiniment de votre aide. Comptez sur moi, tout cela restera entre nous. Nul n'aura jamais connaissance de mes sources.

– Désolé pour la mauvaise ... ou la bonne nouvelle, je ne suis pas sûr finalement et... n'oubliez pas l'article promis. »

C'est sur des jambes fragiles que Luca quitte La Sapienza. Il ne sait plus vraiment à quel saint se vouer. À quoi doit-il sa guérison ? à rien ? à un placebo ? à du bluff médical ? Il se concentre, force son débit sanguin à énergiser ses neurones. Il se recentre, reprend ses esprits et sa Vespa, démarre et se décide, sans prendre rendez-vous, à retourner voir le Dr Guzzanti. Celui-ci consulte toute la journée, il le coincera à la sortie de ses consultations. Le sait-il, lui, que Luca ne doit sa guérison à rien de parfaitement rationnel sur le plan médical ? Comment réagira-t-il en l'apprenant, face à un de ses patients qui vient de le découvrir ?

Il retourne à l'hôpital et, avant de se rendre à la consultation du médecin, descend au – 1, l'étage où se pratiquent les perfusions qu'il a subies pendant plusieurs mois, en compagnie de Pietro. Il traverse la salle de soins, observe discrètement les malades sous perfusion, tous ces visages endurcis par le crabe qui les dévore à petit feu et les traits tendus par la bataille qu'ils lui livrent. Mais que reçoivent-ils dans leurs veines ? Du sucre ou un véritable exterminateur de cellules hors contrôle ? Participent-ils également à la suite du protocole expérimental ? Quels sont ceux qui survivront à cette terrible loterie où ce sont les perdants qui gagnent ? Une loterie dont il vaut mieux ne pas tirer le bon numéro.

Étrangement, il ne reconnaît pas la plupart des infirmiers et des infirmières qui se sont occupés de lui pendant la partie la plus importante du traitement. Juste l'un ou l'autre, qui le gratifie d'un signe gentil, d'une tape dans le dos ou d'un baiser sur la joue. Ils s'étonnent pourtant de la ressemblance physique des nombreux membres de l'équipe. Ainsi, toutes les infirmières ont un même style de coiffure blonde, un style à la Grace Kelly, comme celle qui était chargée de ses injections, les cheveux très serrés et tirés vers l'arrière, en joli chignon habillé par un large ruban blanc. Les infirmiers portent tous les mêmes Ray-Ban que cet homme d'une quarantaine d'années, à l'allure virile et très assurée de pilote de Boeing. Tout comme l'infirmière blonde, ce dernier a passé beaucoup de temps auprès de lui, pendant les longues séances de chimiothérapie, parlant de tout et de rien, pour lui changer les idées, l'aider à rester confiant, battant. Non, décidément, l'équipe soignante était bien plus disparate. Effet de mode sans doute. Les Romains, obsédés par le regard d'autrui, sont de parfaits moutons de Panurge en matière d'apparence. On raconte qu'un jour le célèbre Gianni Agnelli, alors patron de Fiat, était apparu sur le petit écran avec sa cravate distraitement sortie d'un pull ras du cou. Le lendemain, la plupart des hommes italiens portaient leur cravate de la même manière.

Il est 18 heures. Il remonte au 4e étage. Le Dr Guzzanti quitte son bureau. Il en a fini avec ses consultations. Luca le devine car il a laissé sa blouse blanche pour révéler un costume Armani du dernier chic. Il l'interpelle.

« Docteur Guzzanti !

– Oui ? Oh… Monsieur Benvenista. Vous encore ? Que vous arrive-t-il ? Je ne peux plus vous recevoir. Je suis très pressé. Mais vous pouvez reprendre un autre rendez-vous. Téléphonez-moi demain.

– Saviez-vous que la chimio que j'ai reçue n'en était pas une ? Que je faisais partie du groupe placebo du protocole expérimental ? »

Le médecin ne s'arrête pas et sa marche vers l'ascenseur se fait plus rapide.

« Mais qu'est-ce que vous débitez comme sottise ?

– J'en suis sûr. Je le sais de source sûre. Alors que mon ami Pietro Scola était, lui, traité par votre molécule prétendument révolutionnaire, je n'ai pour ma part rien reçu, rien dans mes artères. Et pourtant me voici guéri ! »

Le médecin appelle l'ascenseur.

« Écoutez, je n'ai vraiment plus le temps de vous parler maintenant. Mais prenons rendez-vous. Nous en parlerons plus tard, pas entre deux portes, pas comme cela.

– Mais le saviez-vous ? Répondez juste à cela. Avez-vous appris que sur les 20 patients traités les deux seuls dont la santé s'est améliorée n'ont reçu qu'un placebo ? Tous les autres nous ont quittés. »

Le médecin est irrité. Il entre dans l'ascenseur suivi de très près par Luca, qui ne le lâche pas d'une semelle.

« Le savez-vous ?

– Oui, je le sais. Et alors ? Vous êtes bien guéri, non ?

– Mais guéri de rien ! Je ne dois ma survie à rien !

– Non, c'est faux ! »

Ils sortent tous deux de l'ascenseur.

« Vous la devez à vous-même. Je vous l'avais bien dit. Le pouvoir thérapeutique de ce traitement dépend des personnes. Ça marche sur certains, pas sur d'autres.

– Vous continuez de parler de traitement, alors que, pour ma part, je n'ai rien reçu. Ou si, plutôt, l'illusion d'avoir été soigné.

– Il faut croire que cela peut suffire dans certains cas. C'est votre espoir, votre foi en la médecine, en moi, votre optimisme qui vous auront guéri. Vous savez que le cerveau et son pouvoir de suggestion peuvent accomplir des miracles. On dit que la médecine doit 50 % de son succès à cet effet, les traitements psychiatriques par exemple. On sait aussi combien la production hormonale en provenance du cerveau peut considérablement affecter le fonctionnement du système immunitaire. Enfin, un cerveau qui guérit, cela ne devrait pas étonner le journaliste scientifique que vous êtes, non ?

– Mais optimiste, Pietro l'était tout autant, sinon plus, que moi !

– Qu'en savez-vous ? »

Luca s'impatiente. Il s'énerve, hausse le ton. Il veut défendre la mémoire de son ami cloué au pilori d'une expérience non concluante.

« Et les autres malades, en bas ? Que leur injectez-vous dans les veines ? Rien ? De l'eau sucrée ? Comme moi ? Puisque c'est apparemment la seule chose qui donne des résultats ! »

Le cancérologue se rend au parking de l'hôpital vers sa Jaguar bleu nuit qui l'y attend.

« Monsieur Benvenista, calmez-vous, je dois vous laisser maintenant. Je suis très pressé. Parlons-en plus tard, je vous en prie.

– Répondez-moi. Avez-vous le droit de laisser croire aux patients qu'ils sont soignés par voie médicale, chimique, quand, en réalité, ils sont les cobayes d'une immense supercherie ?

– Si celle-ci fonctionne, alors cette pratique que vous dénommez supercherie fait tout autant partie de la médecine ! Et vous n'avez nulle raison de vous en plaindre, à ce que je constate.

– Mais c'est parfaitement immoral !

– Écoutez, évitons les simplismes, les éclats. C'est compliqué. C'est discutable, je vous l'accorde. Mais si cela guérit, alors il n'y a aucune raison de considérer la chose comme immorale. Si on informait les patients, l'effet thérapeutique s'évanouirait comme par enchantement. Ce résultat nous a surpris autant qu'il vous surprend. Nous ne comprenons absolument pas comment vous et cet autre patient êtes sortis de ce cancer incurable. Nous ne comprenons absolument pas ce qui dans cet essai a fonctionné sur vous. Votre guérison est peut-être le seul fait du hasard, un effet que les statisticiens dénomment "régression médiane", une guérison spontanée, mais il est vrai assez difficile à accepter au vu du mal dont vous souffriez. Il nous faudra du temps pour saisir la chose, la détourner à notre profit, et, pour l'instant, nous nous bornons à pratiquer ce qui a fonctionné sur vous, c'est-à-dire pas grand-chose en effet, le vaste show de la médecine... Nous continuons à chipoter, tâtonner. La médecine, c'est beaucoup cela, vous savez. »

Sa Jaguar démarre, laissant Luca abasourdi sur le parking de l'hôpital. Il est complètement confondu, sonné, choqué. Des questions multiples se disputent ses neurones. Est-il juste pour un médecin de faire semblant de soigner ? ou fait-il vraiment semblant ? La médecine est-elle tenue de tout dire aux patients si c'est au détriment de leur santé ? Qui doit l'emporter : la vérité ou la guérison ? Le placebo ne fait-il pas partie intégrale des armes du médecin et ce pour autant qu'il reste secret ? Guzzanti en a-t-il informé ses collègues ? Est-il le seul à soigner de la sorte ? Ce traitement placebo est-il en train de se généraliser dans tous les hôpitaux du monde ? À des milliers de malades, dont l'inconscient potentiellement guérisseur se trouve stimulé, comme le fut celui de Luca, dans les mêmes conditions hospitalières ? Inhospitalières ? Un vaste show dont il faut comprendre les ressorts dramatiques, et qu'il faudra dans l'avenir reproduire à l'identique, pour tous, dans tous les pavillons de cancéreux du monde ?

Jusqu'où une telle supercherie peut-elle aller ? Si c'en est une. Les scientifiques ne doivent-ils pas s'offusquer que l'on puisse à ce point soigner sans comprendre ? Faut-il en parler à Anna ? Doit-il lui révéler cet incroyable secret ? Doit-il l'écrire dans ses journaux ? Au risque de tuer tous ceux qui l'ont suivi dans cette terrible épreuve, et qui ne devront leur possible guérison qu'au secret bien gardé d'un traitement, qui a tout d'un traitement sauf d'en être effectivement un. Doit-il révéler au monde que son ami Pietro est mort d'avoir été soigné alors que lui a survécu de rien ? Il se rend compte de l'insurmontable difficulté qu'il aurait à écrire un article sur le sujet : il ne saurait comment l'entamer et comment le conclure.

Alors qu'il s'apprête à enfourcher sa Vespa, il perçoit des éclats de voix et de rire. Un groupe d'hommes et de femmes parmi lesquels il reconnaît certains membres de l'équipe soignante franchit l'entrée du parking. Luca se dissimule derrière une colonne en béton et observe la joyeuse troupe se dirigeant d'un même pas allègre vers une camionnette. Ils se dévêtissent de leur blouse bleue. À sa grande surprise, deux des femmes blondes, d'un geste synchronisé, se débarrassent de leur perruque avant de s'engouffrer dans le véhicule, qui démarre quelques secondes plus tard. Luca, interloqué, se précipite sur sa Vespa et décide de les suivre. La route est longue. Le trajet les ramène vers le centre de la capitale, mais la Vespa n'a aucune difficulté à coller à la camionnette. Le petit convoi se retrouve en plein cœur de Rome, sur laquelle tombe un voile noir qui rend la filature plus délicate, puis traverse le Tibre pour arriver enfin à destination, dans le Trastevere, où la camionnette finit par se garer, via della Scala. La troupe en sort, toujours aussi joyeuse et batifolante, bien qu'adoptant un pas plus décidé. Luca les suit. Il les voit pénétrer dans le teatro Belli par l'entrée des artistes.

Il se précipite vers l'entrée du public, où un attroupement de personnes attend déjà l'ouverture des portes. Il se rend vers la caisse et réserve une place pour la représentation du soir, *Il malato immaginario*. Vingt minutes plus tard, il est confortablement installé dans un siège et assiste à la représentation d'une pièce qu'il connaît par cœur (il a interprété le rôle d'Argan quand il était à l'école). Il n'est finalement plus vraiment surpris de voir apparaître les membres de l'équipe soignante dans tous les ballets qui ponctuent et rythment le dernier chef-d'œuvre de Molière. Mais il veut malgré tout en avoir le cœur net et, une fois la représentation terminée, dans un Trastevere devenu théâtre des ombres, il contourne le bâtiment et s'installe en guetteur devant l'entrée empruntée par les infirmiers bidons quelques heures auparavant. Ceux-ci quittent le théâtre, toujours aussi enjoués. Luca les interpelle.

« Bravo pour votre prestation ! »

L'un des comédiens suspend son pas, puis se retourne quelque peu étonné et s'avance vers lui.

« Merci.

– Je ne parle pas des ballets du *Malade imaginaire*.

– Et de quoi parlez-vous alors ?

– Je parle de votre prestation à l'hôpital Sant'Andrea.

– Je ne vois toujours pas de quoi vous parlez.

– Arrêtez. Bas les masques ! Je suis un des patients du Dr Guzzanti.

– Et alors, que nous voulez-vous, que faites-vous ici ?

– Rien, vraiment rien de spécial. Vous féliciter, c'est tout. Je vous trouve parfaits en parodie d'infirmiers. Rien à dire. On s'y croirait.

– Nous sommes des intermittents du spectacle. La vie n'est pas drôle tous les jours. On répond à toutes les offres, d'où qu'elles proviennent. L'Italie est devenue le pays des talents multiples, reconnus, et puis tous les autres, en noir, en parallèle, mais qui assurent la survie économique. Finalement, un hôpital ou une scène de théâtre, pour nous, c'est du pareil au même, c'est toujours le métier. Côté médecine, évidemment, tout est sous le contrôle du Dr Guzzanti. Vous imaginez bien que nous ne prenons aucune initiative. Nous nous occupons essentiellement de l'accompagnement psychologique des malades.

– Et les costumes, les accessoires, les perruques ?

– Imposés également par le Dr Guzzanti. On n'a pas la moindre idée du pourquoi du comment, mais il semblerait qu'une infirmière blond platine et un infirmier portant des lunettes Ray-Ban aient fait des miracles. »

Au tribunal des logiciels

18 juin 2020. Kasparbeg, champion du monde des échecs humains, observe tour à tour l'échiquier et le cube noir garni de minuscules ampoules rouges qui le défie. Il a compris ce qui l'attend, s'impatiente et s'irrite de tant de morgue logicielle. Il ne croit pas aux miracles, aux bugs peut-être. Pour la beauté du jeu, il se décide pourtant, et après une demi-heure de profondes cogitations, même vaines (mais la passion reste plus forte que tout), à déplacer sa tour. Quant à Deep Red – surnom donné à ce cube noir scintillant de rouge –, dernière génération d'ordinateurs quantiques, une demi-seconde suffit, sous les vivats d'une foule conquise et déchaînée installée tout autour du ring, pour qu'il déplace sa reine sur la case fatale et énonce d'une voix métallique à souhait: « Échec et mat. » Malgré cette victoire face à un sommet d'intelligence, c'est avec le même genre d'émotion que les passagers sont informés de la prochaine station de métro. Depuis l'avènement de l'informatique quantique, plus aucun type de problèmes logiques, jeux de société et autres, ne résiste à ce monstre de rationalité pure, rouge et glacial à la fois, capable d'effectuer des milliards de milliards de milliards

d'opérations en parallèle, parallélisations ultimes et cela grâce à la mystérieuse physique quantique.

Récapitulons brièvement. Cette physique des temps modernes, à l'origine de ces performances infinies, rend impossible de dire à 100 % qu'une particule se trouve dans un état (par exemple, sa position) ou dans un autre, à la différence d'une planète ou d'une voiture qui est stationnée soit ici soit là, mais pas dans les deux emplacements en même temps. Une forme d'incertitude intrinsèque, attribuant par exemple à la particule 50 % de chances d'être dans un état (à gauche d'une cloison par exemple) et 50 % dans l'autre (à droite de cette même cloison), se trouve à l'œuvre. En cas d'observation, cette incertitude est levée, et l'on découvre alors dans quel état présent se trouve la particule (était-elle à gauche ou à droite de la cloison ?). Mais, avant d'effectuer cette mesure mettant fin à toute incertitude, les physiciens se sont longuement interrogés sur la nature de cette incertitude, de ces probabilités, accompagnant les différents états dans lesquels peut se trouver la particule.

D'où viennent-elles ? Que veut vraiment dire le fait que cette particule, objet solide, précis, insécable, puisse avoir autant de chances de se trouver à droite qu'à gauche ? Une incertitude inhérente au physicien, aveu d'impuissance, qui reconnaît ne pas tout savoir de cette particule, comme il ne sait pas tout d'un dé, lorsque celui-ci a une chance sur six de tomber sur une des faces ? Car à quoi pourrait ressembler un dé pouvant tomber simultanément sur toutes ses faces ? N'oublions pas qu'Einstein, le fin du fin en matière de physicien, heurté par cette physique quantique, a dénié à Dieu la possibilité de jouer au dé, d'avoir conçu un monde fondamentalement incertain. Non ! Ce monde se doit d'être certain, déterministe, prédictible par un observateur omniscient, et les probabilités, une approche formelle, une opérationnalisation de nos incertitudes subjectives, une mise sous tutelle logique et rationnelle de nos angles morts cognitifs. Pas davantage. Lors d'un lancer de dé, il est possible en principe de prédire le numéro sortant, compliqué certes, mais théoriquement possible. Pareil pour n'importe quelle particule, dont on doit pouvoir prédire la trajectoire des siècles à l'avance, comme on le fait pour les comètes.

Et pourtant, au début du XXe siècle, le château de cartes de la physique classique s'est effondré. Ces physiciens ont finalement compris que la meilleure manière d'envisager cette incertitude était de la considérer comme inhérente à la particule et non plus à celui qui l'observe. Cela semblait incroyable, vraiment. C'était la particule, le dé qui hésitait et non pas l'observateur ou le lanceur. Certains n'en reviennent toujours pas. Cela rompait avec toutes leurs habitudes de pensée, l'héritage spirituel de Galilée et de Newton. Mais il fallait se rendre à l'évidence et admettre que cette particule se trouvait, avant mesure, dans cette superposition d'états possibles, entre lesquels seule l'observation permettrait de trancher. Un électron sera à la fois et dans le premier et dans le second état, il sera à la fois à gauche et à droite, il pourra être à la fois immobile ou se déplaçant, jusqu'à ce que la mesure en décide autrement et tranche en faveur de l'une ou l'autre alternative. Les physiciens se sont fait grande violence de cette indécision, non plus imputable à l'observateur mais à l'électron lui-même, mais ont fini par se résoudre à ce divorce entre physique et sens commun.

On se rappelle ce fameux chat de Schrödinger qui, défiant toute logique, se retrouve à la fois mort et vivant, avant que l'ouverture de la boîte où il se niche ne dise la vérité, toute la vérité. Comment un chat peut-il être à la fois mort et vivant ? Depuis bientôt cent ans, physiciens et philosophes se crêpent le chignon afin que le fameux chat puisse ou s'enfuir de la boîte ou reposer en paix, soulagé à jamais de cette ambiguïté ontologique fondamentale. Pourtant, au début du XXIe siècle, les informaticiens conquis, débordant d'enthousiasme, ont sauté sur l'occasion et leur ont emboîté le pas, car ils ont vu là poindre le parallélisme ultime, fantasmé, levant toute limitation et donnant à leur machine une capacité de calcul infinie. En substituant les bits classiques par des « bits quantiques », pouvant être tout à la fois dans l'état « 0 » et « 1 », l'informatique quantique permet ainsi à l'ordinateur de travailler de façon superposée, sur plusieurs chemins possibles de résolution d'un problème, explorant simultanément une infinité de solutions. A été également résolue la difficulté permettant à l'ordinateur d'effectuer tous ces calculs, véritablement en parallèle, comme le schizophrénique chat de Schrödinger, sans qu'aucune mesure ne vienne tout compromettre, ne fasse s'effondrer ce parallélisme.

Lorsqu'il joue aux échecs, Deep Red exécute à une vitesse folle la stratégie dite du « Min/Max », qui lui permet de maximiser ses gains, tout en considérant que son adversaire aura, lui, comme priorité de les minimiser.

Un grand classique de l'intelligence artificielle. La stratégie est élémentaire. Elle consiste à anticiper ses propres coups ainsi que ceux de l'adversaire sur plusieurs tours de jeu et à sélectionner les prochains coups en supposant que Kasparberg joue de manière optimale, tout obsédé qu'il est par la minimisation des gains de l'ordinateur. Une fois l'arbre développé sur une certaine profondeur (la qualité du programme pouvant dépendre en effet de la profondeur d'anticipation), les feuilles ou les extrémités de l'arbre se voient attribuer une valeur heuristique, selon la qualité de la configuration actuelle vue par le programme (plus cette valeur est élevée, plus la situation est avantageuse pour Deep Red). Et lorsque c'est à Deep Red de jouer, il prend toujours, quant à lui, le maximum de ces valeurs pour tous les coups possibles. Ainsi, de minimum en maximum (Kasparberg vise la moins bonne configuration de jeu pour Deep Red, et ce dernier, la meilleure pour lui), les valeurs des feuilles remontent jusqu'à atteindre la situation présente, celle qui attend que l'ordinateur se décide, et qui relève toujours du meilleur des choix.

L'algorithme commence donc par effectuer un développement descendant de l'arbre, selon une certaine profondeur déterminée, en élicitant ses coups possibles puis ceux de Kasparberg, puis les siens encore, etc. Il effectue ensuite une remontée jusqu'au coup à jouer, en attribuant aux configurations possibles rencontrées sur le passage la valeur minimale ou maximale de celles qui lui succèdent dans l'arbre. De par sa puissance infinie, Deep Red est capable de construire l'arbre jusqu'à son terme, de manière à obtenir comme configurations ultimes des situations de fin de jeu, gagnées, perdues ou égalées par l'ordinateur. Tous les problèmes d'explosion combinatoire – l'arbre se ramifiant de manière exponentielle – se sont évanouis comme par enchantement.

Chaque embranchement de l'arbre se déployant sur un univers quantique parallèle, avant de décider du prochain coup à jouer, ce sont des trillions de configurations de jeu que Deep Red peut évaluer en quelques secondes. Il est capable d'anticiper la partie jusqu'à son terme. Il en devient le joueur parfait, théoriquement imbattable. Et c'est pour cela qu'il joue aussi vite et aussi bien, face à un Kasparberg choqué et médusé, n'ayant aucune chance, tout comme les gladiateurs de l'époque romaine se faisant massacrer devant une foule en liesse. Mais la foule ici, magnanime, ne réclame pas sa tête. Kasparberg reste somme toute un membre éminent du règne humain, aussi modeste soit-il devenu aux yeux de ce monstre tout scintillant de rouge.

Le but poursuivi en cet après-midi d'hiver s'inscrit dans la logique de cette défaite : transformer la Cité des sciences et de l'industrie de Paris en une sorte de cirque des temps modernes. Les derniers représentants de ce qui se fait de plus élevé en intelligentsia humaine sont invités à affronter sans espoir aucun la machine, ravissant ainsi la foule par l'exhibition des performances inouïes, surhumaines, de l'ordinateur et la sensibilisant aux débats et enjeux qui doivent suivre. Dans l'immense salle où se déroulent ces jeux de massacre logiciels, deux écrans géants ont été dressés. Sur le premier, on peut voir la partie d'échecs en gros plan, sur le second, on voit arriver à la Cité, au compte-goutte, une succession de voitures officielles, en provenance de Roissy, d'où descendent des personnages très importants en costume ou tailleur sombre. Lorsque le public reconnaît l'un d'entre eux qui pénètre dans la Cité, encadré par deux rangées de gardes du corps et des nuées de journalistes : le président des États-Unis, de la Russie ou la première dame britannique, il ne peut contenir sa joie.

Sur l'autre écran, Kasparberg s'approche du micro et déclare combien il est devenu impossible d'égaler les performances d'une telle créature de rationalité froide, implacable. Il atteste que l'humanité, dotée d'un tel concentré d'intelligence, est entrée dans une ère nouvelle, jamais connue auparavant. L'ère de la singularité, fantasmée dans tant d'ouvrages de science-fiction, est là, enfin là, avec toute la succession d'espérances et de risques qu'elle suscite dans son sillage. Que faire de tant d'intelligence ? Comment l'exploiter au mieux ? Comment repenser les interactions homme-machine si cette dernière dépasse le premier pour chaque tâche nécessitant un minimum de réflexion ? Kasparberg quitte le devant de la scène, vite remplacé par un nouveau joueur, chinois cette fois, ceinture noire dixième dan du jeu de go. C'est un petit vieux, tout racrapoté par les ans, modestement humain à son tour et champion du monde de ce jeu, le plus complexe à ce jour. Sur l'écran géant, un jeu de go, avec ses délicates pierres blanches et noires, prend la place de l'échiquier.

Alors que ce type de stratégie informatique, dite du « Min/Max », d'anticipation et de planification, fonctionne parfaitement dans le cas du jeu d'échecs, d'autres jeux de société, à l'instar du go, ont résisté beaucoup plus longtemps à l'envahisseur informatique. Le go se caractérise par un ensemble de possibilités de coups gigantesque, et sans commune mesure avec celui des échecs. L'âge avancé du champion chinois est sans doute justifié par le nombre d'années qu'il a dû sacrifier pour en découvrir et en évaluer le plus grand nombre. Ici, le champion informatique n'applique en rien une stratégie de type Min/Max, car même les ceintures noires sont dans l'incapacité d'évaluer avec précision la qualité d'une configuration intermédiaire. Cette évaluation est enfouie dans leur réseau multimaillé de neurones, et ils ne parviennent pas à la sortir de là, à l'expliciter. La maîtrise informatisée du jeu s'est donc plutôt révélée le résultat d'une longue période d'apprentissage pendant laquelle le logiciel en question s'est de multiples fois confronté à lui-même, en y allant par essais et erreurs.

Une méthodologie d'apprentissage informatisé comme celle-ci permet dans la plupart des cas de compenser des absences de connaissances, des déficiences humaines, des trous noirs cognitifs, face à un problème complexe. L'ordinateur est capable, par lui-même et par tâtonnements expérimentaux, de découvrir des solutions à un problème donné qui, jusque-là, avait échappé à l'humain. Ainsi, si le meilleur joueur informatique de go est un programme ayant appris par tâtonnements à le devenir, c'est car la mise au point d'une évaluation des configurations du go s'est définitivement révélée trop compliquée. L'homme, tel ce vieux sage que l'on a envoyé à l'abattoir pour amuser la foule, joue extrêmement bien, mais sans vraiment comprendre pourquoi, comme la machine aujourd'hui, quoique beaucoup moins bien et surtout moins vite.

On pensait auparavant que, lors de la conception de programmes informatiques, il fallait systématiquement profiter au mieux de l'expertise humaine. Que l'homme avait tant de choses à enseigner à la machine. Mais, depuis, on a appris à faire preuve de bien plus de modestie, car l'ordinateur peut, par cette formidable capacité d'essais et d'erreurs qui est la sienne (sa force brutale, ainsi qu'on aime à la désigner comme pour la dénigrer), et que la physique quantique a survitaminée, compenser toutes les lacunes intellectuelles de son programmeur. C'est ce dont Deep Red s'est montré capable par sa puissance de calcul infinie. Il a découvert, en l'expérimentant sur lui-même, des manières de solutionner les problèmes jusque-là jamais envisagées par le plus clairvoyant des humains. Qu'à cela ne tienne, car il a découvert des stratégies de go qu'aucun joueur humain n'a jamais percées. Et c'est cela aussi qu'explique au micro, le dixième dan du jeu de go humain, après sa défaite cuisante en 40 coups, un record de vitesse en matière de go. Son physique ne lui en donnait pourtant plus vraiment l'occasion, mais cette défaite, à ce point expéditive, lui a fait prendre quelques années de plus. L'ordinateur jouait de manière surnaturelle, insondable pour lui. La seule chose dont il avait la certitude était qu'il allait perdre, qu'aucune chance ne lui serait octroyée. L'ordinateur s'est emparé du Goban et l'a propulsé sur la planète Mars.

Sur l'autre écran, des hommes et femmes politiques de premier plan continuent d'arriver. On reconnaît le Premier ministre pakistanais sous son turban, ayant suivi de très près, mais pas trop malgré tout, son homologue indien.

Même le Premier ministre israélien est présent, quand bien même Israël a toujours laissé planer le doute sur son éventuelle détention de l'arme atomique. Pendant les trois jours qui vont suivre, un important sommet politique doit avoir lieu à Paris, réunissant tous les dirigeants des pays détenteurs de l'arme atomique, les signataires du traité de non-prolifération comme ceux qui ne le sont pas. Sont attendus aussi des philosophes, des scientifiques, mathématiciens, informaticiens, des grands patrons d'entreprise, des membres d'ONG, et beaucoup d'autres. En tout, 3 000 participants assisteront à cette réunion historique qui s'ouvre aujourd'hui à la Cité des sciences et de l'industrie. Elle aura pour objet le choix stratégique en diable de confier ou non à l'ordinateur la décision de larguer l'arme atomique. Est-il possible qu'une machine aussi sophistiquée, brillante et infaillible se voie confier la responsabilité ultime de déclencher une apocalypse nucléaire ? Voilà ce sur quoi tous ces hommes politiques, tous les décideurs clés de l'avenir du monde devront s'accorder durant ces trois jours.

Sur le premier écran, c'est maintenant un défilé des plus grands scientifiques de notre temps qui se succèdent au micro. Le mathématicien russe Grigori Perelman, généralement d'une très grande discrétion, explique en quelques phrases assez lacunaires comment l'ordinateur a résolu la terrible conjecture de Poincaré, et cela d'une manière bien plus élégante et efficace qu'il ne l'avait fait quelques années auparavant. Il est convaincu que plus aucun théorème mathématique ne peut résister à la puissance de calcul, à ce déchaînement cognitif de la machine quantique. Il lui paraît évident qu'aucun mystère mathématique, aucune énigme de la raison ne puisse échapper à un ordinateur tel Deep Red, qui peut simultanément déployer à une vitesse folle tous les déroulés argumentatifs, s'essayer à toutes les tentatives de résolution dans une infinité d'univers logiciels parallèles. Bien sûr, toute nostalgie à l'égard d'une époque où l'homme avait encore son mot à dire dans l'élucidation de ces mystères, et le mathématicien dans celui des théorèmes, est compréhensible, mais n'y changera rien. Il faut se rendre à l'évidence et jeter nos armes cognitives au pied de cet ordinateur paré de mystères.

Andrew Wiles, le tombeur du célèbre dernier théorème de Fermat, lui succède, pour déclarer plus ou moins les mêmes choses, et s'enthousiasmer, avec également une pointe de nostalgie, de la manière dont l'ordinateur a résolu, là encore, en moins d'étapes qu'il ne lui en a fallu, ce théorème (et surtout en moins de temps, car cela lui a pris presque dix ans et Fermat avait énoncé son fameux théorème au cours du XVIIe siècle). De surcroît, la démonstration informatique a été bien moins longue que la sienne, donnant raison à Fermat lui-même, quand il avait prétendu quelque trois cents ans auparavant que, bien qu'il ne soit pas parvenu à la faire tenir dans la marge, sa démonstration n'en restait pas moins compacte et élégante. Lorsqu'il a découvert celle que proposait l'ordinateur quantique, Wiles n'a pu retenir son émotion devant tant de perfection et de concision. Il n'y serait pour sa part jamais parvenu, car il a pour l'essentiel suivi un chemin déjà bien engagé par ses pairs. La démarche résolutive entreprise par l'ordinateur est tout autre, incroyablement originale, comme une nouvelle voie d'escalade qu'un alpiniste découvre, à la surprise de tous ceux qui l'ont précédé.

Le président français et plusieurs membres de son gouvernement accueillent la plupart de leurs hôtes prestigieux et les invitent à s'asseoir dans un salon officiel conçu pour l'occasion. Ils s'y trouvent confortablement installés, un peu à l'écart du grand cirque médiatisé, et peuvent également assister aux interventions de ces géants de la pensée, venant tour à tour faire l'apologie de la puissance informatique. Certains officiels ont choisi de ne pas se rendre à la Cité des sciences, tel le président chinois, préférant la discrétion et quelque peu courroucé par l'absence de personnalités scientifiques chinoises de premier plan durant l'après-midi (le seul Chinois présent étant le vieux joueur de go, chose difficile à admettre pour la première puissance mondiale). D'autres n'y font qu'un très bref passage avant de se rendre à leur hôtel, le Bristol ou le Ritz, éreintés sans doute par le voyage jusqu'à Paris. Ils sont de toute manière attendus pour un dîner de gala, à l'invitation du président français et de sa femme, dans la salle de fête de l'Elysée, avant d'entamer véritablement les longues discussions et tractations qui doivent déboucher sur l'attribution ou non du « bouton rouge » à une main logicielle.

On sait d'ores et déjà que, parmi les huit gouvernements représentés, les États-Unis et la Chine sont très en faveur d'un contrôle informatique des dispositifs de sécurité nucléaire. Les Américains se rappellent évidemment avec acuité et angoisse la crise des missiles cubains pendant laquelle, en octobre 1962, Kennedy s'était trouvé à deux doigts de déclencher les hostilités avec l'Union soviétique. Il est évident que les deux belligérants auraient pu faire usage de l'armement atomique. Les aiguilles de l'horloge du temps et de la progression du monde n'avaient jamais été aussi proches d'indiquer minuit. Lorsque les protagonistes d'alors ont rejoué le scénario, des années plus tard, ils se sont accordés pour reconnaître qu'on était passé tout près de la mise sur la touche de la planète Terre. Nonobstant leur entourage avisé, la maladie de Kennedy et la rationalité chancelante de Khrouchtchev avaient joué une part non négligeable dans cette folle escalade.

Ces deux pays se sont convaincus qu'abandonner la décision ultime à un humain, éventuellement malade ou simplement emporté (à la manière du général Jack D. Ripper dans le film *Dr Folamour*), ne peut qu'accroître la probabilité d'un déluge nucléaire. L'ordinateur est bien plus à même d'évaluer en termes rationnels le nombre de victimes, la survie de l'humanité, de la planète, le pour et le contre de cette option militaire. Les Français, sans doute freinés en cela par une longue tradition de philosophie éthique, refusant à la machine la possibilité d'une conscience morale, s'y opposent vigoureusement, défendant une pétition de principe absolue. À leurs yeux, les protagonistes de l'histoire humaine ne peuvent être qu'humains, et seul des êtres doués d'une conscience morale et d'un sens des responsabilités accessible à leurs pairs peuvent être convoqués au tribunal de l'Histoire. Verra-t-on jamais un logiciel convoqué à la Cour internationale de justice de La Haye ?

« Voulez-vous... »

Et le public de se pâmer en hurlant à l'unisson « jouer », avant de saluer le remplaçant d'Andrew Wiles par une salve très nourrie d'applaudissements.

Et de fait, le nouveau venu n'a plus rien à voir avec celui qu'il remplace. C'est un drôle d'hurluberlu qui vient de s'emparer énergiquement du micro, accoutré d'une veste à paillettes argentées et d'un nœud papillon écarlate. C'est avec les bras très écartés, le corps incliné à droite, et les coins des lèvres remontant jusqu'aux oreilles qu'il vient de meugler ce « Voulez-vous... » apparemment si familier du plus grand nombre. Devant le regard surpris des sommités internationales le découvrant sur l'écran, le président français tient à les rassurer.

« C'est Léon Panane, l'animateur de télévision le plus populaire en France. Depuis plus de trente ans, il a créé et animé une dizaine de jeux télévisés qui ont toujours bénéficié d'une audience remarquable chez nous, comme "Les chiffres et les lettres" ou "Questions pour un champion". Mais je suis sûr que vous en avez aussi des comme ça chez vous. »

Ayant laissé son vaste sourire au vestiaire et adoptant un ton assez inhabituel pour lui et quelque peu solennel pour l'occasion, Léon Panane explique en quelques phrases pourquoi l'existence de Deep Red l'a obligé à abandonner tous les jeux télévisés faisant la part belle à l'intelligence humaine. En effet, à chaque fois que l'ordinateur s'est glissé parmi les concurrents, le jeu en question a perdu toute espèce d'intérêt devant la facilité et la rapidité déconcertantes avec lesquelles il a répondu aux questions et triomphé de ses adversaires. Le dernier en date, "Questions pour un champion", a été interrompu, après des décennies d'existence, quand IBM a décidé d'y participer.

Le logiciel gagnant, nommé « Lupin », en hommage à un célèbre escroc romanesque français, a été gavé de toute la connaissance du monde, encyclopédies et bibliothèques virtuelles, Wikipédia et autres ontologies, nourrissant des myriades de serveurs informatiques. De plus, Lupin, lors de sa préparation, a rejoué des milliers de parties passées, apprenant ainsi, par essais et erreurs, à ajuster les probabilités, en cas d'ambiguïté au sujet du domaine abordé dans la question. Il lui suffisait de recevoir celle-ci pour la mettre en correspondance avec cette mémoire gigantesque, et tester statistiquement plusieurs réponses possibles, avant de se décider pour la plus vraisemblable. Tout cela, alors que les autres candidats venaient juste de saisir le premier mot de la question.

À la suite de cet animateur télé, des champions de jeux de société, des mathématiciens et autres scientifiques de renom s'étant succédé au micro, un film d'une vingtaine de minutes est projeté sur un écran géant, décrivant toutes les technologies aujourd'hui totalement sous tutelle informatique. Cette prise de contrôle virtuelle a fait l'objet de vifs débats dans le passé. Par exemple, il n'y a plus à l'heure actuelle de pilotes humains conduisant les avions. Seuls des stewards et hôtesses continuent de servir les passagers pendant le vol, sans se faire taquiner par les pilotes : l'avion se trouve entièrement sous pilotage automatique, depuis le décollage jusqu'à l'atterrissage.

Les statistiques d'accidents sont là pour prouver combien cette décision d'une complète automatisation, ayant fait pourtant couler beaucoup d'encre à l'époque, s'est finalement révélée une chose excellente, dont aucun passager n'a eu à se plaindre. À l'heure actuelle, M. et Mme Tout-le-monde éviteraient de pénétrer dans un avion s'ils découvraient, alarmés, un pilote dans le cockpit.

En matière de nucléaire, et afin de préparer le terrain de la discussion stratégique, une longue plage de ce documentaire est dédiée au contrôle et la supervision des centrales électriques à combustible nucléaire, là aussi, sans la moindre intervention humaine. Il est rappelé qu'à la suite des catastrophes de Three Mile Island, de Tchernobyl et de Fukushima, décision avait été prise de bloquer toute possible intervention humaine pendant les quelques minutes qui suivaient un événement inhabituel ou une évolution de température et de radioactivité sortant de l'ordinaire. En effet, ces drames avaient été aggravés, plus qu'ils ne pouvaient l'être encore, par l'intervention intempestive d'opérateurs humains, n'ayant compris ni la nature du problème ni la manière la plus prompte d'y faire face. À force d'étendre la durée de cette non-intervention possible, la décision logique avait été, finalement, de complètement écarter tous les opérateurs humains de la conduite des centrales.

Aujourd'hui, il reste très peu de technologies de notre quotidien faisant encore l'objet d'une intervention humaine. Les robots domestiques se sont multipliés. L'immense majorité des secteurs industriels est devenue un no man's land, et tous les transports en commun sont automatisés. Des millions de transactions financières par minute sont la responsabilité de logiciels et les prix d'achat et de vente fluctuent à la nanoseconde près. Le nombre de soldats humains envoyés sur les terrains d'opérations militaires s'est vu réduit à une peau de chagrin, et c'est chaque jour davantage à l'intérieur de laboratoires électroniques et informatiques, ainsi que devant d'immenses écrans plats que se joue l'issue des conflits. Plus aucun soldat, dans les drones bien sûr, mais aussi dans les Mirages et dans les tanks. La frontière entre la guerre et les jeux vidéos est devenue floue à souhait. Le film se conclut en beauté par le fascinant ballet des robots à roue, à pattes et forme humaine, ayant envahi la planète rouge. Le tout, en hommage au don de prescience de Kubrick, enjolivé par *Le Beau Danube bleu* de Johan Strauss.

À l'issue d'applaudissements enthousiastes, la grande salle se vide peu à peu de son public. Il est 19 heures. Le salon officiel s'est également vidé depuis belle lurette de ses personnalités, en route pour leur hôtel ou directement pour l'Élysée. La réunion au sommet doit reprendre demain à 9 heures, et il grand temps pour le personnel sur place de tout préparer, afin d'accueillir comme il se doit les quelque 3 000 personnes qui vont assister aux débats pendant les prochains jours. Et c'est sur le perron de l'Élysée que le président français et sa femme commencent à accueillir les différents chefs d'État et autres personnalités politiques qui doivent prendre part aux discussions et délibérations. Ils sont conduits dans la salle de fête, logée dans la partie ouest du palais présidentiel. Privilège de l'organisateur, le président s'est promis d'entamer le dîner par un petit discours qui, sans vouloir assombrir ou plomber ce moment théoriquement festif, ne manquera pas de rappeler les réticences françaises à livrer le sort du monde à un algorithme, aussi bien ficelé soit-il. Cela fait plus d'une année maintenant que ce sujet fait débat dans la presse et les médias internationaux. Dans tous les pays, détenteurs ou non de la puissance de feu nucléaire, les intellectuels s'écharpent sur la décision à prendre.

Il a fallu d'abord faire montre de pédagogie et expliquer au peuple ce que signifiait la mise sous forme logicielle d'une prise de décision. Pourquoi et comment l'ordinateur pouvait se révéler un bien meilleur décideur que les humains. L'exemple qui est revenu le plus souvent a été celui du choix de la destination de vacances. Supposez, expliquaient les journalistes dans des centaines de langues et des milliers d'articles, que vous hésitiez entre plusieurs destinations pour vos vacances : l'Italie, la France, la Suisse, l'Espagne, la Tunisie, etc. Afin d'informatiser la décision, il vous faut d'abord établir une liste de critères, par exemple, le prix de la vie, l'offre culturelle, la météo, l'environnement social, la sécurité, la facilité d'accès, la nourriture. Pour chacun de ces critères, il suffit également de préciser une valeur associée à chaque possible destination, évaluant la qualité de cette dernière pour ce critère précis.

Ainsi, par exemple, l'Italie pourrait se voir attribuer les valeurs suivantes :
prix = 100
offre culturelle = 200
météo = 150
environnement social = 100
sécurité = 20

facilité d'accès = 100
nourriture = 300
et la Suisse :
prix = 200
offre culturelle = 20
météo = 100
environnement social = 200
sécurité = 200
facilité d'accès = 100
nourriture=20, etc.

Finalement, il faut attribuer une pondération à chaque critère, selon l'importance que celui-ci revêt dans la décision à prendre. La destination finale sera, par exemple (mais bien d'autres algorithmes peuvent être imaginés), celle qui maximise la somme pondérée des critères. Si tous les critères avaient une même importance, dans le cas présent, l'Italie l'emporterait sur la Suisse car : 100+200+150+100+20+100+300 > 200+20+100+200+200+100+20. Les journalistes racontaient pourquoi, dans pareil cas de figure, on ne serait pas choqué outre mesure d'avoir laissé l'ordinateur choisir à sa place. Il a simplement pris l'initiative de la décision, car il calcule mieux et sans erreur, mais uniquement à partir des informations qu'on lui a communiquées. Il ne trahit en rien notre pensée. C'est tout bonnement notre double rationnel ou notre prothèse cognitive.

Même en l'absence des valeurs associées aux critères, les journalistes racontaient aussi comment l'ordinateur pouvait réussir à retrouver ou estimer ces valeurs. Ainsi, on pourrait ne pas connaître les prix, la température ou le taux de criminalité de chacune de nos destinations. L'ordinateur pourrait, lui, se procurer ces informations, soit enfouies quelque part dans les milliards de disques durs constituant le Web, soit en les calculant, ou mieux encore, les prédisant. L'ordinateur pourrait prédire quelle sera la température moyenne la plus probable en août prochain en Tunisie pour nos vacances, ou l'inflation et le coût de la vie au Brésil lors de la prochaine saison de carnaval. C'est en cela qu'il deviendrait le décideur idéal, car seul capable de surcroît d'estimer les valeurs à associer aux critères sur lesquels se fonde la décision. Il obtiendrait les bonnes valeurs et les combinerait de manière optimale.

Dans le cas d'un conflit nucléaire, les options sont souvent bien plus nombreuses que juste le simple envoi ou non d'une salve de missiles. Différents types de bombes sont possibles, en quantité variée et visant aussi des cibles distinctes. Et seul l'ordinateur est rompu à l'estimation des conséquences de chacune des options possibles : type de bombe, A, H ou à neutrons, combien d'entre elles et où. Sa formidable puissance de calcul lui permet de simuler les effets de chacune des options militaires, en termes de dommages causés sur l'adversaire, mais également sur l'environnement et sur une échelle de temps très longue (on pense au fameux hiver nucléaire dont seraient responsables les quantités phénoménales de suie et de poussière qui recouvriraient la terre d'une vaste chape grise). Il peut donc estimer les bénéfices récoltés par le pays ayant choisi de larguer l'arme atomique sur un adversaire, tout autant que les pertes encourues. C'est une analyse coût/bénéfice classique, mais dont l'ordinateur s'acquitterait à partir de milliards, de milliards et de milliards encore d'informations stratégiques.

Les journalistes les plus acquis à la cause informatique cherchaient également à convaincre leurs lecteurs des défaillances humaines en matière de logique et de raisonnement, surtout lorsqu'il s'agit de manipuler des probabilités. Or, afin d'optimiser les décisions qui s'imposent, la prise en charge de l'incertitude de la manière la plus rigoureuse qui soit est incontournable. On le conçoit bien pour le nucléaire. Le monde doit au mieux exercer le bénéfice du doute. Aussi, les journalistes les plus pédagogues posaient à leurs lecteurs quelques exercices logiques, dont ils donnaient la solution à la fin du journal. Cela pouvait commencer très simplement, par des questions de logique élémentaire : « Si l'on est certain qu'appuyer sur le bouton rouge lance la bombe atomique, de quoi peut-on être certain si aucune bombe n'est lancée ? » Afin de tester plus encore le sens logique, on soumettait les lecteurs à l'expérience suivante : quatre cartes vous sont présentées, on voit sur la première le drapeau américain, sur la deuxième le drapeau chinois, sur la troisième la photo du président américain et sur la quatrième celle du président chinois. On vous informe que le verso de la carte du drapeau américain représente toujours son président, et on vous demande quelles cartes il faut retourner pour vous en convaincre. L'immense majorité des lecteurs se trompait, en retournant, en sus de la carte du drapeau US, celle du président américain, alors que c'est bien celle du Chinois qui devait l'être.

Puis les redoutables probabilités apparaissaient. Qu'est-ce qui est le plus probable: « Que la Lituanie gagne la prochaine Eurovision ou que la Lituanie gagne la prochaine Eurovision et qu'un conflit nucléaire éclate dans les dix ans ? » Beaucoup avançaient la seconde assertion, alors que la probabilité d'une conjonction ne peut jamais être supérieure à l'une des deux assertions qui la composent. Mais le piège le plus redoutable, dans lequel 100 % des lecteurs tombaient, consistait en l'expérience suivante: « Vous vous trouvez face à trois boutons rouges, et vous devez choisir d'appuyer sur l'un d'eux. Deux sur trois ont pour effet d'envoyer un missile nucléaire. Le dernier vous permet de passer une soirée avec la femme ou l'homme de vos rêves. On vous propose d'en choisir un, mais sans toutefois appuyer. Le responsable du dispositif pointe alors un des deux boutons restants, en vous informant que ce bouton en question libérerait le missile. On vous demande si vous maintenez votre choix ou si vous en changez. »

Aucun des lecteurs ne voyait d'intérêt à changer de bouton. Il leur était évident que le bouton choisi au départ continuait à leur assurer une chance sur deux de passer une bonne soirée. Et pourtant, la bonne réponse est bien de changer de bouton, car le nouveau présente maintenant deux chances sur trois de sauver le monde. Pourquoi ? Car avec cette nouvelle donne, la probabilité que le nouveau bouton vous ouvre les portes du paradis est maintenant égale à la probabilité que celui que vous aviez préalablement choisi soit le nucléaire: deux chances sur trois, non ? L'ordinateur, lui, ne se serait pas trompé. Ne faisaient que rajouter de l'eau à son moulin et plaider sa cause tous ces lecteurs qui résistaient à ce point à l'évidence, malgré les mille manières de les convaincre de leur erreur. Les journalistes proposaient encore beaucoup d'autres exercices à l'avenant, mettant en évidence les failles humaines en matière de raisonnement. Quels piètres logiciens et statisticiens nous prenions graduellement conscience d'être ! Et dès lors, quels décideurs périlleux nous devenions !

Cerise sur le gâteau, l'ordinateur peut également prévoir les conséquences sur chaque pays en question d'un bombardement nucléaire et, pour autant que tous les gouvernements choisissent d'adopter un même logiciel, réussit aussi à déjouer tous les paradoxes provenant de la théorie des jeux, une fois pris en compte l'effet de la décision d'un adversaire sur l'autre. Par exemple, l'un des pièges inexorables, l'une des issues fatales prévues par la théorie des jeux, est le célèbre dilemme du prisonnier. Il peut se résumer comme suit. À l'époque, c'était déjà la crainte d'un conflit nucléaire qui avait vu naître ce dilemme. Supposons qu'à l'issue d'une tension croissante entre les deux pays, il soit du plus grand intérêt pour l'Amérique d'envoyer une bombe atomique sur Shanghai. Soit la Chine ne réplique pas et c'est tant mieux, soit elle le fait. Mais même si elle le fait, il est toujours mieux pour l'Amérique d'avoir largué sa bombe. Le malheur et le paradoxe veulent qu'il en aille parfaitement de même pour la Chine avec, comme conséquence inéluctable, la décision des deux pays de larguer leur bombe, passant ainsi à côté d'une option bien plus favorable pour tout le monde : celle qui consiste, pour la Chine comme pour l'Amérique, à ne rien lancer du tout.

Alors qu'il est quasiment impossible pour les êtres humains, soucieux comme ils le sont de leur seul intérêt, de ne pas lancer la bombe, convaincus que l'adversaire est, lui, tout disposé à le faire, l'ordinateur d'un pays peut entamer un processus de négociation fiable avec l'ordinateur d'un autre. Il est capable de choisir l'option la plus favorable pour les deux, et non plus pour l'un au détriment de l'autre. L'ordinateur peut se préoccuper du sort de la collectivité plutôt que d'un seul. Dès lors, c'est bien lui qui assurerait la sortie la plus morale, si la tension devait monter d'un cran entre deux pays et parvenir au seuil des décisions fatidiques. Il est bien plus facile pour Deep Red que pour les humains d'obéir à l'impératif catégorique de Kant, car il lui est plus facile de simuler et donc d'anticiper l'effet sur la collectivité qu'aurait la généralisation d'une décision.

L'ordinateur seul est capable d'anticiper ce qui se passe si chacun adopte le comportement soumis à l'évaluation morale. Le logiciel « respect de l'impératif catégorique », dont l'algorithme fut établi par Kant il y a trois cents ans, a bien plus de chance d'être exécuté correctement dans les circuits d'une machine froide et parfaitement rationnelle, qu'entre les neurones bouffés de testostérone des fauves pathétiques que nous demeurons. Si calcul moral il y a, ce doit être un calcul en effet, et le seul fait d'un ordinateur habilité à découvrir la solution optimale, le coût social minimal.

Mais c'est justement contre cela que s'élevaient les deux pays européens, France et Grande-Bretagne, cloîtrés dans une tradition philosophique ancestrale, et qui refusaient de percevoir dans un algorithme un comportement de type responsable, de type moral. Pour la Chine, les États-Unis, la Russie et Israël, la rationalité optimale de l'ordinateur était le garant des décisions irrévocables, et par principe en accord avec la loi morale prescrite par et pour l'homme. On trouvait dans les journaux français (et c'est ce sur quoi se fonderait le président plus tard lors de son discours inaugural) ce type d'argumentaire, à l'encontre de la prise de pouvoir informatique. Imaginez, malgré le fait que la décision de votre destination de vacances ait échu à l'ordinateur, que celles-ci soient complètement ratées. Qui en serait responsable ? L'ordinateur ou vous-même, d'avoir suivi les recommandations du programme ? Ou encore le ou les auteurs du logiciel, d'avoir commis une erreur de programmation ? Bien sûr, les conséquences restent bénignes et ne sont pas d'ordre à tout remettre en question.

Mais imaginez maintenant (cela ne s'était encore jamais passé), qu'un de ces avions pilotés par l'ordinateur commette une erreur de pilotage, causant la mort de centaines de passagers. Qui sera responsable ? Est-il possible encore de se limiter à la responsabilité d'un seul logiciel ? Non, car aux yeux de la justice, seule une personne morale peut exercer une responsabilité, posséder des obligations à l'égard d'autrui, se retrouver derrière les barreaux. Cela ne veut strictement rien dire aux yeux du droit qu'un logiciel puisse être coupable de la mort de centaines de personnes. Il est fondamental, pour chaque prise de décision présentant des risques majeurs pour des sujets humains, de pouvoir identifier le décideur, un décideur obligatoirement humain et moralement responsable. On ne peut noyer les responsabilités dans des circuits imprimés et dans des lignes de code. Quelqu'un les a imprimés, quelqu'un les a écrites. Et c'est pour cela que seul un homme, ou un groupe d'hommes, devrait décider *in fine* d'actionner le monstrueux bouton rouge.

Les philosophes européens refusaient d'attribuer à la machine des émotions, des sentiments, et donc la moindre intentionnalité, que seule une volonté sensible d'accomplissement pouvait accompagner. Une machine, à leurs yeux, se comportait toujours selon l'intentionnalité première de son programmeur. C'est à lui et à lui seul que l'on pouvait prêter des intentions. Au mieux, la volonté qu'on prêtait à la machine était une facilitation épistémique pour décrire son comportement. On peut dire de Deep Red qu'il a bien l'intention d'écraser Kasparberg aux échecs, et même si Deep Red n'en a pas la moindre intention du monde. Car c'est le cas en effet. Comment Deep Red pourrait-il avoir le moindre but dans la vie ? Comment pourrait-il se préoccuper du sens premier de son existence ? Cette machine, toute démultipliée au plan cognitif qu'elle soit, s'en fiche comme de sa première puce de Kasparberg. Sa victoire ne pouvait que la laisser indifférente. Et même si l'envie nous en démangeait, s'il était facile de le penser et le dire, nous devrions en dernier ressort nous abstenir de penser que Deep Red a été vraiment responsable de sa victoire. En matière de responsabilité, il ne peut y avoir que les concepteurs de Deep Red, ses programmeurs, et en aucun cas le programme. Il ne faut pas, surtout pas, déroger à cette pétition de principe.

Ni un ordinateur ni un programme ne peuvent se transmuter en personne morale. Si un avion se crashait, pour ces philosophes de l'ancien monde c'était clair, la responsabilité devrait être partagée entre le patron de la compagnie et les concepteurs du logiciel. Dans le cas d'une attaque nucléaire, il fallait laisser cette ultime décision fatale, suprême pour le devenir de l'humanité, à un humain, aussi fragile et aussi peu fiable qu'il puisse être. Cela était et devait être, là encore et toujours, une pétition de principe. Seul un homme devait pouvoir décider de la fin de l'humanité. Seuls des hommes et non des logiciels pouvaient se trouver à la barre des grands procès de l'Histoire. Les survivants devaient pouvoir désigner un ou plusieurs responsables à la vindicte populaire. Jamais ils ne se satisferaient d'enlever une simple prise ou d'un immense coup de pied dans un cube noir scintillant de rouge.

Tous les invités sont maintenant arrivés dans la salle de fête de l'Elysée, tous les présidents et chefs de gouvernement des États détenteurs de l'arme atomique. Sont également présents les ministres, directement concernés par la décision qui fera suite aux trois jours de discussion et à laquelle ils seront obligés de se conformer (comme ceux de la défense et des affaires étrangères). De nombreux intellectuels aussi, parmi les plus marquants et les plus influents de la planète, ont pris place tout autour de la grande table richement décorée. Le président français s'approche du micro dressé au milieu de la salle pour, au-delà de l'allocution de bienvenue qu'il s'apprête à adresser à ses hôtes de marque, exprimer ses ultimes réserves et craintes quant à la possible mise sous tutelle logicielle de l'arme atomique. Et c'est alors qu'une explosion assourdissante, un éclair fulgurant, un souffle apocalyptique réduit à néant la capitale française, l'illuminant une toute dernière fois d'une auréole de rayons gamma et de neutrons. Paris, la « ville des lumières », irradiée ! La Corée du Nord et l'Iran ne figurant pas parmi les invités à cet important sommet, ils se sont néanmoins imposés, et de la moins élégante des manières.

Sachant proche le résultat
Tous les grands chefs d'État
Lui ont rendu visite
Il les reçut et s'excusa
De ce que sa cagna
Était aussi petite
Mais sitôt qu'ils sont tous entrés
Il les a enfermés
En disant soyez sages
Et quand la bombe a explosé
De tous ces personnages
Il n'en est rien resté
Tonton devant ce résultat
Ne se dégonfla pas
Et joua les andouilles
Au Tribunal on l'a traîné
Et devant les jurés
Le voilà qui bafouille
Messieurs c'est un hasard affreux
Mais je jure devant Dieu
En mon âme et conscience
Qu'en détruisant tous ces tordus

Je suis bien convaincu
D'avoir servi la France
On était dans l'embarras
Alors on l'condamna
Et puis on l'amnistia
Et l'pays reconnaissant
L'élut immédiatement
Chef du gouvernement

(Boris Vian – *La Java des bombes atomiques*)

Achevé d'imprimer en France,
sur les presses de l'imprimerie EMD

Numéro d'éditeur : 090599-01

Numéro d'imprimeur : 26496

Dépôt légal : mai 2012